La noche de los alfileres

Santiago Roncagliolo

La noche de los alfileres

La noche de los alfileres

Primera edición en España: febrero de 2016
Primera edición en México: febrero de 2016

D. R. © 2016, Santiago Roncagliolo Lohmann
Autor representado por Silvia Bastos, S. L. Agencia Literaria

D. R. © 2016, de la edición en castellano para todo el mundo:
Penguin Random House Grupo Editorial, S. A. U.
Travessera de Gràcia, 47-49, 08021, Barcelona

D. R. © 2016, de la presente edición:
Penguin Random House Grupo Editorial, S. A. de C. V.
Blvd. Miguel de Cervantes Saavedra núm. 301, 1er piso,
colonia Granada, delegación Miguel Hidalgo, C. P. 11520,
México, D. F.

www.megustaleer.com.mx

D. R. © diseño: proyecto de Enric Satué
D. R. © 2016, María Pérez-Aguilera, por el diseño de cubierta
D. R. © imagen de cubierta: Arcangel / Margie Hurwich

ISBN: 978-607-314-032-4

Impreso en México – *Printed in Mexico*

El papel utilizado para la impresión de este libro ha sido fabricado a partir de madera procedente
de bosques y plantaciones gestionadas con los más altos estándares ambientales, garantizando
una explotación de los recursos sostenible con el medio ambiente y beneficiosa para las personas.

Penguin
Random House
Grupo Editorial

A
Silvia Bastos
Pilar Reyes
Marta del Riego
y Edith Grossman

por estar siempre cerca

Ahora vamos a ver quién es aquí La Ley.
RADIO FUTURA

A noite acabou
Talvez tenhamos
Que fugir sem você.
LEGIÃO URBANA

As soon as I'm left alone
The devil wanders into my soul.
P. J. HARVEY

1. El aparato reproductor

Carlos

No éramos unos monstruos. Quizá nos pusimos un tanto... extremos. Y sólo durante un momento. Unos días. Un par de noches.

Eso no es nada. A nuestro alrededor, todo el mundo era mucho peor.

Es verdad: lo que hicimos no aparece en los manuales de buena conducta. Si acaso, en las páginas policiales, entre los crímenes sexuales y los asaltos a mano armada. Pero, como abogado penalista, puedo citar numerosos atenuantes: minoría de edad, defensa propia, prescripción del delito... Y eso *si* hubo delito. Ni siquiera estoy tan seguro al respecto. En un par de horas podría tener un dictamen aquí mismo desbaratando cualquier acusación.

Aunque, para empezar, yo me acogería a mi derecho a no declarar.

No tengo ganas de sentarme frente a una cámara y contarlo todo, como si fuera una aventura adolescente o un paseo por la playa. ¿Por qué ahora? ¿Después de tanto tiempo? ¿Y por qué recordar todo el horror? Me he pasado la vida tratando de olvidarlo.

Ya sé, ya sé.

No tengo opción.

Será peor si no, ¿verdad?

Hablaré. Diré todo lo que quieras. Pero ésta será la primera y última vez.

Empecemos pues. Así acabamos antes.

Manu

Huevón, no sé por qué mierda tengo que hablar de eso. No he abierto la boca en veinte años, y tampoco me hace ninguna falta. Todavía menos así, grabándolo todo, como si esto fuese un reality show de famosos en una isla desierta o el programa de chismes de la cojuda de Magaly Medina.

Estás bien loco, cholo. Esto es lo más imbécil que se te ha ocurrido.

Tú eres el primero que va a joderse con todo esto. ¿Lo sabes? Te vas a ir a la mierda. Por andar revolviendo entre la mierda.

Pero si vas a obligarnos, dale. No me voy a escapar. No voy a salir corriendo. Nunca fui yo el que salía corriendo. Más bien eran todos los demás huevonazos quienes corrían detrás de mí. Como borregos. Como ratas detrás del flautista del cuento. Como espermatozoides.

De hecho, la cosa empezó justamente con un montón de espermatozoides.

En una clase de la señorita Pringlin.

La clase sobre el aparato reproductor.

Moco

Si nuestra historia fuese una película, sería *Los Goonies*.

¿Alguien recuerda *Los Goonies*? Un clásico de 1985. Dirección de Richard Donner, guion de Steven Spielberg, y la actuación de Josh Brolin cuando aún ni se afeitaba, je je.

Es la historia de un grupo de chicos normales, como nosotros, que están a punto de ser desahuciados de su casa. Pero por casualidad encuentran el mapa de un tesoro pirata, y salen en su busca. Viven un montón de aventuras subterráneas. Tienen que enfrentar a una familia de ladrones. Caen en las trampas dejadas siglos atrás por los piratas. Pero al final triunfan y descubren el tesoro.

Nosotros éramos así. Los Goonies de Surco, je je. Nosotros también merecemos una película, con una primera escena, una toma inicial, con los créditos impresos sobre la imagen: «En la clase sobre el aparato reproductor».

Y si no tenemos a Steven Spielberg ni a Josh Brolin, tendremos que hacerla nosotros mismos.

Beto

...

...

...

No quiero hacer esto. ¿Por qué tenemos que grabar esto?

...

Responderé, pero yo solo. No quiero verle la cara a nadie mientras hablo de esto. O te vas o te olvidas.

Así está bien. Cierra la puerta.

...

...

Ok: la clase sobre el aparato reproductor. ¿Es eso? Sí me acuerdo. Más o menos. Estábamos ahí, en clase de educación sexual, perdiendo el tiempo y riéndonos, y la profesora nos llamó la atención. Y entonces Manu se levantó e hizo esa pregunta estúpida.

La pregunta de la sífilis y la lengua, o de la sífilis y el labio, o alguna cosa así de desagradable. Una de esas cosas que, simplemente, era mejor no saber.

¿A qué enfermo se le ocurre preguntar algo así?

Carlos

Bueno, era una pregunta. Y no me parece tan rara.

A fin de cuentas, en cuarto de secundaria aún nos quedaba mucho por descubrir. En la Lima de 1992 sabíamos poco de la vida. Y la vida sabía poco de nosotros.

Éramos inimputables, si se me permite la expresión legal. Eso quiere decir inconscientes, irresponsables ante la ley, y por lo tanto no castigables. Quiero que conste esta precisión: inimputables.

En el colegio para varones de La Inmaculada, pastoreados por los sacerdotes jesuitas, nos apiñábamos unos dos mil aspirantes a sementales, como en una gigantesca olla a presión llena de hormonas. Disponíamos de un territorio inmenso, con cancha de fútbol y pista olímpica, cuyo perímetro incluía la mitad del cerro de Monterrico. Pero más allá del muro que limitaba ese universo, no conocíamos casi nada. Era peligroso alejarse demasiado del barrio. Podía sorprenderte un apagón. O una redada. O una bomba. Las actividades seguras eran los deportes en el colegio y la televisión en la casa. La mayoría de nosotros ni siquiera éramos capaces de localizar la avenida Javier Prado en un plano. Internet no existía. Nuestro único tema recurrente era lo que nos colgaba entre las piernas.

Incluso cuando no hablábamos de eso, todo se convertía en eso. Cualquier frase inocente podía cargarse de connotaciones inesperadas. Si decías «pásame el tenedor», aparecía detrás de ti algún gracioso que gritaba:

—¡Ha dicho «méteme el surtidor»!

Y se desataba la chacota general.

Para evitar atraer hacia uno mismo a la jauría de cachorros hambrientos, hacía falta ser muy cuidadoso con los nombres de cualquier cosa larga y puntiaguda. Yo evitaba palabras como «lápiz», «cuchillo» o «zanahoria», que podían volverse fácilmente contra mí, y procuraba emplearlas contra los demás, como un arma arrojadiza. La popularidad de cada estudiante se medía por la cantidad de chistes de doble sentido que era capaz de contar. Aunque la mayoría de esos chistes, en realidad, sólo tenían un sentido:

—Jaimito se tiene que quedar a dormir con la profesora. A mitad de la noche le dice: «Profesora, no puedo dormir. ¿Puedo poner mi dedo en su ombliguito?». Ella dice que sí, pero luego grita: «¡Jaimito, eso no es mi ombliguito!». Y él responde: «Tampoco es mi dedito».

Ja ja. Humor escolar.

Soñábamos sexo. Respirábamos sexo. Desayunábamos sexo. Pero en contraste con todo el espacio que el tema ocupaba en nuestra cabeza, ahí afuera, en la vida real, carecíamos de experiencias concretas.

Todos mis compañeros juraban que lo habían hecho ya. Pero cada vez que alguno repetía su experiencia —y la repetían sin parar—, los detalles cambiaban. La morena se convertía en rubia. La prostituta en novia. El dormitorio en carro. Y si alguno lo había hecho en realidad, resultaba difícil creerle en aquella proliferación de mentiras. Los chicos a veces inventaban vidas sexuales sólo porque carecían de tema de conversación.

Las mujeres en sí, salvo para aquellos que tenían hermanas, formaban una especie ajena, indescifrable, a la que sólo nos asomábamos a través de películas y revistas. (Eso sí, circulaba por el colegio una infinidad de ambas, la mayoría provistas por Moco, traficante oficial de porno de la promoción.)

En cierta ocasión, durante unas jornadas espirituales, los curas nos llevaron chicas. No para tocarlas o algo así, claro. Las llevaron para que las viésemos. Y les hablásemos. Eran cuatro, de un colegio mixto. Se sentaron frente a toda nuestra clase, como pececitos de colores en un acuario, y los monitores nos animaron a hacerles preguntas. Cada alumno tenía derecho a plantear una duda:

—¿Qué te gusta de un chico?

—¿Has tenido enamorado?

—¿Cómo te enamoró?

Pasamos dos horas ahí, investigando qué era una mujer. Tomando notas. Documentándonos. Y al día siguiente, volvimos a nuestros chistes rojos y a nuestras palabras tabú.

Las chicas, en nuestro colegio, eran como los Juegos Olímpicos: se les hacía mucha publicidad, pero siempre ocurrían en un país lejano y Perú nunca ganaba. En las Olimpiadas se llevaban todas las medallas Estados Unidos y la URSS. Entre las chicas de nuestro pequeño mundo también había superpotencias: el colegio San Silvestre acaparaba las medallas de oro. La plata era para el Villa María, y el bronce para el Santa Úrsula. No muy lejos andaba el Regina Pacis (conocido cariñosamente como «Vagina Pachas»).

Si llegabas a una fiesta con una chica de esos colegios —o si al menos te inventabas a una enamorada de ahí—, te convertías en el ídolo de nuestro plantel escolar, un ejemplo a seguir, un ícono social. A partir de ahí, comenzaba una extensa clase media donde se amontonaban el Belén, el Sophianum y algunos otros colegios religiosos que resultaban aceptables, aunque no admirables. En el peldaño más bajo del escalafón figuraban el De Jesús o el Santa María Eufrasia. Si tenías a una chica de ahí, mejor la escondías, porque esos colegios quedaban fuera de los márgenes de lo socialmente aceptable. Era preferible una fea del Santa Úrsula que una bonita del Santa María Eufrasia. A fin de cuentas, no importaba cómo fuera la chica, sino cómo la verían tus amigos.

Sin embargo, para nuestro pequeño grupo —Moco, Beto y yo— nada de eso era un problema. Los chicos como nosotros estábamos fuera del ranking del atractivo físico. Por lo general, ni siquiera nos hacía falta inventar coitos inexistentes, porque nadie esperaba gran cosa de nosotros. Si las mujeres eran como los Juegos Olímpicos, nosotros competíamos en los Paralímpicos.

Será por eso que recuerdo la clase sobre el aparato reproductor. Como si hubiese sido ayer. Sobre el pizarrón reinaban los enormes dibujos de un pene y una vagina, uno junto a otra. Incluso había diagramas y dibujos explicativos: un mapa completo de toda la cosa, la del hombre y la de la mujer, por dentro y por fuera. Era mucho mejor que las fórmulas de álgebra o los mapas de las fronteras del Perú. Era algo nunca visto en el aula, como un desvirgamiento del pizarrón.

Y ahí, frente al dibujo del pene, como una emperatriz ante su escudo de armas, la señorita Pringlin.

La señorita Pringlin tenía una capacidad increíble para lograr que el sexo sonase aburrido. Más que una capacidad: una misión. Estaba decidida a quitarnos las ganas de practicarlo, o siquiera imaginarlo. Convertía cualquier tema de clase en una advertencia sobre los riesgos de divertirse, o de vivir.

Esta vez trataba de convencernos de que acostarse con una chica era tan placentero como rendir un examen de Biología. Decía, con el mismo tono de voz para todas las palabras:

—El fluido que transporta los espermatozoides hasta el final de su viaje recibe el nombre de semen o esperma y se produce en los testículos, es decir, en la parte inferior posterior del aparato reproductor masculino...

Por feo que lo pintase, la profesora sabía que algunos entre nosotros seguiríamos con ganas de hacer todo eso. Para evitarlo, nos amenazaba con toda clase de enfermedades, chancros y ronchas:

—Además de las semillas de la vida —decía—, estos fluidos pueden transportar también a los mensajeros de la muerte: en efecto, las llamadas enfermedades venéreas pueden transmitirse por esta vía durante la actividad sexual. La sífilis, caracterizada por un grano en la cabeza del pene —y aquí la señorita Pringlin mostró una foto para dejarlo claro—, en algún momento de la historia de la humanidad fue tratada con profundas sangrías para las cuales se utilizaban sanguijuelas que succionaban la sangre infectada...

Ése era el estilo Pringlin: ¿por qué hacerlo agradable cuando podía mostrarnos pústulas?

La clase daba pie a todo tipo de bromas —bromas adolescentes, estúpidas, como las de Jaimito—, y todos estábamos haciendo chistes en voz baja, y de esos chistes surgió la pregunta.

Sí. Ahora me acuerdo: fue por un grano de Beto.

La señorita Pringlin nos enseñaba la foto del miembro con el enorme furúnculo, y Beto tenía uno parecido en la boca, cerca de una de las comisuras de los labios. Siempre entre murmullos, Moco dijo:

—A Beto le ha dado sífilis en el labio. ¿A quién se la has estado chupando?

Beto odiaba que le señalasen los granos, espinillas e imperfecciones físicas, y respondió:

—A tu madre. Y a ella se lo pasaron en el trabajo.

En realidad, Moco tenía mucho más acné que Beto. La cara de Moco era un campo minado, un magma en erupción. Así que yo le dije:

—Si es así, tú debes haber tenido una orgía.

No soy capaz de recordar si ésas fueron nuestras palabras exactas. En todo caso, tal era nuestro nivel habitual de diálogo. Y nos parecía genial. Hablábamos todo el día de lo que no teníamos. Nos reímos un poco más, intercambiamos algunas bromas entre los tres, y entonces a alguno de los tres se le ocurrió:

—¿Y si te la chupan? ¿Te pueden contagiar sífilis si te chupan la pinga?

La Pringlin seguía hablando de sanguijuelas, o de hongos —no de sida; incluso entonces, para nosotros, el sida era algo que sólo les ocurría a cantantes y estrellas de cine—. Y nosotros, por primera vez, sentíamos legítima curiosidad científica, teníamos una duda clínica. Pero no íbamos a pronunciar en voz alta una pregunta que incluyese las palabras «chupar la pinga». Las clases no se hacían para que preguntásemos lo que nos saliese del forro. Era mucho más seguro —y más divertido— especular entre nosotros.

De modo que continuamos con nuestros cuchicheos y nuestras risitas. La respuesta a la pregunta era lo de menos. Lo gracioso era formularla. Una y otra vez. ¿Cómo sonaría con la boca hinchada por el grano? ¿Y con el labio hinchado? ¿Cómo se la preguntas a la enfermera cuando la lengua no te cabe en la boca?

—¿Mñsitlpchupn? ¿Tchpdncontngiarsflstlpchupn?

Fue divertido. Hasta que, claro, la señorita Pringlin nos descubrió:

—¿Algún comentario de interés general relativo a la reproducción o a la transmisión de enfermedades venéreas, jóvenes? —atacó con su voz de buitre, la que usaba justo antes de morder—. Los veo muy entusiasmados con el tema.

No recuerdo si la señorita Pringlin era alta o baja. Francamente, no debe haber sido especialmente grande. Y sin embargo, encaramada en la tarima y vista desde el subsuelo de nuestros quince años, parecía gigante. Supongo que también ayudaba la atmósfera. Cuando la señorita Pringlin se dirigía a ti con tono sarcástico en la clase, a su alrededor se hacía el silencio, y las miradas de tus cuarenta compañeros, que eran las miradas del mundo, se concentraban en tu rostro enrojecido. A ella le brotaban alas de murciélago, botas de dominatrix y un látigo mientras nosotros rogábamos que nos tragase la tierra.

Y la tierra nos abandonaba a nuestra suerte.

—Yo... —dijo Moco.

—Eeeehh... —dijo Beto.

—Este... —añadí yo, paralizado como ellos por el pánico.

—¿Están haciendo chistes sobre infecciones venéreas? —preguntó ella con voz gutural, ya con la bota sobre nuestro cuello—. Cuéntenlos más alto. Así nos reímos todos.

Así nos reímos todos. Ella nunca te asestaba la puñalada directamente. Prefería arrojar tu cuerpo a las pirañas de tus compañeros. Te liabas en tu propia red y te ahogabas, como un atún gigante, incapaz de moverte más, mientras ellos te devoraban. Estábamos resignados a soportar esa muerte lenta y cruel, convencidos de no tener salvación, cuando ocurrió lo último que esperábamos: una piraña se pasó a nuestro bando.

Hasta ese día, Manu no hablaba mucho. Él era nuevo en el colegio, y no se relacionaba mucho con los demás. Era de nuestro grupo, porque nuestro grupo era justamente el de los que no se relacionaban con los demás.

En un principio, los chicos más fuertes de la clase habían tratado de humillarlo un poco, lo normal, pero al primer intento —del capitán del equipo de fútbol, nada menos— Manu había contestado con una paliza. Dos puñetazos en la cara, sin miedo. Una patada en el estómago. Ni siquiera nos dio tiempo de gritar «¡bronca, bronca!». El futbolista acabó con un ojo morado y la nariz bañada en sangre. Desde entonces, nadie había intentado molestar a Manu... ni hablarle.

Y sin embargo, aquella vez en la clase sobre el aparato reproductor, cuando Moco, Beto y yo nos dábamos por perdidos, sin saber qué responder, Manu se puso de pie.

Lo hizo casi en cámara lenta. Al principio pensé que quería ir al baño. Luego creí que iba a acusarnos. Incluso cuando habló, tardé en asimilar de verdad lo que dijo:

—Ha sido culpa mía —admitió.

No sólo nos sorprendió a nosotros. Un murmullo de asombro se extendió por el aula. La confesión era algo nunca visto en nuestra experiencia escolar. Un par de semanas antes, cuando a Cuadrado Gómez le robaron el reloj, nos habían castigado a los cuarenta, tres horas después de clase, de pie en el patio, y nadie delató a nadie.

Confesar, menos.

Y confesar un delito no cometido estaba fuera de este mundo.

La señorita Pringlin enarcó una ceja y desvió la mirada, desconfiada ante el sacrificio pero hambrienta por una víctima nueva, una que se arrojaba contra su guarida alegremente y por voluntad propia.

—Entonces usted podrá contarme el chiste —lo recibió, venenosa.

—Yo... —en ese momento, Manu vaciló. O eso creí yo. Ahora sé que lo estaba gozando. Estaba creando expectativa, para que todos escuchasen lo que iba a decir—. Yo tenía una pregunta. Les hice la pregunta a mis compañeros. Por eso se rieron.

Pringlin paladeó el sabor de la sangre fresca. Esto iba a ser más fácil de lo que esperaba:

—Las preguntas, señor Battaglia, se hacen en voz alta. Estoy segura de que toda la clase se alegrará de compartir los conocimientos y satisfacer su curiosidad.

Manu asintió y comenzó:

—Yo quería saber...

El pobre Manu era nuevo, no sabía a qué se exponía. Nuestra obligación era impedirle el paso al campo minado.

—No lo hagas... —susurró Beto, pero Manu ni siquiera volteó.

—Al menos usa el término técnico —murmuré yo—. «Felación», di «felación».

—No jodas —dijo Moco, sobre todo para sí mismo—. Va a hacerlo de verdad.

Iba a hacerlo. Manu cargó baterías y, sin más preámbulo, hizo la pregunta. Con todas sus palabras.

Manu

¡Puta, claro pues, cuñado!

Claro que fui yo el que hizo la pregunta, el que la pensó y la dijo en voz alta. Esos subnormales no eran capaces de inventar nada por sí mismos.

Además, yo tenía un plan.

Yo quería que me expulsasen.

Pronuncié la pregunta enterita, huevón, con énfasis en «pinga», como para conseguir una buena rabieta de la vieja. Quería ver furia. Tarjeta roja directa. Suspensión para siempre. Quería un certificado que dijese: para dolor de sus fans, Manu Battaglia no terminará la temporada.

Sólo que, justo mientras hablaba, el cojudo de Carlos estornudó.

Lo hizo a propósito, para distraer, para que no se me escuchase. Fue el estornudo más fuerte de la historia. Y luego sonó el timbre.

Ese día no me expulsaron.

Lástima. Al final, todo habría salido mejor si me hubieran botado. No habríamos hecho... Bueno, no habría pasado... lo que pasó después.

Moco

Je je. Manu tenía las bolas bien puestas. Eso sí debo reconocerlo. Atornilladas al cuerpo. Y recubiertas de teflón, o quizá de ese material indestructible con el que construyeron a Terminator.

Guau. Las bolas de Terminator.

O las de Godzilla.

O las de Hulk.

Tiene que haber una lista en Facebook con los diez pares de testículos más resistentes del cine de monstruos. Y si Manu hubiese hecho una película de invasiones extra-terrestres, seguro que estaría en la lista. Hacen falta unas pelotas de acero para provocar que te larguen del colegio sin dudar.

Lo único que yo no entendía era: ¿por qué quería que lo expulsaran?

Nadie quiere eso. ¿No?

Beto

Manu me impresionó. Cómo hizo eso. Levantarse y decir lo que nadie se atrevía a decir. Sólo porque tenía el valor de hacerlo. Tenía agallas. Eso me gustó.

Cuando un chico hace tantos esfuerzos por demostrar que es duro, sólo puede significar una cosa: que es muy frágil. Todos lo éramos. Como jarrones en una mesa tembleque, a punto de caer y rompernos. Y yo era el más débil. Yo era un jarrón de porcelana.

Ojalá yo hubiese sido tan valiente. Por entonces yo era mudo. Trataba de no hablar con nadie.

Porque hablo así. Porque soy sensible. Nada más.

Yo era el afeminado, el chivo, el cabro, el mariposón, el cacanero, el putito, el gay. Todas las promociones tenían uno. Uno que hacía «rosquetadas» como leer. Uno que hablaba más suave que los demás, sin decir «huevón» cada tres palabras. Un buen blanco para burlas.

Estaba bien visto ser ladrón, asesino o delincuente. Pero maricón, de ninguna manera.

Yo ya estaba acostumbrado. En clase de Educación Física, un grupo de pesados me iba detrás remedando mi forma de correr. O se burlaban de cómo saltaba para jugar al voleibol. A veces, al ir al baño, encontraba mi nombre con algún dibujo de penes encima. Si tenía que subir a hablar en público, mis compañeros se ponían a silbar y chiflar, como si fuese un striptease. Una vez me dejaron todo el pupitre lleno de dibujitos porno hechos con lápiz de labios. Eso les parecía a todos muy divertido.

Pero yo sabía que no debía resistirme. Resistirme significaba pelear. Y eso era peor. En abril había tratado de enfrentarme a Ricky Baca, un matón de la sección E. Ricky se había puesto a molestar («Betito, ¿y si me haces una chupadita? Ven, dale un besito al tío») y yo había querido responderle con un golpe sorpresa.

Ni siquiera le di. De hecho, casi me caigo solo, por el esfuerzo.

Como respuesta, Ricky sacó su camiseta de deportes y se puso a darme latigazos en la cara. Estuvo a punto de volarme un ojo. Cuando yo trataba de devolver los golpes, ni siquiera atinaba a encontrarlo. Pero cada vez que daba vuelta, ahí estaban él y su maldita camiseta, sacudiéndome. Y ahí estaban todos alrededor, gritando «¡bron-ca!, ¡bron-ca!». Azuzándonos. Como a dos orangutanes en una jaula.

Desde ese día, al sonar el timbre, yo siempre me iba directamente a la biblioteca. En ocasiones me pasaba todo el recreo solo, o conversando con la bibliotecaria. Otras veces se me sumaban un par más de exiliados de la masculinidad con sus loncheras. Formábamos un té de tías patético, aunque al menos estábamos a salvo de los salvajes de nuestros compañeros, que en su mayoría nunca habían pisado una biblioteca.

Pero ese día, tras la clase sobre el aparato reproductor, no pude marcharme como era mi costumbre. No pude apartarme de Manu.

Tampoco Moco y Carlos se resistieron a su hechizo. Los tres nos quedamos con él. Había que agradecerle. Nos había salvado. Con esa pregunta de la sífilis, se había puesto de carnada. Se había ofrecido en sacrificio justo cuando la Pringlin se preparaba para caernos en picado sobre la cabeza.

—¡Qué valor! ¿Ah? —dijo Moco—. ¿Por qué hiciste eso?

—Porque me dio la gana pues, huevón —explicó Manu.

—A este paso te botarán del colegio de una patada —le advertí. Y lo hice en serio. Porque no quería que eso ocurriese.

—Ya me han botado de cuatro colegios, cojudo —respondió con orgullo—. Estoy acostumbrado.

Cuatro expulsiones. Era como tener antecedentes penales. Como tatuajes a cuchillo en los brazos.

Quiso entrar a fumar al baño, y todos fuimos con él. No nos invitó, pero no podíamos resistirnos a tenerlo cerca. Nos habíamos convertido en los planetas de su órbita.

Nos encerramos en un wáter y él sacó un cigarrillo Premier. Era la marca más asquerosa del mercado. Pero en él olía como colonia. Como Drakkar Noir, el perfume dulzón y pegajoso que usábamos los adolescentes.

Mientras fumábamos, comentamos el tema del día: la sífilis.

—Cómo me gustaría contagiarme, oye —suspiró Moco, que era el más degenerado de todos.

—Si serás bruto, Moco —replicó Carlos—. ¡Es una enfermedad!

—¿Y? —se reafirmó Moco—. La enfermedad te la curas, pero el contagio valió la pena.

—Confirmado: es cojudo —diagnosticó Manu, fumando intensamente, con el cigarrillo entre el pulgar y el índice, como si fuese marihuana.

—Como si ustedes no quisieran —se defendió Moco—. Son igual de vírgenes que yo. Seguro que se pasan todas las noches jalándose el pellejo.

Moco era una biblioteca de frases calientes. Una enciclopedia del vocabulario púber. Debía conocer doscientas formas de decir «masturbarse». «Jalarse el pellejo» era sólo una de ellas.

Carlos, en cambio, sacó a relucir sus propias armas, un poco más adultas:

—Yo al menos tengo una hembrita. Sólo tengo que convencerla.

—¡Claro, convencerla, qué fácil! —se burló Moco—. Y luego soy yo el cojudo.

—Voy a conseguirlo —porfió Carlos, seguro de sí mismo—. Pero poco a poco.

—Pero muuuuuuuy poco a poco, huevón —se burló Manu.

—¿Tú lo has hecho alguna vez? —le pregunté yo.

—¡Claro que sí! —respondió Manu ofendido.

No lo había hecho en su maldita vida. Estaba claro. Pero eso sí: te pasaba el cigarrillo con gesto de delincuente maduro, curtido en mil batallas. Traté de no toser mientras ese humo infecto me raspaba la garganta. Yo no fumaba. Sólo estaba ahí porque no podía estar en ningún otro lugar del mundo.

—Yo nunca lo he hecho —admití—. Y después de esta clase, cuando lo haga, me pondré ocho condones. No quiero terminar con un grano de ésos en el pene.

Lo había dicho fuerte, con la voz grave, para sonar viril. Pero era inútil. Mi subconsciente me traicionaba. Los chicos malos del colegio no decían «pene».

—Suficiente con el grano que tienes en la cara —se rio Moco, que al parecer no se había visto en un espejo desde mucho antes de la primaria.

Todos nos reímos. Reírnos nos hacía sentir poderosos. Nos reíamos todo el tiempo, aunque no supiésemos bien de qué. Todos menos Manu, que no lo necesitaba. Él estaba enfadado, y seguía obsesionado con el tema de la Pringlin:

—Esa vieja de mierda nos cuenta todo lo de las enfermedades porque a ella nadie se la tira —sentenció—. Si no fuera tan fea, a mí me gustaría tenerla enfrente, para mostrarle lo que hace un hombre de verdad, y oírla gemir, «aaah, Manu, máaaas, síiiii»...

Manu era gracioso en su imitación de un polvo con la señorita Pringlin. Se puso a cabalgarla, a flagelarla, a bailar samba con ella, todo en el reducido espacio del wáter, con nosotros alrededor tratando de no reventar a carcajadas.

—Oh, Manu, papi, dame... —decía imitando su voz.

Y todos lo animábamos en su polvo imaginario, fascinados como estábamos con él y con su ingenio y su fuerza.

Entonces se oyó la voz verdadera de la señorita Pringlin. Era la única voz que sonaba peor que su imitación. Más descarnada. Más gritona. Más parecida al alarido de una hiena. Y muy cercana. Demasiado. Justo del otro lado de la puerta.

—Señor Battaglia —dijo esa mujer horrenda—, me alegra que tenga interés en verme. Porque yo también tengo una reunión pendiente con usted. ¡Salga de ahí ahora mismo! ¡Y traiga con usted a sus amiguitos!

Ahora sí, lo habíamos conseguido. Ya teníamos un problema.

De todos modos, antes de abrir la puerta, Manu remató su escena de sexo con un par de gestos más. Y repitió en voz baja:

—Oh, Manu, papi, más...

A mí se me atascó todo junto en la garganta: la risa, el susto y la tos. Ese chico era valiente, casi de otro mundo.

Carlos

Yo sí tenía una chica. No me la estaba inventando. No era una muñeca inflable. Era una mujer de carne y hueso. Podía haber presentado evidencia. Podía haber probado su existencia ante un jurado.

Se llamaba Pamela, un nombre suave como una cama mullida. Y yo sí había hecho algunos avances con ella. Una mano en la cintura, casi donde terminaba la espalda. Un beso en el cuello, casi donde empezaba la pendiente del pecho. Pero paso a paso se llega lejos.

El día de la clase sobre el aparato reproductor, después de descubrirnos fumando en el baño, la Pringlin nos endilgó un larguísimo sermón acerca de algo relacionado con la disciplina, el respeto a los profesores y los daños a la salud del tabaco. Finalmente, llamó a nuestros padres para celebrar una reunión en el colegio, a la hora de la salida.

Se suponía que yo debía esperar en casa, arrepentido de mis actos. En vez de eso, corrí a ver a Pamela a su trabajo. Estaba excitado. Por primera vez tenía algo que contar. Una aventura. Y la dejé salir toda. Incluso la exageré un poco.

—¿Fumando en el baño? —preguntó Pamela al acabar la historia, admirada ante nuestro valor—. Si a mí me encuentran fumando en un baño del colegio, mi mamá me castiga de por vida.

Aún me parece verla. Llevaba un uniforme de camarera naranja con amarillo fosforescente, los pechitos apretados contra el delantal y el pelo recogido en una coleta, bajo una visera con el logo del lugar. Yo le había ahorrado el detalle de «Manu, papi, dámelo, dámelo», que consideraba innecesario. Y ahora, mientras saboreaba mi milkshake fabricado con leche en polvo de la empresa nacional de consumos industriales, seguí haciéndome el valiente:

—Nos amonestaron y quieren hablar con nuestros padres. Los míos están en reunión ahora mismo. Pero da igual —y aquí me puse firme y di un golpe en la mesa con el fondo del vaso de mi milkshake—. A mí no me van a decir qué tengo que hacer.

Ella sonrió, con esa sonrisa suya que podía ser de admiración o de sarcasmo y que a mí me volvía loco. Me tomó de la mano:

—No quiero que te castiguen —dijo—. Porque entonces no vendrás.

—Yo siempre vendré. Me encantan las hamburguesas.

Pamela trabajaba en el negocio de su tío: la hamburguesería McRonald's. No confundir con un McDonald's: a pesar de sus juegos infantiles, sus McMenús y sus emes amarillas con montañitas, McRonald's era una patente nacional. En esos años, el Perú era un país de segunda clase sin franquicias, cadenas de comida rápida, zapatillas Nike ni juguetes de *Star Wars*. Si tenías algo de eso era porque alguno de tus padres lo había comprado en Miami. Y si tus padres iban a Miami —o mejor aún, si tú ibas a Miami y Orlando y te hacías una foto con Mickey Mouse—, significaba que tu familia tenía una buena posición social y que podrías aspirar a una chica del Santa Úrsula. De lo contrario, como era mi caso, estabas destinado a consumir el producto nacional, es decir, zapatillas Mike, juguetes de *Star Mars* y hamburgueserías como el McRonald's de Surco.

El dueño —el tío de Pamela— nos vigilaba de reojo desde la caja. Ahora pasó a nuestro lado, sin siquiera mirarme, y le preguntó a su sobrina:

—*Everything OK?*

—*Fine* —dijo Pamela—. *Just talking.*

El tío se llamaba Ronaldo y admiraba todo lo americano. Había pasado su juventud en California, sentía fascinación por cualquier cosa en inglés y hablaba ese idioma constantemente, pronunciándolo como si mascase un chicle. El McRonald's era su gran proyecto personal: una copia descarada del original americano, el mismo diseño, la misma carta y el mismo payaso en las promociones (Ronaldo disfrazado); en suma, un homenaje a todo ese primer mundo que nos estaba vedado, pero que conocíamos a través de la televisión.

Cuando el tío se marchó, Pamela y yo guardamos un largo silencio. Era normal. No siempre teníamos tema de conversación. A veces pasábamos media hora sin hablar, nerviosos, tratando de pensar algo que decirnos.

—¿Y tú cómo has estado? —dije, por rellenar—. ¿Has tenido mucho trabajo?

Miramos alrededor. Era una pregunta tonta. No había un alma en el lugar. En 1992, entre las medidas económicas y la inseguridad, no había un alma en ninguna parte.

—Vengo acá para no estar en mi casa —respondió—. Odio mi casa.

Se pasó una mano por el pelo, dejando brillar los dos granos de su frente. Dos granos hermosos.

Para los estándares oficiales, Pamela no era especialmente bonita. Cumplía con el requisito primordial de ser blanca y tener el pelo castaño (con un poco de voluntad podía ser rubia). Pero sus formas más bien llenitas —esa cadera levemente desbordada, esas mejillas como dos manzanas— escapaban a nuestro canon, el que fijaban revistas como *Playboy.* Por eso aún no se la presentaba a mis amigos. La hermosura, en nuestro mundo, era una cuestión de consenso. Tus amigos la consagraban con sus elogios o la sepultaban con sus críticas, que podían ser sumamente crueles. Y si todos tus amigos pensaban que tu chica era fea, tu chica era fea y punto. Cambiar de enamorada era más fácil que cambiar de vida.

—¿Sales temprano hoy? —pregunté.

Pamela se ruborizó. Sabía lo que significaba esa pregunta.

Y por si no lo sabía, yo se lo aclaré:

—No deberías regresar sola.

Era cierto. Lima era una ciudad violenta (lo sigue siendo). Podían asaltarte, secuestrarte o asesinarte (y todavía pueden). Nuestro barrio, Surco, estaba situado en las faldas del cerro de Monterrico. Del otro lado, más allá del muro del colegio, comenzaban los pueblos jóvenes, las zonas pobres que nosotros sólo pisábamos para hacer trabajos de caridad. Corría la leyenda de que algún día los habitantes de esos pueblos se organizarían, cruzarían el cerro y caerían en hordas sobre nuestras casas para saquearlas y ocuparlas. Pero mientras ese día llegaba, el barrio de Surco era un lugar tranquilo, lleno de casas con jardín. Dentro de los límites de nuestra zona de confort, nunca pasaba nada. Aunque siempre podía pasar.

—Hoy no puedes acompañarme —respondió Pamela.

—¿Segura que no? —sonreí, tratando de sonar pícaro.

—Segura.

Ya la había acompañado tres veces antes. Esos trayectos habían sido nuestros paseos amorosos más intensos.

En el primero de ellos, yo le había «caído». Llevaba tiempo viéndola y hablándole en el restaurante. Así que aproveché la oportunidad y le dije: «¿Quieres estar conmigo?». Era la fórmula habitual para declararse. Ella se lo pensó un poco, pero al final accedió. Yo ni siquiera la besé. Sólo le di las gracias y me fui corriendo a casa, a celebrar que ahora tenía enamorada.

La segunda vez besé a Pamela en la puerta de un garaje, torpemente, sin demasiada claridad sobre dónde y cuándo poner la lengua. Pero su acogida fue amable. Ella estaba quizá más asustada que yo. Revolvimos unos minutos nuestras salivas como pudimos, y luego ella se despidió.

La última ocasión fue especial, porque ella salió tarde, cuando ya había oscurecido. Y aunque insistió en que debía volver a casa pronto, se permitió una larga distracción por las callejuelas vacías de las faldas del cerro. Al abrigo de la noche, nos desviamos hacia uno de los parques del barrio. Casi no había peatones en esas calles. Aparte de algunas empleadas domésticas de compras, apenas caminaba nadie por ahí. No había oficinas, y los vecinos entraban y salían en carro. Aprovechando la soledad, nos sentamos en una de las bancas, detrás de una pequeña gruta, y dimos rienda suelta a nuestro calentón. Ella incluso me permitió tocarle los pechos por encima del sostén pero por debajo de la blusa.

Cuando empezábamos a jadear, apareció en una esquina del parque el sereno, que limpiaba los parques de drogadictos y amantes. No nos interrumpió (sin duda éramos lo más entretenido que iba a pasarle esa noche), pero Pamela se sintió obligada a retomar la compostura, y me hizo llevarla a su casa sin más demora.

Siguiendo el orden lógico de la vida, nuestro siguiente paseo debía llegar un poco más lejos. Y era mejor darlo pronto, porque con toda probabilidad, después del incidente del baño y la señorita Pringlin, yo me pasaría encerrado en mi cuarto hasta el año 2100.

—¿Por qué no te regresas conmigo? —insistí—. ¿He hecho algo malo?

Ella se rio. Su risa sonaba como una caja de música.

—No. Es que hoy mi mamá viene a recogerme.

—Bueno, me quedaré para conocerla —propuse.

—¡No, no lo harás! —se rio ella.

—¿Por qué? Tenemos un tema de conversación.

—Con mamá no se puede conversar —frunció el ceño Pamela, y luego, recuperando la sonrisa, añadió—: Contigo sí.

Distraídamente, yo había estado mojando las papas fritas en la mayonesa, pero dejé de hacerlo para evitar cualquier tipo de connotación incómoda. Me adelanté sobre la mesa y traté de besarla.

—¡Aquí no! —retrocedió ella de un salto, como si hubiese caído una araña sobre la mesa—. ¡Está mi tío!

—Es que me gustas mucho —le dije, tratando de que no sonase como una súplica. Porque era cierto, dolorosamente cierto.

—También las hamburguesas te gustan —respondió—. Pero no quieres hacerles eso.

—Pero yo a ti te gusto, ¿verdad? —pregunté—. Somos enamorados.

Quería una confirmación. Quería estar seguro de que no me rechazaba por falta de interés. Porque yo era raro, o porque no jugaba fútbol. Me costaba convencerme de que yo podía gustarle a alguien.

Ella entendió. Me dedicó un guiño con los ojos, me tocó la mano asegurándose de que su tío no mirase, se acercó furtivamente por encima de la mesa y me susurró al oído:

—Despacio, ¿ok? Vamos despacio. Para que dure más.

Todo me tembló por dentro. Y no sólo porque me había soplado la oreja al hablar. Fue lo que dijo. Era la declaración de compromiso más bella que yo había oído. Y de paso, me infundió esperanzas de que estábamos deseando lo mismo. Sólo teníamos diferencias en los plazos de entrega. En la letra pequeña del contrato.

—Tonta —le dije, por decir algo.

—Tonto tú —respondió ella.

Sólo nos arrancó de ese estado ovino la aparición de su tío, que pasó a nuestro lado haciendo guardia y rompiendo nuestro hechizo.

—*Pamela, can you help me in the kitchen, please?*

Ella me mandó un sutil beso volado y se marchó. Pero antes de desaparecer definitivamente, volteó una vez más:

—Esta noche iré al centro comercial Camino Real con mis amigas. Si pasas por ahí, podemos vernos.

¡Podíamos vernos!

¡Ella quería verme!

Pero daba igual. Yo tenía un castigo pendiente. Y se prometía largo.

Manu

Carlos tenía una novia, sí. Pero yo tenía a *Final Fight.*

Lo mejor de los años ochenta: *Final Fight* en el Atari. ¿Por qué cambiaron cosas como ésa? ¿Por qué se jodió todo? Es verdad que hay versiones nuevas del juego en Super Nintendo y Wii. Pero no es lo mismo. El viejo *Final Fight* debería estar en el Museo de la Nación. Patrimonio de la Humanidad debería ser esa huevada.

El día que nos encontraron fumando en el baño, me pasé la tarde jugando en mi Commodore 64. Era la peor versión de *Final Fight,* una mierda comparada con Arcade o Atari. Todos los muñecos estaban hechos de cuadraditos, como pixelados. Pero al menos cumplían sus funciones más importantes:

Romper dientes.

Machacar cerebros.

Pegar puñetazos.

Un mafioso sale de una casa destrozada y lo tumbas al suelo con una patada voladora. Otro se interpone en tu camino y le partes el cuello de un karatazo.

Un juego educativo.

Precisamente estaba tumbando a un matón cuando sentí abrirse la puerta a mis espaldas. La puerta de mi casa, digo, no la de *Final Fight.*

Yo sabía adivinar el humor de mi vieja por la fuerza con que soltaba su enorme cartera sobre la mesa de la sala. Y esta vez la madera tembló, como si fuera a hundirse.

Seguí jugando. Podía fingir que no la había oído entrar. Incluso en la Commodore 64, el *Final Fight* hacía

En la pantalla del juego, la dinamita explotó. Yo me enojé. Me enojé un huevo.

Ahora tendría que pensar un nuevo plan para que me sacasen de ese colegio de mierda.

Moco

Películas sobre niños sin padres:

Annie, pero la niña consigue un padre millonario.

Solo en casa, pero el niño se divierte un montón y al final sus padres regresan.

Los *Gremlins,* pero ellos no tienen padres. Se reproducen cuando se mojan. Y son monstruos, no niños. Eso no vale.

Mi vida no era como esas películas. En mi vida no había final feliz.

El día que la Pringlin nos descubrió en el baño, después de la salida de clases, me quedé en el patio, escondido en las escaleras de los laboratorios. A mis compañeros los mandaron a casa a esperar a sus padres, pero yo no me moví. A diferencia de ellos, fuera del horario escolar, yo era dueño de mí mismo. Nadie me mandaba nada.

Cada cinco minutos, subía a espiar por la ventana de la sala de profesores, donde la vieja recibía sus visitas. Podía mirar todo lo que pasaba, e incluso escuchaba algunas palabras. Era lo más parecido del mundo a ser Tom Cruise en *Misión: Imposible.*

Los padres de mis compañeros fueron llegando en orden de importancia. Primero la madre de Manu, sola y con pinta de apurada. Antes de llegar, ya estaba furiosa. Entró a la sala de profesores pisando fuerte y con cara de muy muy mal humor. Y salió más enojada todavía, hablando en voz muy alta y sacudiendo los brazos.

Estaba buena la mamá de Manu, je je.

Luego llegaron los padres de Carlos. Más asustados que enojados. Muy amables todo el tiempo. Con cara de preocupación. Al irse, sonrieron. Le dieron las gracias a la Pringlin y todo. Gracias señora por torturar a nuestro hijo. Así no tenemos que hacerlo en casa. Qué felices nos hace usted.

Los últimos fueron los de Beto. El papá de Beto es un grandazo y su esposa es chiquitita. Habló él todo el tiempo, con un montón de gestos y aspavientos. Hablaba más que la profesora, como si él tuviese que explicarle lo que había hecho su hijo. Gracioso el viejo. La mamá calló todo el rato.

Luego ellos se fueron también, y ya no quedó nadie.

La Pringlin esperó un poco más. Había llamado al teléfono de mi casa y dejado el mensaje, porque teníamos una máquina contestadora de las de antes. Nadie le había respondido. La profesora corrigió algunos exámenes, escribió un par de cosas, hizo tiempo. Cerca de las seis, con el sol a punto de ponerse, se marchó.

Mi viejito nunca llegó.

Mi viejito nunca llegaba a nada.

Para ser hijo suyo, bien podría haber sido un gremlin. No habría habido mucha diferencia.

Beto

A mí me dan angustias.

Cuando va a ocurrir algo malo, y sobre todo cuando *he hecho* algo malo, me siento incómodo. Se me suben los colores. Se me escarapela la piel. Se me revuelve el estómago. Al final, esperar por las consecuencias siempre es peor que las consecuencias mismas. Yo prefiero apurar el mal trago cuanto antes.

En esa época, claro, yo sentía que lo hacía todo mal. Que mi *existencia* estaba mal. Que a la gente como yo, había que castigarla. Todos los días. A toda hora. Leía novelas como *El túnel* de Sábato o *El guardián entre el centeno* de Salinger, y me identificaba con esos personajes extremos en busca de su propio castigo.

El día que nos encontró la Pringlin fumando en el baño, pasé la tarde esperando la pena por mis malas acciones, mordiéndome las uñas y sudando frío. Preveía un correctivo despiadado, una paliza ejemplar.

Y además, pensaba en Manu. No quería hacerlo. Pero no conseguía quitármelo de la cabeza. Aún llevaba en la nariz el olor de su cigarrillo apestoso. Y oía sus palabras. Y me reía solo pensando en su parodia de sexo con la señorita Pringlin. Merecía un castigo sólo por eso.

Como a las cuatro, oí la puerta de la calle. Y temblé más, pero también me sentí aliviado. Mi correctivo había llegado. Era hora de pagar por mis pecados. Al menos, sería mejor que la incertidumbre.

Lo raro es que mi padre ni siquiera me llamó. Yo apretaba los dientes en mi cama, temiendo el grito, el golpe, la paliza. En cambio, él se sentó en la sala, frente al televisor, con una cerveza en una mano y un sándwich en la otra, y puso un partido de fútbol.

Pensé que era una forma sutil de tortura. Mi padre dejaría que me angustiase, que me invadiese la ansiedad, que sufriese un colapso nervioso.

Decidí salir yo mismo hacia el sofá, lentamente, con la mirada en el suelo, arrepintiéndome por adelantado, adivinando lo que me esperaba. Apreté los dientes. Me clavé las uñas en la palma de la mano. Pero lo único que mi padre dijo al verme fue:

—Están dando el partido Milán-Fiorentina. ¿Quieres ver?

Ni siquiera retiró la mirada del televisor.

Aún podía tratarse de una trampa, así que me esperé en silencio. Mi padre mantuvo la boca cerrada y la vista en la pantalla.

Fue mi madre la que salió de la cocina, aún con el delantal puesto, y tocó el tema que yo temía. Para mi sorpresa, su furia no estaba dirigida hacia mí, sino hacia mi padre:

—¿Es todo? ¿Ésa es la educación que vas a darle a tu hijo?

Mamá quedó de pie frente al televisor, tapando la imagen, justo en el momento en que el Fiorentina pateaba un tiro de esquina. Mi padre inclinó la cabeza para seguir viendo, como si los futbolistas jugasen en una cuesta. Mi madre estaba que echaba humo, pero él ni siquiera dejó de mirar el partido para responder:

—¿Cuál es el problema? ¿Que el niño fuma? Mucha gente fuma.

—¡Le faltó el respeto a la señorita Pringlin!

—No le faltó el respeto. Hizo una broma sobre ella.

¿Me estaba defendiendo? ¿Estaba de mi lado?

—En realidad yo no dije nada... —traté de intervenir, pero esa conversación no era conmigo.

—Una broma tan subida de tono que ella no quiso ni repetirla —machacó mi madre.

—¡Una broma de chico de quince años! —se enojó mi padre—. ¿De qué crees que habla uno a los quince años? De mujeres. Me preocuparía si hablase de hombres. ¿Verdad, campeón?

Mejor no responder esa pregunta. Mi mal comportamiento era un tema mucho mejor.

—¿Me van a castigar? —pregunté.

—¡Sí! —respondió mi madre.

—¡No! —respondió mi padre.

—¿Puedo subir a mi cuarto mientras lo deciden?

En ese momento, un defensa del Milán pateó a otro jugador y el árbitro le mostró la tarjeta amarilla. Cuando la camilla entró en la cancha para rescatar al herido, mi padre decidió aprovechar el tiempo muerto. Levantó la vista hacia mi madre. Ella le devolvió una mirada llena de exigencias. Ella siempre le decía que era su responsabilidad enseñarme a comportarme como un hombre.

—¿Puedes dejarme a solas con Beto? —preguntó mi padre, con una voz teñida de resignación.

Mi madre asintió con la cabeza y apagó el televisor. Al abandonar la sala, llevaba con ella el control remoto, para asegurarse. Mi padre pasó un rato mirando su cerveza, como si algo se le hubiese perdido dentro de la botella. Al fin, me animé a hablar. Sabía lo que él quería oír. Y se lo dije:

—Si quieres no hablamos. Puedo irme a mi cuarto y luego decirle a mi madre que hablamos.

Mi padre gruñó. Evidentemente, consideró la idea. Aunque al final la descartó:

—No, supongo que eso no va a funcionar.

—Supongo que no.

Medio sándwich de mi padre seguía en la mesa, y él lo miró con nostalgia. Pero entendió que no era el momento de comer. Tenía que parecer serio. Ése era su papel.

—Así que... —comenzó finalmente—. ¿Bromitas sobre tirarte a la señorita Pringlin?

—Yo no estaba haciéndolas —susurré.

Había vuelto a bajar la cabeza. Y miraba el reloj con impaciencia. Toda conversación, por indirecta que fuese, en la que figurasen palabras como «tirar» o similares resultaba igual de incómoda para ambas partes.

—Yo tampoco las haría —dijo mi padre—. Esa mujer es más fea que una patada en los huevos.

Me reí. Pero seguía sintiéndome incómodo. Me reí porque era lo que había que hacer.

—¿Sabes? —entró en confianza él—. A todos nos pasa.

—¿Qué nos pasa? ¿A quiénes?

—A los hombres. Llegamos a tu edad y nos ponemos muy arrechos. Nos ponemos a fantasear... hasta con las feas.

—Yo no tengo fantasías con la señorita Pringlin —me sentí obligado a aclarar.

—No, claro. ¿Y con quién las tienes? ¿Con tus amigos?

Se rio estrepitosamente de su propio chiste. Daba por sentado que eso era imposible. La homosexualidad era para él como la bomba nuclear o la hambruna en África. Algo que ocurría en las noticias, pero que no le tocaría nunca de cerca.

Era lo más normal, supongo. A la mayoría de mis amigos de hoy les tomó tiempo descubrir su sexualidad. Estaban tan deseosos de ser «hombres», de ser «machos», que atravesaron numerosos bochornos con mujeres antes de admitirse como eran en realidad. A mí, en cambio, eso nunca me pasó. Siempre supe lo que yo era. Y siempre supe que debía mantenerlo en secreto.

Así que, en situaciones como ésta, no me costaba ningún trabajo decir lo que se esperaba de mí:

—Bueno, no era una fantasía. Era sólo una broma.

—Ya lo sé, ya lo sé —siguió mi padre, convencido de que era un gran tipo, muy moderno y con una sensibilidad especial para tratar con hijos adolescentes—. Yo también me pasaba todo el día hablando de lo mismo: chicas, chicas, chicas...

Se rio de nuevo y me dio una palmada en la espalda. Yo le devolví un puñete en el hombro. Esas cosas le gustaban.

—Ya sabes cómo es —dije.

Y en cuanto pude, me escapé a mi cuarto a pensar furiosamente en Manu.

Carlos

En cierto modo, a pesar de todo, yo *quería* un castigo. A lo mejor, por eso estudié Derecho años después. Para lidiar con los castigos. Para asegurarme de que todos reciban la sanción justa.

Y eso deseaba para mí mismo: un mes sin televisión. Dos semanas sin salir. Escribir quinientas veces «no lo volveré a hacer». Arrodillarme con los brazos extendidos y un gorro de burro. Una pequeña condena por hacer bulla en clase, fumar en el baño y expresar fantasías sexuales con la profesora.

Habría sido normal. Yo sólo quería ser *normal*.

Estaba cansado de ser diferente. No jugaba fútbol porque en casa nadie era de ningún equipo. No montaba bicicleta porque nadie me había enseñado. En mi familia se discutía de política, de Fidel Castro, de Estados Unidos, temas que en el colegio nadie mencionaba. Mis padres no asistían a las actividades familiares de los fines de semana. Y en vacaciones, mientras mis compañeros iban a Miami, a mí me llevaban a... Huando.

¿Es que no podíamos hacer nada como el resto de la gente?

Pero lo peor era el divorcio. En esos días —y esos días habían empezado más o menos en 1980—, mis padres estaban embarcados en el divorcio más largo de la historia.

Ya en mis primeros recuerdos infantiles, papá y mamá discutían sin parar. Y él pasaba muchas noches durmiendo en el sofá de la sala. Yo me levantaba por la mañana y lo despertaba para jugar. No entendía que eso era una mala señal.

Más adelante, dejé de encontrar a papá en el sofá. Pero tampoco estaba en su cuarto. Cuando no dormía con mi madre, se iba a algún lugar fuera de casa. En esa época, lo recuerdo enunciando una de sus teorías raras:

—Estar casado no es como ser dueño de una vaca. Una relación de pareja debe dejar espacio a la libertad de cada uno.

O algo así. Daba igual. Yo no entendía nada.

A mis diez años, mis padres me llamaron a la sala un día y me anunciaron:

—Nos vamos a separar.

Y yo:

—Ok.

Y ellos:

—Pero te seguimos queriendo.

Y yo:

—Ok.

Y ellos:

—Y también nos queremos entre nosotros, pero de otra manera.

Y yo:

—Ok.

Al final, no se separaron.

Dos años después, tras muchos esfuerzos, papá logró irse de casa. Incluso se llevó un poco de ropa. Pero tras seis meses de reproches y promesas, volvió. El día de su regreso, papá dijo que la separación temporal había sido una prueba, y que nosotros la habíamos pasado con éxito.

—Volvemos a ser una familia —dijo—. Y ahora es para siempre.

Una prueba.

Como ir a firmar tu libertad condicional a la comisaría. Sólo que cuando pasas la prueba, te encierran.

Con la reconciliación, volvieron las discusiones. Papá y mamá trataban de pelear en voz baja, para que yo no escuchase. Pero eso tampoco daba resultado. Cada vez que yo volvía del colegio, interrumpía una disputa. Podía notarlo en los rostros crispados de los dos, o a la hora de comer, cuando mamá pretextaba tener mucho que hacer y se quedaba sola en la cocina. Y luego venían las noches. Después de acostarme, llegaban hasta mi habitación los murmullos ahogados de los enfrentamientos en el dormitorio conyugal. El aire de mi casa se podía cortar con un cuchillo, aunque enfrente de mí, o de las visitas, papá y mamá sonreían, conversaban y fingían que no estaba pasando nada.

A comienzos de 1992, esos dos admitieron que no podían vivir juntos y papá volvió a irse de casa, esta vez más aparatosamente, con ropa y muebles y cajas llenas de su vida pasada. Pero a continuación descubrieron que tampoco podían vivir separados. Dejarse mutuamente era como dejar de fumar: una larga serie de indecisiones, marchas atrás e intentos interrumpidos.

Periódicamente, mis padres vivían ardientes reencuentros. Un par de veces al mes, cuando yo bajaba a desayunar, me encontraba con papá en el comedor.

—¡Sorpresa, campeón! —saludaba—. ¿Quieres cereales o tostadas?

Me hablaba como si eso fuese normal, como si nunca se hubiese marchado ni fuese a marcharse de nuevo.

Al día siguiente, su silla volvía a estar vacía.

¿Por qué no podíamos vivir como los demás? Ser una familia, o no serlo, pero no ambas cosas al mismo tiempo.

Papá era un marido inestable, pero no un padre ausente. A menudo acompañaba a mamá a las reuniones con los profesores, algo que ni siquiera hacían los padres que sí vivían con sus esposas. O la invitaba a cenar para discutir algún tema relacionado conmigo. (Por lo general, era precisamente después de esas cenas cuando aparecía desayunando en el comedor.)

—Nunca dejaré de ser amigo de mamá —me explicaba él—, porque es tu mamá. Quiero que tengamos una relación civilizada, por el bien de los tres.

Sonaba muy sensato. Pero después de sus civilizados encuentros, mamá siempre quedaba de mal humor por días. Frecuentemente lloraba a solas. Los murmullos nocturnos no habían dejado de llegar a mi cuarto, pero ahora no eran discusiones, sino sollozos de soledad y confusión.

—Mamá, ¿estás bien? —me levantaba yo.

—Vete a tu cama, Carlos. Estoy bien. Sólo un poco resfriada.

Y se encerraba a seguir llorando.

El eterno divorcio de mis padres tenía una ventaja a pesar de todo: acaparaba su atención. Papá y mamá estaban tan ocupados dejándose y recuperándose que apenas se fijaban en nada más. Ni en mí, ni en mis errores.

El día que la Pringlin nos descubrió fumando en el baño, papá acompañó a mamá a la reunión con ella. Al volver a casa estaban muy acaramelados, como dos novios volviendo de su luna de miel. Me saludaron como si no hubiese pasado nada. Mientras tomábamos lonche, se echaban miraditas y se hacían chistes privados. Tuve que recordarles que me había portado mal. Que mi profesora estaba furiosa. Que tenían que regañarme, maldita sea. Era su obligación.

—¿Qué ha dicho la señorita Pringlin?

—¡Ah, sí! —dijo papá, como si le hablase de un tiempo lejano—. La señorita Pringlin. Una señora un poco antipática, ¿verdad?

—¿Qué dijo? —insistí.

—Que estabas fumando en el baño —respondió mamá—. No pasa nada. Dice que sólo castigará al «líder». ¿Cómo se llama? ¿Manolo?

—Manu.

—Manu. Pero quería poner en nuestro conocimiento la falta. ¿Estás fumando, hijo?

—¡No! ¡Fue sólo esta vez!

—No deberías fumar, ¿ok? Es malo para tu salud.

—¡No fumo!

—No vamos a castigarte por eso. Fumar te hace daño a ti. Es tu responsabilidad.

Mis padres eran así: liberales. Nada les escandalizaba. Desde que yo era niño. Para ellos, yo no hacía berrinches: me «expresaba». No pateaba los muebles: «exteriorizaba mi agresividad». Y no peleaba con los demás niños: sufría «malentendidos». Los demás padres zurraban a sus hijos después de cada travesura. Pero nosotros ni siquiera éramos normales en eso.

—¡No fumo! —repetí.

—Tampoco debes hacerlo en el colegio —intervino papá—. No deberíamos decírtelo. Hasta ahora siempre te has portado bien. ¿Podemos seguir confiando en ti?

—¡Claro que sí!

Papá miró a mamá como preguntándole qué tal había estado. Mamá aprobó su comportamiento con una nueva taza de café. Luego se pusieron a hablar de las cortinas. Mamá creía que hacía falta cambiarlas.

Al parecer, mi momento ya había terminado. Desconcertado, tuve que preguntar:

—¿Ya está?

—¿Ya está qué?

—¿Eso es todo? ¿Me puedo ir?

Ellos dijeron que sí. Parecían contentos de perderme de vista.

Siguieron en la sala, en actitud de tortolitos. Yo recordé la invitación de Pamela. Quizá, por una vez, estaba bien tener padres anormales.

—¡Ya vengo! —grité saliendo de la casa a toda velocidad, para no darles tiempo a arrepentirse—. ¡Voy a casa de Beto!

No podía decirles adónde iba en realidad. Eran liberales, pero no inconscientes. No me habrían permitido tomar un taxi solo y cruzar media ciudad hasta San Isidro. De todos modos, no tenían por qué enterarse.

Cerca de la avenida Benavides, subí a un auto con una pegatina en la ventanilla que anunciaba «taxi». Y durante todo el camino a través de Higuereta y Miraflores, ni siquiera se me ocurrió que el conductor podría haberme llevado a un pampón para robarme. Yo sólo pensaba que ya era un hombre, un adulto. Lo había demostrado esa mañana en el baño del colegio. Y volvería a hacerlo por la noche con Pamela, en el centro comercial Camino Real.

Hoy en día ni siquiera soy capaz de entender qué era lo divertido de Camino Real. Estaba tan mal ubicado, en medio del barrio residencial de San Isidro, que muchas de sus tiendas habían tenido que cerrar, y otras ni siquiera habían llegado a abrir. Pero funcionaba como escaparate favorito de los adolescentes, que nos pavoneábamos por sus pasillos apestando a colonia Drakkar Noir y luciendo aparatosas zapatillas de astronauta Reebok con pega-pega o New Balance de colores.

Encontré a Pamela deambulando por los pasillos y mirando tiendas. Iba con dos amigas que me presentó. Las amigas me miraron todo el tiempo con media sonrisa, como si fuese un accesorio de vestir divertido. Yo le dije a Pamela:

—¿Por qué te vienes hasta tan lejos?

—Mientras más lejos de mi mamá, mejor —contestó ella.

Y en eso estuve de acuerdo.

Después de una breve cháchara insustancial, Pamela hizo algo que yo no esperaba: se despidió de sus amigas y se vino conmigo. Quedó en encontrarse con ellas más tarde, para regresar juntas, y les hizo jurar tres veces que no dirían nada a sus padres. A cambio, ellas le hicieron jurar que les contaría todo. Todas me miraban con picardía. Daba la impresión de que ya habían hecho todo ese teatro antes.

—Al fin solos —anunció Pamela—. ¿Ahora qué hacemos?

—Bueno..., sólo se me ocurre una cosa.

Camino Real tenía una sala de cine, el lugar perfecto para toquetearnos en la oscuridad durante una hora y media. No recuerdo qué película vimos. Ni siquiera lo sabía mientras estábamos dentro de la sala. Pamela y yo nos besamos con tal intensidad que la pareja de atrás cambió de asiento. Ella me mordió las orejas y el cuello, y me permitió deslizar una mano bajo su pantalón. Aunque la posición era incómoda, las ventajas eran mucho mayores que los inconvenientes.

Al salir, fuimos a beber algo en una cafetería con mesitas de mármol. Apenas éramos capaces de hablar. Después de nuestra sesión de intimidad, volver a vernos a plena luz nos daba un poco de rubor. Repetimos uno de nuestros largos silencios.

—Necesitamos un lugar —dije yo después de un rato.

—¿Qué lugar? —ella sorbió su Fanta hasta que el vaso sonó como si eructase.

—Un lugar para estar. Para estar solos. No podemos ir al cine todos los días.

—¿Quieres hacer lo de antes todos los días?

No lo dijo con una sonrisa pícara. Más bien, con un mohín de disgusto.

—¿Tú no?

—También podemos hacer otras cosas. Como hablar. O realmente *ver* las películas.

Chicas. Siempre lo mismo. Un minuto resoplando excitada, y al minuto siguiente hablando de ver películas.

—A mí me gusta más lo otro —aclaré.

Ella se enfureció:

—Si sólo me quieres por eso, ¿por qué no llamas a una puta?

—¿Por qué te pones así?

—¡Porque tú sólo piensas en sexo!

—¡No es verdad!

Bueno, sí lo era. Pero no era culpa mía. Así estábamos hechos. En esa época, las relaciones entre adolescentes eran un tira y afloja entre un chico con ganas de tirar... y una chica empeñada en evitarlo a toda costa. Cuando ella no se contenía más, se casaban. A veces, no se contenía y quedaba embarazada. Y se casaban. Luego, al parecer, se pasaban años tratando de divorciarse.

Pamela siguió acusándome:

—Lo único que quieres es contárselo a tus amigos, como todos.

Era necesario un cambio de rumbo en esa conversación.

—Me gusta estar contigo —dije—, hablar contigo, reírme contigo. Es lo que más me gusta. Pero siempre hay gente alrededor. O estás trabajando o estamos en un lugar público. Necesito que nos veamos a solas, sin que nadie nos moleste. Quiero un lugar donde lo único que vea y lo único que toque seas tú.

Y para enfatizar el efecto, tomé de la mano a Pamela y le acaricié el dorso con mi pulgar. Eso salió bien. Sus ojos brillaron más que el color naranja fosforescente de su gaseosa. Y tras varios pensativos segundos, de repente, su actitud cambió por completo. Se volvió dulce.

—¿De verdad te gusto?

—Me encantas.

Se puso roja. Sus mejillas se llenaron de color. Daban ganas de morderlas.

—¿Y serías capaz de guardar el secreto? —preguntó—. Si lo hiciéramos... O algo así... No digo que... Ya sabes. Pero ¿quedaría entre tú y yo?

—Para mí no importa nadie más que tú y yo.

Las palabras son mágicas: mueven montañas. Consiguen cosas. Abren de par en par puertas cerradas a cal y canto. Todo abogado sabe eso. Un hombre es culpable, y después de unas palabras resulta inocente. Una estafa bien descrita es un «desacuerdo». Una mujer dice no y, tras unas palabras, es sí.

—Bueno —dijo ella muy bajito, como si alguien tuviese interés en oírnos—, creo que hay un lugar donde podemos estar solos.

—¿Cuándo?

—Mañana.

Mi pulso se aceleró. Mi piel se erizó. Mi cuerpo se alegró. Veinticuatro horas para encontrarnos a solas. ¿Podría esperar tanto?

Manu

¿Por qué chucha no castigaban a nadie más?

¡Todos los lornazas de mis amigos, libres!

A Beto y a Carlos, sus viejos ni siquiera les habían dicho nada. Y los viejos de Moco... Bueno, Moco no tenía madre. Y en la práctica, tampoco padre. Nadie había visto a ese hombre nunca.

Así que yo era el «líder». La manzana podrida. Así decía la Pringlin. Yo era el malo. Los demás eran buenos hasta que llegué yo a malograrlos.

¡Qué tal raza, huevón! Así no es, pues.

Toda la noche me revolví en mi cama, y todo el día siguiente le di vueltas a una idea. Necesitaba un golpe más fuerte. Tenía que pasarme de la raya. Ahora tenía que volver loca a la Pringlin, enojarla hasta que le volara la cabeza. Y sabía cómo.

No me dejaba más chance la maldita, ¿ah?

Me iba a quedar esa tarde castigado por última vez.

Pero iba a portarme *mal* esa tarde. Cuñado, iba a ponerme bien pesadito.

Si todo salía bien, la vieja iba a sacarme del colegio ahí mismo. Y ya. Asunto arreglado.

Moco

Todas las películas tienen pequeños errores: se llaman bloopers.

Los hay hasta en la catedral del cine, *Star Wars:* la primera vez que aparece la *Millennium Falcon,* no tiene radar. Pero todas las demás sí. Cualquiera puede darse cuenta. Sólo hay que mirarlo.

Y mientras Luke Skywalker se prepara para salir a la batalla final, su nave es la *Rojo Uno.* Pero ya en la batalla, pilota la *Rojo Cinco.* Mal.

Y en la versión DVD de 2004, mientras Luke entrena en la *Millennium Falcon,* su sable láser es verde, y luego se vuelve azul. Todo el mundo lo nota. Menos el director.

Fallos. Incoherencias. Cosas que no pueden ser.

Manu tuvo su propio blooper.

Fue el día que se quedó por la tarde. Se pasó toda la mañana diciendo que ahora sí lo botarían. Estaba furioso, me acuerdo. Juró que humillaría a la Pringlin. Que la haría rabiar. Prometió que la violaría, aunque eso era una broma, je je.

A la salida del colegio, todos le dimos un abrazo. Pensábamos que no volveríamos a verlo en el colegio, que esa tarde se ganaría su expulsión por las buenas o por las malas. Que ésa era nuestra despedida.

Pero a la mañana siguiente, ahí estaba Manu. Como todos los días.

Sólo que ése ya no era Manu. Era la sombra de nuestro amigo, un despojo. Un blooper.

Beto

¿Qué le habían hecho a *mi* Manu?

¿En qué lo habían convertido?

Había partido a su castigo como a una batalla. Lleno de fuerza, prometiendo que vencería a esa vieja reseca. Yo le había dado un abrazo, y él me había apretado casi hasta partirme las vértebras.

Pero al día siguiente amaneció derrotado. Sin energía. Había perdido su vitalidad. Esa bruja le había robado el alma.

Le habíamos entregado a la señorita Pringlin a un Manu joven y valiente. Y ella se lo había tragado. Sólo había escupido los huesos.

De un día para otro, Manu era un muerto en vida.

Carlos

—Recuerden, chicos: ante todo es una fiesta.

De pie ante toda la clase, el padre y la madre de Rudy Vasconcelos exhibían sendas sonrisas tamaño familiar. Él llevaba una corbata celeste, y ella un peinado del tamaño de un pastel de bodas. Eran como el reverso de mi propia familia. La versión «apta para todos». Sin duda, palabras como «divorcio» o «aborto» jamás habían manchado sus labios. Y seguro que el señor Vasconcelos nunca había dormido en el sofá.

—Lo importante es que estén presentes todos —continuó su discurso—. Tomen en cuenta que éstos son los momentos que se llevarán con ustedes a su madurez: las cosas que recordarán, y que les contarán a sus hijos.

El señor Vasconcelos y su esposa perfecta eran una presencia habitual en la rutina escolar. Durante las jornadas religiosas, nos daban charlas sobre la correcta vida marital. Según ellos, el acto sexual era una creación de Dios que no debía malgastarse en «conductas viciosas», sino reservarse para la procreación.

Yo los habría denunciado. Los habría metido presos a los dos. Si no por difundir mentiras, al menos por su aspecto: seguro que esa corbata constituía atentado contra el ornato.

Pero no hacía falta. Ellos se anulaban solos. Es verdad que la imagen de esos dos esperpentos haciendo el amor bastaba para destruir cualquier deseo. Pero su hijo, Rudy Vasconcelos, con sus pantalones apretados hasta la cintura y siempre demasiado cortos, con sus notas sobresalientes y sus discursos religiosos de los lunes durante la formación, constituía el mejor argumento contra la procreación en sí.

De cualquier modo, los Vasconcelos seguían considerándose a sí mismos un ejemplo de familia ideal. Ocupaban todos los años la presidencia de la Asociación de Padres de Familia y aparecían en el colegio a la menor provocación, organizando visitas escolares a la catedral, vendiendo sándwiches en las yincanas o rezando fervorosamente en las misas masivas. Los Vasconcelos encarnaban el sueño de la familia católica, y sus seis hijos formaban la prueba viva de que por su casa jamás había pasado un condón.

—Por eso —siguió diciendo ese hombre—, no queremos que nadie se quede sin asistir a la fiesta de prepromoción.

Ah, sí. La fiesta de prepromoción. La última invención de los Vasconcelos.

Como presidentes de la Asociación de Padres de Familia, estos próceres de la familia habían pensado: ¿por qué cobrar dinero sólo por la fiesta de promoción si, total, también podemos venderles fiestas a los alumnos menores? Así que habían añadido una fiesta para nosotros, los de cuarto. La idea era buena, o por lo menos rentable, pero se enfrentaba a un pequeño inconveniente: casi ninguno de nosotros estaba en situación de invitar a una doncella de carne y hueso. Casi ninguno había hablado con alguna.

El sonriente señor Vasconcelos tenía una solución:

—Sabemos que muchos de ustedes no conocen a ninguna chica. Es normal, porque están dedicados a tiempo completo a sus estudios y el deporte. No deben avergonzarse por ello. Estamos aquí para resolverlo.

Desde el pupitre frente al mío, Beto se dio vuelta y susurró:

—Creo que no entiendo. ¿Nos está ofreciendo mujeres?

—Sshhht —dijo Manu, para nuestra sorpresa. Sólo entonces reparamos en que no había dicho nada en todo el día. Estaba de un humor mustio y gris, como el cerro de Monterrico. Yo lo atribuí a su castigo de la tarde anterior.

—¿Qué pasa, Manu? —le dije para alegrarlo—. ¿Te interesa la oferta de Vasconcelos?

Beto se rio. Manu no respondió. Arriba, en la tarima, Vasconcelos desarrollaba su idea:

—Un grupo de padres nos hemos puesto de acuerdo, y hemos pensado: ¿por qué no colaborar para que todos los alumnos puedan asistir a la fiesta de prepromoción? Nosotros tenemos hijas y sobrinas, que son las hermanas y primas de los compañeros de ustedes. Chicas de confianza, con las que podrán divertirse sanamente...

A Beto volvió a darle una risa contenida que sonó como un carburador en mal estado. Yo susurré:

—¡Oh, mierda! ¡Ir a la fiesta con la hermana de Rudy Vasconcelos!

—Yo la he visto —respondió Beto—. Es como Rudy pero con más bigote.

—¿Has oído, Moco? ¿Moco?

Moco estaba a nuestro lado, pálido y ausente, con una gota de sudor corriendo en dirección a su cuello.

—Moco —susurré—. ¿Otra vez te estás masturbando?

—¿Qué pasa? —protestó él—. ¿Se te ocurre algo mejor que hacer?

—Deberías escuchar —intervino Beto—. Es evidente que tú también necesitas el Vasconcelos Delivery.

—¿Y ustedes no, galanes? —preguntó Moco subiéndose la bragueta, ya resignado a pasar la mañana sin orgasmos.

—A mí no me metas en tu mismo saco, principiante —me defendí—. Yo esta noche subiré a la primera división.

Desde su lugar tras el escritorio, la señorita Pringlin detectó el rumor. Dirigió una mirada cargada de malignidad hacia donde estábamos, pero no dijo nada. Temblamos durante unos instantes. Ella olfateó en nuestra dirección y luego continuó escuchando al señor Vasconcelos, que ahora repartía hojitas para que se apuntasen los necesitados.

Cuando nos sentimos a salvo, Beto quiso saber:

—¿Hay avances con tu chica?

—Sssht —le dije. No quería que la señorita Pringlin nos descubriese.

Pero seamos honestos: ¿podría uno tener una posibilidad real de conseguir el trofeo más anhelado y guardar el secreto ante sus amigos? Si uno jurase discreción ante una mujer, ¿sería capaz de mantener ese juramento ante los compinches? Y aunque lo pusiese todo en riesgo en caso de hablar, ¿sería capaz de quedarse callado?

Por supuesto que no.

—Tengo una cita —confirmé, y me sentí como si dejase caer un yunque de mi espalda—. Y no será en un parque ni en la sala de una casa. Despídanse. Están viendo a un hombre virgen por última vez.

Los dos abrieron mucho los ojos. El más excitado era Moco, que casi se olvidó de susurrar:

—Genial. Yo tengo una cámara. Puedo traerla por la tarde y hacemos dinero como petroleros. ¿Te imaginas un video sexual con gente conocida? Serás una nueva estrella del porno. ¡Te puedes convertir en el héroe del colegio!

—Y tú te puedes quedar sin dientes —repuse.

Moco se puso digno:

—Ok, está bien, tranquilo, pero algún día, cuando las tripas te suenen por el hambre y el desempleo, vas a venir a mi próspero negocio: Larry Flynt, Hugh Hefner y Moco Risueño Incorporated, y me vas a suplicar que te dé un trabajo aunque sea vendiendo revistas en las esquinas. Y entonces te recordaré este día.

—¿Ya te dijo ella que sí? —volvió al tema Beto.

—Más o menos. Vamos a quedarnos a solas. Es cuestión de manejo de la situación. Voy a necesitar unos consejos, ¿ah, Manu?

—Por favor —respondió Manu sin volver la cabeza, con inesperada seriedad—. Estoy tratando de atender a la clase.

Si Manu hubiese contado que un elefante se había metido a su casa armado con una ametralladora, o que había una huelga indefinida de profesores y las clases se suspendían por dos meses, o que había descubierto una piscina nudista a tres calles del colegio, no habría sonado más sorprendente. Los otros tres nos miramos a los ojos y compartimos en silencio una certeza: ése no era Manu. Alguien nos había robado a nuestro amigo y lo había cambiado por alguno de los Vasconcelos.

Moco rompió nuestro silencio estupefacto:

—Oh, no, la vieja sí lo violó ayer.

—Y lo que es peor —añadió Beto—, le lavó el cerebro.

—O se lo quitó —concluí yo.

—¿Pueden callarse, por favor? Es importante —insistió Manu. Esta vez sí se giró para vernos, y en sus ojos brillaba algo que nunca habíamos detectado antes: una súplica.

—¿Y a ti qué te pasa? —pregunté—. ¿Ahora eres la mascota de la Pringlin? ¿Te saca a pasear para que hagas pipí?

—Te puedo vender una cadena de perro con púas —añadió Moco, no sé si en broma o en serio—. Hay gente que las usa.

—Luego les explico —imploró Manu, un Manu irreconocible, inverosímil, imposible—. Pero por favor, cierren la boca.

Habría debido cerrarla él. El oído absoluto de la señorita Pringlin estaba entrenado para momentos como éste. De hecho, eran sus momentos favoritos.

—Vaya, vaya —cayó sobre nosotros su voz, como un halcón sobre una paloma indefensa—. Parece que al señor Battaglia le gusta tanto la fiesta de prepromoción que quiere asistir muchas veces, ¿verdad?

La súplica se borró de los ojos de Manu, reemplazada por el odio y luego, al volverse hacia delante, por la autocompasión:

—Estaba... pidiendo silencio, profesora... Para poder atender a la interesante exposición.

—¿«Profesora»? —susurró Moco.

—¿«Atender»? —añadió Beto.

—¿«Interesante exposición»? —concluí yo.

Devuélvannos a Manu, pensamos todos.

—Me alegra que se aplique usted a escuchar —dijo la Pringlin con su tono más venenoso—. Y no se preocupe. Ya que le interesa tanto seguir el hilo, podrá dedicar el recreo a copiar palabra por palabra el capítulo cuatro de su libro de texto. Así no perderá detalle de los temas del curso.

No sólo nosotros, sino todo el salón compartió miradas y sonrisas, esperando la respuesta de Manu. Aún en ese punto, todos creíamos que estaba actuando, que había llegado hasta ahí para dar un giro repentino y derramar una ración doble de ácido sobre la profesora. Pero lo único que sonó fue el timbre de recreo, como la alarma contra siniestros de su amor propio. Y después, ni más agradable ni menos chirriante que el timbre, el permiso de la señorita Pringlin:

—Pueden salir —anunció, y luego agregó, con visible placer—: ... casi todos.

Manu

¡Estaba tratando de hacerlo bien, huevón! ¡Puta que estaba intentándolo!

La vieja ya había ganado la pelea. Ya me había jodido. Y yo estaba dispuesto a rendirme. Me estaba portando bien. Fue culpa de ustedes.

Esos tres cojudos con sus chistes idiotas y su sexualidad de guardería.

Fue culpa de ustedes, como todo lo que pasó después.

Yo no fui el líder, cuñado: fui su víctima.

Y eso quiero que quede registrado, ¿ah?

¿Vamos a grabar toda esta mierda? Quiero que esto quede ahí. Y quiero una copia.

Moco

Fue culpa suya. De Manu. Porque se volvió un cobarde de un día para otro.

Beto

Fue culpa mía.
Porque esa mujer había destrozado a Manu.
Y al hacerlo, me destrozó también a mí.

Carlos

Fue culpa nuestra. Lo hicimos entre todos.

En derecho existe un tipo penal para esto: «Integración en banda armada». Significa que no sólo son culpables de un golpe los que se llevan el dinero. También los que recogen la información, conducen el auto, alquilan la casa para esconderse o compran las provisiones. Los colaboradores son tan culpables como los ejecutores directos, aunque no hayan tirado del gatillo.

Y aquí todos éramos colaboradores.

—Tenemos que ayudar a Manu —dijo Beto después de salir al recreo, desencajado por los nervios.

Yo me negué:

—¡Está castigado! ¿Qué quieres? ¿Que lo rescatemos con un helicóptero?

—La Pringlin le ha hecho algo —insistió Beto—. Puedo sentirlo. Algo horrible.

Moco se empezó a reír con su risita psicópata:

—Je je... Je je... A lo mejor no fue tan horrible...

—¡No me refiero a eso, idiota! —replicó Beto—. ¿No has visto cómo está Manu esta mañana? Ella lo ha anulado. Seguramente lo ha chantajeado. O amenazado. Tenemos que ayudarlo.

—Tú estás bien huevón, ¿no? —pregunté—. Lo único que podemos conseguir es acabar todos castigados igual que Manu.

—¿Y qué? ¿No lo merece? ¿Y cuando él se levantó a preguntar lo de la sífilis para salvarnos a todos?

Touché. Aun así, traté de defender mi posición:

—Lo hizo para llamar la atención.

—¿Y cuando cargó con toda la culpa de lo del baño? Ahí no había nadie más para llamar su atención. Pero igual lo castigaron sólo a él, ¿no?

—Él quería que lo expulsasen.

—¿Y por qué ya no lo quiere? ¿Por qué se comporta tan raro hoy? ¿Qué le hizo esa bruja ayer?

Beto nunca había mostrado tanta energía para nada. Y sin duda tenía razón. Pero esa noche yo tenía mi cita. Quizá mi cita definitiva. Portarme mal en el colegio justo ese día podía complicarlo todo. A lo mejor terminaba suspendido. Y hasta mis padres liberales tenían un límite para la tolerancia. No podía poner todo en riesgo para ayudar a Manu.

¿O sí?

—Dejemos las cosas como están —me escabullí.

—¿Qué? —ahora Beto estaba fuera de sí—. Eres un cobarde, Carlos. Eres un mal amigo. ¡Un traidor!

—Por favor, Beto...

—¡No me hables!

Me dio la espalda y se empezó a ir.

Debí haberlo dejado marchar. Habría sido la mejor idea.

Pero Moco, que había estado callado casi todo el tiempo, de repente abrió su maldita boca.

—Beto tiene razón —sentenció—. Tenemos que ayudarlo.

—¡Moco! ¿Tú también?

—Manu se la ha jugado por nosotros. Nos toca jugárnosla por él.

—Pero, pero...

—Yo voy con Beto.

Y sin más, se puso en marcha él también.

Permanecí en mi sitio varios segundos, esperando a que esos dos se largasen, tratando de pensar en mi cita con Pamela. Me dije que cumplir con ella también era una cuestión de honor, porque se lo había prometido. Intenté convencerme de que los problemas de Manu eran sólo problemas de Manu.

Lamentablemente, mis piernas se negaron a obedecerme. Contra mi voluntad, mi cuerpo se puso a seguir a Beto y a Moco. Yo sabía que era un error. Y me sorprendí a mí mismo cuando me oí decir:

—Está bien, está bien. ¿Qué vamos a hacer?

Sabía que me arrepentiría de esas palabras.

Manu se había quedado en su asiento, atrás, en la penúltima fila. Las aulas de cuarto estaban separadas del exterior por enormes ventanales. En la parte de abajo los ventanales eran opacos, para aislar las aulas de las actividades del patio. Pero al subir, antes de llegar al techo, los cristales se volvían transparentes y se abrían de un lado, como persianas. A través de ellos era posible comunicarse con Manu, incluso hacerle llegar una nota con un mensaje. Sólo era necesario cargar a uno de nosotros hasta ahí.

Beto insistió en hacer de mensajero. Estaba furioso, como si lo hubieran castigado a él. Se sentó en nuestros hombros y se asomó al interior. Pesaba, y varias veces estuvo a punto de caerse. Pero, apoyado en la gruesa columna que nos escondía, logró mantener el equilibrio.

—¿Ya? —pregunté cuando mis piernas comenzaron a flaquear.

—Ya casi —respondió Beto—. Necesito que Manu mire para acá.

Dio unos golpecitos al cristal. Casi se me va para adelante.

—¿Cómo haces para pesar tanto? —se quejó Moco.

—Es que tú sólo tienes fuerza en una mano —respondió Beto—, pajero.

—Sí. La mano que le meto al culo a tu madre.

—¡Cállense, mierda!

Para que tuviera éxito, la operación requería una coordinación casi militar. El único problema era que nosotros éramos tres tristes tarados. De haber sido soldados, habríamos sido enviados a pelar papas en la cocina, y nuestras heridas de guerra habrían sido cortes en las manos e indigestiones.

Pero al menos llegaríamos a preguntar. Convencido por mis consejos de que hacía falta ser prudentes, Beto había escrito una nota para Manu y había hecho una bolita con el papel. Decía:

¿POR QUÉ NO MANDASTE A LA MIERDA
A LA SRTA. PRINGLIN?

Al fin, Manu levantó la vista del dichoso capítulo cuatro y Beto tiró la bolita, que cayó como a medio metro de su pupitre. Manu la vio y, fingiendo que sacaba otro lapicero de su mochila, la recogió. Desde su atalaya, Beto nos iba narrando cada uno de sus movimientos.

Después de abrir disimuladamente el papel y leerlo, Manu escribió una nota de respuesta. La arrugó con lentitud, tratando de no llamar la atención de la profesora. Y se dispuso a tirarla de vuelta a través de la ventana. Hacía falta mucha puntería para acertar, y Manu sólo tendría una oportunidad de hacerlo sin llamar la atención de la señorita Pringlin.

—No vuelvas a hablar de mi madre —estaba diciendo Beto.

—¿Por qué? —respondió Moco—. A tu madre le gusta.

—Tienes ventaja porque la tuya está muerta.

—Si quieres mato a la tuya de un polvo.

—¿Así murió la tuya?

Afortunadamente, Manu era más capaz que nosotros. Lanzó su respuesta con éxito al primer intento. El papelito nos cayó en la cabeza mientras discutíamos, y nos recordó nuestra misión. Lo abrimos. Decía:

PORKE ME HA AMENASADO CON HACERME
REPETIR DE AÑO EN VES DE EXPULSARME

Claro, había una explicación: era chantaje.

Eso es delito, ¿ah? Con la ley en la mano, la Pringlin habría ido a la cárcel por eso. Es importante retener este punto para entender lo que vendría después.

Beto se puso furioso:

—¿No les dije? Ella lo ha extorsionado.

Moco hizo un comentario:

—Vieja conchasumadre.

Y yo vi en ello la última oportunidad de evitar más líos:

—Bueno, ya lo sabemos. No van a expulsarlo en ningún caso. ¿Acabamos con esto?

Pero Beto afirmó:

—Es mentira.

Y Moco aún tenía más análisis de la situación que compartir:

—Zorra. Hijaperra. Marimacha.

Y yo pregunté, aunque no quería oír la respuesta:

—¿Qué es mentira?

Y Beto:

—Por conducta no te hacen repetir de año. La pena es expulsión.

Y Moco:

—¿De dónde has sacado eso?

—Lo dice la norma.

Y yo:

—¿Cómo sabes?

Y Beto:

—Lo leí en el reglamento, en el cuaderno de deberes que nos dan.

Y Moco:

—¿En el cuaderno? ¿Dónde?

—Detrás de la carátula: párrafo seis.

Y yo:

—¿Cuándo has leído el reglamento del cuaderno de deberes?

—Un día que no tenía una novela a mano.

Y Moco:

—Dios, necesitas una mujer... O un hombre. O una mascota cariñosa...

Beto se exasperó:

—¿Vamos a decírselo a Manu o qué?

Y yo, aunque lo único que quería era largarme de ahí y salvar mi cita con Pamela, aunque sabía que me equivocaba, dije:

—Escríbelo.

Esta vez, la nota decía simplemente:

CUADERNO DE DEBERES
DETRÁS DE LA CARÁTULA
PÁRRAFO 6

Volvimos a subir a Beto con el papelito. Dada la expectativa, no discutimos sobre la madre de ninguno. Nos sentíamos tensos, atentos a los reportes de nuestro espía:

—Ya abrió el mensaje —informó Beto—. Y ahora está leyendo.

Ahora que lo pienso, debíamos llamar mucho la atención. Un estudiante sentado sobre las espaldas de otros dos asomados a un aula era un espectáculo bastante raro. A pesar de todo, ya he dicho que éramos unos tarados, y no nos dimos cuenta hasta que oímos la voz a nuestras espaldas:

—¡Eh, los tres chiflados! ¿Qué hacen ahí abrazaditos en el rincón? ¿Un *ménage à trois*?

Uno de los matones de la clase, Ryan Barrameda, se nos acercaba seguido por dos de sus secuaces. Bueno, «secuaces» es una palabra sacada de las películas. En realidad, eran un vulgar par de lameculos. Los tres salían de vez en cuando a patrullar en busca de infelices como nosotros para animar sus mañanas torturándonos. Al parecer, así se divertían. En el colmo del ridículo, su jefe se hacía llamar Ryan Barracuda.

—Ryan —traté de mantener el volumen bajo—, lárgate de aquí.

Ryan pareció divertido con mi respuesta, pero sus dos amiguitos hicieron gestos de indignación, provocándolo para pegarnos. Básicamente, era el procedimiento de rigor: llegaban, fastidiaban y, si respondíamos mal, se ofendían y nos golpeaban. Pero normalmente tardaban más tiempo en provocarnos lo suficiente.

—¿Qué has dicho, imbécil? —dijo Ryan—. ¿Quieres que te parta la cara?

Beto seguía sentado a medias entre mi espalda y la de Moco, que, asustado, hizo amago de correr. Beto casi se cae de cara contra la ventana. Sacando fuerzas de flaqueza, conseguí retener a uno y sostener al otro. Pero todo ese lío empezaba a resultar demasiado escandaloso.

Entonces Moco tuvo una idea. Dijo:

—Ryan, si se largan ahora, te paso una película para ti y otras dos para tus amigos. Tengo una con Traci Lords recibiendo pingas por todos los agujeros del cuerpo. Será toda tuya. Gratis. Pero sólo si se van ahora mismo.

—¡Enano pajero! —gritó Ryan—. ¿Crees que nos pasamos el día corriéndonos la paja como tú?

Allá arriba, Beto se tambaleó. No conseguiríamos retenerlo mucho tiempo más. Quedaba una bala en la recámara. Y la usé:

—También podrán copiarse las tareas de Beto.

—¡Sólo las de Lenguaje! —reclamó Beto.

—¡Y las de Matemáticas! —ofrecí yo, sudando. Mis propias matemáticas eran demasiado malas para ofrecerlas.

Los tres salvajes se miraron entre ellos, bastante satisfechos de los beneficios que estaban recaudando sin proponérselo. Cuchichearon unos segundos, deteniéndose para mirarnos de reojo mientras sudábamos por el peso de Beto. Después de deliberar haciendo muchas muecas, llegaron a un acuerdo entre ellos. Pero está claro que nadie queda satisfecho con lo que tiene. Todo el mundo desea siempre más.

—Queremos cinco películas —respondió finalmente Ryan, el único de los tres que sabía hablar—. Y las escogemos nosotros. Si no, eres capaz de grabarnos una del Gordo Porcel.

Moco iba a hacer una contraoferta, pero al final asintió con la cabeza. Quizá lo hizo por solidaridad con Manu, o quizá porque le asustaba más que Ryan le rompiese la boca. Por su parte, Ryan y sus amigos bufaron, resoplaron y chillaron como orangutanes un par de veces. Era su manera de decir «trato hecho».

—Y otra cosa —añadió el bruto de Ryan—. Nos callamos pero nos quedamos. Queremos ver qué chucha hacen.

—Muy bien —aproveché la ocasión—. Entonces ayúdennos.

En el momento menos pensado, tu enemigo se puede convertir en tu amigo.

En primer lugar, necesitábamos mano de obra. Beto se resbalaba constantemente, y no éramos capaces de cargarlo bien. Además, yo quería asistir personalmente a lo que estaba a punto de ocurrir. Con Ryan y sus hipopótamos, cada uno de nosotros podía montarse en unos hombros y presenciar en vivo y en directo el giro de los acontecimientos. El espectáculo prometía.

Ahora sí, nuestras cabezas se alzaron sobre los cristales opacos. Justo a tiempo. Manu había tardado un buen rato en recoger el papel, temiendo que la Pringlin lo descubriese. Pero ahora precisamente lo estaba terminando de leer. Sacó de su mochila el cuaderno de deberes y lo abrió en la página indicada. Luego volvió la vista hacia nosotros, que levantamos nuestros puños en señal de apoyo.

Nunca olvidaré la mirada que Manu nos regaló en ese momento. No nos veía a nosotros: veía el futuro.

—Señorita Pringlin —alzó la voz.

La profesora levantó la cabeza para responder y nos descubrió ahí, pegados a la ventana. No podía ver bien nuestros rostros, en su mayoría ocultos tras el cristal opaco. Pero las seis sombras negras tras el cristal, especialmente las voluminosas siluetas de nuestras monturas, eran imposibles de disimular.

—¿Qué está haciendo, Battaglia? —escuchamos la voz inexpresiva que conocíamos bien—. ¿Está jugando con sus amiguitos? ¿Quiere que los castigue a ellos también?

—No. Quiero enseñarle algo.

Lentamente, disfrutando de cada movimiento, Manu se puso de pie sobre su silla. Se dio vuelta. Ahora le daba la espalda a la señorita Pringlin. Nos guiñó un ojo y se desabrochó el pantalón. Manu, el Manu de siempre, el héroe, estaba de regreso.

Debajo de mí, Ryan preguntó:

—¿Qué está pasando?

—Cállate —dije.

Como ya éramos seis haciendo bulto en la ventana, más estudiantes curiosos se acercaban. A nuestro alrededor se iba formando un corro de uniformes grises. Estábamos cruzando el punto de no retorno. Pasase lo que pasase entre Manu y la señorita Pringlin, sería imposible ocultar nuestra participación.

—Se está abriendo el pantalón —señaló un atónito Beto, sin dejar de mirar a Manu.

—Guau. ¿Crees que se tirará a la señorita Pringlin? —preguntó Moco.

—No seas imbécil, Moco —ordené yo.

En el interior, Manu mantenía su propio diálogo con la profesora, aún de espaldas a ella:

—Lo que voy a enseñarle tiene que ver con la clase sobre el aparato reproductor, señorita.

—Dese vuelta y míreme a la cara cuando me hable, Battaglia. ¿Y qué está pasando ahí afuera?

El orgullo relucía en el rostro de Manu. Sólo había una cosa que deseaba más que la expulsión del colegio: el calor del público.

—No haga una tontería de la que se vaya a arrepentir —advirtió la señorita Pringlin.

—Cualquier castigo valdrá la pena —respondió él con las manos en el cinturón, haciendo tiempo con su habitual sentido del espectáculo.

Y finalmente, lo hizo.

Al chocar contra el pupitre, la hebilla metálica del cinturón sonó como el campanazo de un cuadrilátero de boxeo. A esas alturas, el público asistente ya estaba fuera de sí. Muchos otros chicos se asomaban a la ventana cuando Manu se abrió las nalgas y se agachó, enseñándole a la profesora sus blancas postrimerías. Y todos recibieron su gesto con un rugido de euforia.

—¡Vieja puta! —gritó Manu, enloquecido—. ¡Copia esto!

Moco —o quizá Ryan, o quizá yo mismo— comenzó a gritar:

—¡PRIN-GLIN, PRIN-GLIN, CHÚ-PA-ME EL PI-PI-LÍN! ¡PRIN-GLIN, PRIN-GLIN, CHÚ-PA-ME EL PI-PI-LÍN!

De inmediato, todos los recién llegados se sumaron a nuestro cántico. Protegidos por el anonimato de la masa, cincuenta o quizá cien compañeros dejaban escapar años de furia contenida contra esa profesora frígida, contra ese colegio sin mujeres, contra ese barrio sin diversión, contra ese país sin McDonald's. Lo nuestro ya no era sólo un acto de indisciplina: era un himno de libertad.

—¡PRIN-GLIN, PRIN-GLIN, CHÚ-PA-ME EL PI-PI-LÍN! ¡PRIN-GLIN, PRIN-GLIN, CHÚ-PA-ME EL PI-PI-LÍN!

Fue la primera vez —aunque no sería la última— que vimos a la profesora perder el control, palidecer, mirar a un lado y otro, insegura de por dónde comenzar las represalias. Finalmente decidió aplacar a la masa antes de concentrarse en el dueño del trasero. Se levantó amenazando:

—Está en graves problemas, señor Battaglia, pero no se mueva de ahí.

—No se preocupe, señorita Pringlin —respondió él, todavía en ángulo recto sobre el pupitre—. ¡Vuelva pronto!

Antes de que ella llegase al patio, grité:

—¡Corrrrraaaaaaan!

La señorita Pringlin se concentró en perseguirnos, y en su ayuda llegaron dos empleados de limpieza, tres profesores y un cura. Pero por primera vez en nuestra vida, contábamos con el apoyo de todo el plantel. Súbitamente, ese montón de púberes con granos se estaban convirtiendo en un ejército perfectamente organizado a nuestro servicio. Grupos de compañeros se cruzaban en el camino de nuestros perseguidores, o formaban túneles para permitirnos escapar. Como todos los alumnos llevábamos el mismo uniforme, otros echaban a correr para confundir a los sabuesos. Masas de estudiantes nos animaban mientras corríamos. Nos echaban hurras. Nos admiraban.

Toda esa agitación debe haber durado apenas unos minutos, que sin embargo en mi recuerdo ocupa horas de persecución. Dejamos atrás a todos, estudiantes o perseguidores, y llegamos al campo de fútbol. Incluso entonces continuamos escapando, animados aún por la adrenalina de la aventura, riéndonos a carcajadas.

El hechizo sólo se rompió después, a punto de subir al arenal del cerro, cuando comprendimos que, por mucho que corriésemos, en realidad no teníamos adónde ir. Peor aún, para mí en particular, cada paso adelante en nuestra huida era un paso atrás en el camino hacia mi cita con Pamela.

2. La Browning

Manu

Fui yo el que dije: tenemos que matarla.

No era nada personal. A fin de cuentas, huevón, todos vamos a matarnos.

No me refiero sólo a nosotros cuatro. O a los exalumnos del colegio. Me refiero a TODOS. Todas las personas en el mundo.

Tampoco quiero decir que vamos a morir «algún día». O que nos vamos a ir al cielo o una huevada así. Quiero decir que vamos a reventarnos. Unos contra otros. A balazos, pedradas o cuchilladas. Es el destino de la humanidad.

¿Que no? ¿Que estoy exagerando? Abre los ojos, cuñado. Lee el periódico. Mira la tele.

Ayer, un empresario almorzaba en un chifa del Callao. Entraron dos sicarios y le volaron la cabeza. Había una familia en la mesa de al lado, con niños y todo. A los tipos les dio igual. Ni vieron a los niños. Llegaron, hicieron su trabajo y se largaron. Seis segundos. La cámara de seguridad lo grabó. Hoy está en todos los noticieros.

Hace cuatro días, un grupo de asaltantes entró en un banco. Armamento de guerra llevaban. Fusiles AK-47. Encañonaron a todo el mundo y se llevaron la plata de la bóveda. La policía llegó cuando trataban de salir. Los ladrones empezaron a disparar. Se pusieron de escudo a los rehenes. Cuatro muertos. Uno de ellos, un jubilado de ochenta y seis años. Los ladrones resultaron ser expolicías.

Y eso que éstos son los buenos tiempos.

Cuando yo iba al colegio, había una guerra en este país. Por las noches oíamos las bombas. Volaban torres eléctricas y se iba la luz. Se declaraban toques de queda. Si manejabas tu carro a las dos de la mañana, las autoridades tenían permiso para matarte. A veces, al amanecer, te encontrabas un cadáver en la calle, envuelto en periódicos, vigilado por un policía que bostezaba.

Ya no hay guerra, dicen. Y la tele pone la imagen de los sicarios.

Ya no hay guerra. Pero los policías asaltan bancos con sus AK-47.

Siempre hay una guerra. Es cuestión de suerte que te toque. Estás en el momento equivocado en el lugar incorrecto. Y acabas con los sesos abiertos como una olla sin tapa. O en una cuneta con las vísceras desparramadas por el suelo. Todos podemos acabar en una cuneta con las vísceras desparramadas por el suelo.

La señorita Pringlin era sólo una: una más de todos los que entran en el escenario de un crimen cuando no deben. Una más de todos los que meten la nariz en las trampas de los cazadores. Una más de las que estacionan enfrente de un cuartel, bajo el cartel que dice ORDEN DE DISPARAR.

Sólo una más. ¿Y qué importa una más?

Moco

Ese día fue genial, je je. Todo fue espectacular. Mostro. Glorioso.

Hasta le he puesto un nombre: «el día de la rebelión». Pensé «el día del culo», porque Manu se bajó el pantalón frente a la Pringlin. Barajé también «el día del pipilín», por la canción que habíamos improvisado junto a las ventanas del aula. Pero sonaban un poco chuscos, como de cine de barrio. «El día de la rebelión» sonaba a superproducción de Hollywood. Y así lo recuerdo yo.

Después de dar nuestro golpe, huimos hasta la punta del cerro, hasta la estatua de la Virgen, al límite del muro, y jugamos a tirarnos arena. Todos menos Carlos, que preguntaba: «¿Y ahora qué vamos a hacer? ¿Y ahora qué vamos a hacer?». Quería malograrnos la fiesta, Carlos. Pero no le hicimos caso. Ninguno tenía una respuesta, ni ganas de darla.

Luego llegó el profesor de Educación Física, todo sudado, con la barriga saliéndosele por debajo de la camiseta. Se le veía un poco tembleque. Temía que estuviésemos más locos que de costumbre y lo empujáramos al vacío o algo así. Se sorprendió al ver que no nos resistíamos. ¿Ya qué podíamos hacer peor que lo anterior? Nos entregamos sin protestar. Y nos dejamos escoltar en silencio, de vuelta abajo, hasta la oficina del director.

Eso fue lo mejor: el camino de regreso, escoltados por el profe, como los arrestados de una serie policial. Todo el resto del colegio se amontonaba alrededor de nosotros, incluso Ryan Barrameda y sus gorilas nos abrían el paso, alucinados por nuestro valor. Sólo nos faltaba ir todos de negro, con lentes oscuros y corbatas en plan *Reservoir Dogs*.

Como una película de romanos de las que ponen en Semana Santa, cuando los ejércitos vuelven de conquistar nuevos territorios luciendo sus cascos con cepillo de escoba. Y la masa los aplaude por las calles.

O una de la Segunda Guerra Mundial, cuando los soldados americanos vuelven a casa, que siempre es Nueva York: la gente los recibe con flores y las chicas los besan. Fue así. Igualito. Sólo que sin flores. Y sin chicas, claro.

En el camino, los demás alumnos nos miraban, nos aplaudían, nos animaban:

—¡Buena, Moco!

—¡Gánenle a la Pringlin!

—¡Valientes!

Recuerdo todo en cámara lenta. Y con el fondo musical de *Carros de fuego*. Mientras nosotros recibíamos el cariño del pueblo.

Al fin nos admiraban.

Al fin éramos alguien.

Beto

—Han humillado a una profesora, han escapado como si fuesen unos ladrones, han azuzado a sus compañeros y les han faltado el respeto a todo este colegio, a sus padres y a sí mismos. Supongo que tienen algo que decir en su defensa, aunque no se me ocurre qué.

Dios, el director estaba furioso. En la pared a sus espaldas, junto al crucifijo de rigor, colgaba un reloj. Las manecillas del segundero se arrastraron lenta y desganadamente en espera de nuestra respuesta. A su lado, la señorita Pringlin parecía una estatua de hielo. Había traído ella personalmente nuestras mochilas, que se apiñaban a sus pies como el pedestal. O como la base de una gárgola, rodeada por las imágenes de vírgenes y santos del despacho.

Pero ninguno respondió.

Yo supuse que esto arruinaría mi promedio escolar.

Carlos también tenía cara de susto.

Manu, en silencio, mantenía el aplomo. Así era él. Guardaba la dignidad hasta en las circunstancias más difíciles. (Yo me preguntaba: ¿sabe lo que he hecho? ¿Sabe que yo lo organicé todo para salvarlo? ¿Me dará las gracias? ¿Reconocerá que sin mí seguiría sentado ahí solo? ¿Me querrá?)

Y a Moco se le escapó la risa.

Carlos

—¿Les parece graciosa su conducta? —preguntó el director—. ¿Se están divirtiendo mucho?

Ésa fue mi primera vez en algo parecido a un tribunal. Había unos acusados —nosotros—, una fiscal —la Pringlin— y un juez vestido de negro riguroso, sin sotana pero con el cuello rígido de los curas. Yo estaba asustado y pensaba que, ahora sí, a mis padres se les acabaría la paciencia. No. No me parecía gracioso lo que habíamos hecho.

Pero no lo dije. Nadie habló. La pregunta del director produjo un silencio de cementerio. Intuitivamente, todos asumíamos un principio legal: «Nadie está obligado a declarar contra sí mismo».

Todos menos Manu, que nunca podía ser como los demás. Era el único que guardaba la calma. El único que miraba a los ojos del director. Y ahora, el único que se levantó para tomar la palabra:

—Señor director, señorita Pringlin... Yo tengo la culpa de todo esto. Mis amigos sólo trataron de ayudarme, porque yo los obligué.

Ahí estaba otra vez, sacrificándose por nosotros, poniendo su propia cabeza en una bandeja para salvar las nuestras. Volvimos a sentirnos acunados entre los brazos de nuestro líder. Incluso las autoridades presentes enarcaron las cejas.

—¿Cómo los obligó usted, Battaglia? —quiso saber el director.

—Los amenacé con pegarles —mintió Manu sin dudar.

—¡Ave María purísima! —se sorprendió el cura, y se volvió hacia nosotros—. ¿Es verdad eso?

La pregunta nos ponía en una posición muy difícil. ¿Debíamos aprovechar el heroísmo de Manu o ser unos héroes de nuestra propia cosecha? La duda era casi peor que cualquier opción.

Pero Beto nos ahorró la decisión. Estaba exaltado ese día. Contagiado de pasión por el martirio. Entonces, yo aún no entendí por qué. Tardaría en hacerlo. El caso es que se levantó —él, que nunca se levantaba, que siempre se guardaba sus opiniones— y dijo:

—No, señor. Hicimos lo que hicimos porque quisimos.

—¡Cállate! —lo regañó Manu.

Pero el director sí tenía interés en escuchar lo que Beto tuviese que decir:

—No, no se calle. Al contrario, dígame: ¿y por qué quisieron?

Beto no era un valiente natural. Estaba haciendo un gran esfuerzo. Sudaba. Temblaba al hablar. Pero su voz sonaba firme:

—Porque la señorita Pringlin ha engañado a Manu —dijo.

—Beto, no... —trató de interrumpir Manu.

—Silencio, jovencito —lo cortó la Pringlin.

—Obedezca, Battaglia —continuó el director—. Queremos escuchar a su amigo. ¿Cómo es eso de un engaño?

Y se volvió hacia Beto, que se mantenía de pie aunque sus rodillas se sacudían. Con voz quebrada, respondió de un tirón, como si fuese una lección memorizada o uno de los poemas que solía leer:

—Manu quiere que lo expulsen por mala conducta. Y la señorita Pringlin le dijo que por conducta sólo se repite año. Según el reglamento escrito en el cuaderno de deberes, eso es mentira.

La cabeza del director giró cuarenta y cinco grados, hasta que su mirada se encontró con los ojos fríos de nuestra enemiga:

—¿Eso hizo usted, profesora?

Manu

Eso hizo, cojudo. Eso había hecho.

«Por tus problemas familiares», había dicho. Como si supiera algo de mi familia. «Por lo de tu padre.» Vieja chuchasumadre.

Había sido la tarde anterior. Después de clase. Durante mi castigo. El castigo que me tragué yo solito, quedándome en el colegio sin ninguno de esos tres pajeros, sólo yo, para pagar por sus fumadas en el baño y sus chistes rojos.

Porque yo era el malo, ¿no? El líder. La manzana podrida.

Y todo, según esa vieja, por mi familia y por mi papá. Qué tal concha.

—Va usted a redactar tres ensayos —había ordenado cuando ya se habían ido todos mis compañeros a sus casas y sólo quedábamos ella y yo frente al pizarrón—. El primero se titula: «Qué actitud hacia la sexualidad es sana». El segundo: «Cómo expresar correctamente mis opiniones». Y el tercero: «Los errores que he cometido para estar castigado». No se levantará de la silla hasta que haya terminado los tres. Puede empezar.

Lo peor del castigo no era escribir. Se me hacía más feo pasar dos horas a solas con la señorita Pringlin, en un aula vacía, donde todo producía eco, incluso el trazo del lapicero contra el papel. Ella estaba sentada delante, corrigiendo exámenes, y cada vez que yo levantaba la cabeza me topaba con su cara de gallinazo rubio. Un aula sin alumnos es como un cementerio, y ésta tenía su propio zombi.

Me pasé la mayor parte de la tarde dibujando armas en mi cuaderno. En esa época, estaba perfeccionando mi dibujo del fusil de asalto STG 44. ¿Manyas el STG 44? Con incrustaciones de madera en las cachas y doble mira, lo usaba la Wehrmacht como ametralladora ligera o para fuego urbano. Un juguetito de puta madre.

Después de conseguir un dibujo aceptable del STG 44 —y del FAL Paratrooper con cañón recortado, y de un par de revólveres Smith & Wesson en versión libre—, escribí unas líneas en una hoja. Y luego otras en dos hojas más. No me tomó mucho tiempo. Estaba inspirado. Tampoco escribí demasiado.

Mientras me acercaba al escritorio, con mis hojitas entre las manos, el sonido de mis pasos hizo eco por toda el aula: pac, pac, pac. Era como caminar hacia la silla eléctrica, pero en vez de miedo tenía curiosidad. Y ganas de acabar de una vez. Entregué lo que había escrito y me di vuelta para largarme de ahí.

Y entonces me detuvo la voz de la Pringlin:

—Espere, señor Battaglia.

Obedecí. Me hacía gracia ver qué cara iba a poner. Ella empezó a leer en silencio, escudriñando el papel con sus ojos maléficos, y cuando comprendió lo que yo había hecho, se le pusieron rojas las fosas nasales. Qué cara de urraca puso, la cojuda. Pero no dijo nada. Sus ojos volvieron al papel, y empezó a leer mi primer ensayo en voz alta:

—«La masturbación es lo mejor que me ha pasado en toda mi vida y lo que mejor sé hacer. Pero también me gustan las armas de fuego, especialmente los clásicos de la Segunda Guerra Mundial. Mi idea de una sexualidad sana es correrme la paja con una mano mientras disparo una Parabellum con la otra.»

Mi segundo ensayo proponía expresar las opiniones con gases estomacales. Yo era capaz de decir «supercalifragilisticoexpialidoso» sin dejar de eructar.

El tercero admitía que había sido un error fumar en el baño. Debía haberme ido a fumar al estadio, como todo el mundo.

Era sólo la verdad. Pero nadie quiere que le digas la verdad, huevón. Todo el mundo prefiere que mientas con amabilidad nomás.

Conforme la Pringlin leía, el gesto reseco se le iba retorciendo. La voz se le iba endureciendo.

Hasta el día de hoy, ése es uno de mis mejores recuerdos escolares.

—Señor Battaglia —se interrumpió, volviendo a examinarme por encima de sus lentes—. ¿Éste es el nivel de redacción que usted cree que yo le exijo?

¡Ah! Música para mis oídos.

—Tiene usted razón, es una falta de respeto —confirmé.

La Pringlin mostró la mayor indiferencia ante mis palabras. Ninguna expresión de enojo, ninguna impaciencia. Ni siquiera me miró de frente.

—Señor Battaglia, al colegio se viene justamente a disciplinarse, no a portarse como un mono hasta cambiar de jaula. Es mi deber hacer de usted un hombre.

—¿Usted me va a hacer hombre? ¿Aquí mismo? ¿Y sin condón?

Carajo, ¿por qué no grabé esa conversación? Ahora la escucharía todas las noches, antes de irme a dormir. O al despertar.

—Para empezar —dijo ella, ahora con voz metálica, como de robot—, escribirá otros tres ensayos sobre...

—Ahora mismo no creo que tenga ganas de escribir más ensayos..., señorita Pringlin.

Yo también podía hablarle con frialdad. Y conforme lo hacía, descubría algo muy inesperado: no me importaba. Ni siquiera lo hacía para escandalizarla. Tampoco para lucirme. Básicamente, lo hacía porque me salía de manera natural. Me llegaba al pincho. Me daba lo mismo.

—No le estoy preguntando de qué tiene ganas, señor Battaglia. Esto no es un parque de diversiones.

Aún no se movía. Mantenía el cuello girado ligeramente hacia mí. Su tono de voz continuaba bajo cero. De no ser porque estrangulaba un lapicero entre los dedos, uno no habría dicho que estaba enojada.

—Eso está muy claro, señorita. Ahora, si me permite, me voy a jugar fútbol... O a fumar. Lo decidiré en el camino.

Por primera vez, la señorita Pringlin sonrió. Era lo más cercano a una emoción que podía mostrar. No me detuvo, la huevona. Yo le di la espalda. Caminé hacia la puerta haciendo rechinar las zapatillas. Ya tenía la mano en la perilla cuando ella habló. Lo hizo como si recitase una lección aprendida, con la misma emoción que un cajero automático:

—Señor Battaglia, creo que usted no ha entendido cuál es su situación aquí: usted no ha aprobado conducta el bimestre pasado. Y éste, desde luego, es imposible que la apruebe. Aparte de eso, tiene un promedio académico de diez o menos en seis materias. Si llega a fin de año con cuatro desaprobados, tendrá que cursar cuarto de nuevo.

—Sí. Creo que es usted la que no me sigue: no me importa. ¿Entiende esa frase?

Lo dije demasiado alto, y mis palabras rebotaron contra los muros varias veces antes de desaparecer. En cambio, la respuesta de la Pringlin fue como una flecha disparada directamente contra mi pecho:

—He hablado con su madre. Conozco su historia con su padre. Sé perfectamente lo que está haciendo y por qué.

Aquí quise decir: «Lávate la boca para hablar de mi familia. Y no menciones a mi padre. No te metas con mi padre, porque te arrancaré la lengua». Pero sólo pude decir:

—Usted no sabe nada de mi familia.

—De su familia y de su historial, señor Battaglia. Hasta ahora se ha salido con la suya en cuatro colegios. Sepa que aquí definitivamente NO vamos a expulsarlo. Lo que le ocurrirá, señor Battaglia, será que repetirá curso. ¿Y sabe quién estará aquí mismo esperándolo el año que viene? Yo misma. Con muchas ganas de ser su anfitriona una vez más. Por mí, puede pasarse toda la eternidad en cuarto. Yo siempre estaré lista para colaborar en su educación y corregir sus faltas.

Si hubiese grabado esa conversación, y la escuchase todos los días, borraría esas últimas palabras de la Pringlin. O probablemente me clavaría un cuchillo en el cuello al oírlas.

Esas palabras representaban el gol de la derrota en el último minuto.

El momento en que llegas a la orilla, huyendo de los tiburones, y te ataca un león.

El rayo que, cuando ya has atravesado la tormenta, te chamusca en la puerta de tu casa.

Pero eran mentira. Sí podía hacerme expulsar por conducta.

Tuve que esperar al día siguiente para saberlo, gracias a Beto y sus notitas en la ventana. Sin su ayuda, yo habría seguido preso de las mentiras de esa arpía. Pero ahora estábamos frente al director, con su cuello duro de cura y su última palabra. Él era la máxima autoridad. Lo que él dijese se haría. Había llegado la hora de tomar decisiones, y yo quería defender mi derecho a largarme de ahí.

—La profesora Pringlin sólo quiere torturarme, señor director —expliqué—. Es una sádica.

—La madre de Battaglia está de acuerdo conmigo —respondió esa zorra—. Manu tiene... problemas familiares especiales, que explican su actitud especial.

Problemas familiares especiales.

Me habría levantado y la habría abierto en canal con un cuchillo de carnicero.

Mi familia estaba perfectamente. Mi padre no tenía nada que ver con esto. O eso pensaba yo en ese momento.

—Aun así, profesora —dijo el director—, el reglamento es claro en este punto: la mala conducta acarrea expulsión.

La rigidez de la señorita Pringlin —la mirada fija al frente, el cuerpo inmóvil, el gesto endurecido— le daba un aire militar, que ella acentuó con su tono autoritario, como si leyese una resolución ministerial:

—Señor director, creo que Manuel Battaglia no debe ser expulsado. Ya ha sufrido cuatro expulsiones sin éxito. Precisamente, el reto de este colegio es triunfar donde otros han fracasado. Expulsarlo equivale a rendirnos. Mantenerlo, en cambio, es salvar a un adolescente de su desorientación. Es educarlo, que es lo que hacemos aquí.

El director había adoptado un gesto casi divertido. Jugueteó con un lapicero mientras meditaba las palabras de la profesora, hasta que dijo:

—¿Y usted, Battaglia? ¿Desea dejarnos? Puedo firmar su expulsión ahora mismo, si eso lo hace feliz.

Incluso para mí, que hacía esfuerzos para parecer compungido, mi respuesta sonó demasiado rápida, demasiado ansiosa y demasiado contenta:

—Según el reglamento, lo merezco, señor.

Ahora sí, el sacerdote dejó de hacer esfuerzos por disimular su sonrisa:

—Sin embargo, el reglamento no termina ahí, señor Battaglia. Todo el sentido del reglamento es que las malas conductas sean sancionadas, y las buenas, premiadas. Si yo le diese lo que usted quiere, estaría premiando una mala conducta y, por lo tanto, violando las normas, ¿verdad?

Los jesuitas siempre hacían eso: malabarismos de palabras. No les entendías un carajo. Y al final, perdías. Yo gruñí nomás.

—Qué paradoja, ¿verdad? —exigió una respuesta el cura.

—Sí, señor —respondí por fin mirando al suelo.

—En cambio —continuó él, recorriendo a mis compañeros con los ojos—, a todos los demás sí podría expulsarlos. En el caso de ustedes, representaría una justa sanción.

No hubo respuesta. Ni siquiera el huevón de Moco se rio esta vez. Sólo se oía el sonido de las manecillas, tac, tac, tac, cayendo sobre todos nosotros como una guillotina.

Moco

¡Todos expulsados menos Manu!

Increíble. Lo nunca visto. Como si en *Alien* ganase al final el gusano repugnante. Como si en *Rocky IV* ganase el boxeador soviético. Como si en cualquier película sobre la guerra de Vietnam ganase Vietnam.

Una locura. El mundo al revés.

—¿Desean ser expulsados? —nos preguntó el director.

¡Claro que lo deseábamos! Igual que deseábamos un jet privado, una orgía con tailandesas y un costal de dinero. En nuestras fantasías, je je. Pero eso no significaba que fuésemos a tener esas cosas de verdad. Al contrario: en nuestros oídos, «expulsión» sonaba como «destierro» o «muerte»: la entrada en un mundo desconocido y terrible.

—No, señor —murmuró primero Carlos, y luego yo. «No, señor» era la forma más digna de perder. Beto no dijo nada.

En realidad, el cura había preguntado eso sólo para asustarnos. Quería vernos temblar un rato, nada más. Y lo logró. Todos nos orinamos en los pantalones de pensar que iba a echarnos del colegio. Bajamos la cabeza ante él. Pero ésos no eran sus planes.

Su propuesta real era peor:

—Les diré lo que vamos a hacer —continuó, acomodándose los lentes de carey—. La principal perjudicada aquí ha sido la profesora Pringlin. Por lo tanto, ella escogerá el castigo que les corresponde. ¿Les parece razonable?

Nuestras respiraciones se atascaron. Nos habría gustado decir que no. No queríamos dejar nuestro futuro en manos de nuestra peor enemiga. Ni permitiríamos que ella nos ordenase más qué hacer. No aceptaríamos sus órdenes, ni su venganza. Preferíamos la expulsión. Pero no dijimos nada. Ya no teníamos valor.

El director tuvo que repetir:

—¿Les parece razonable?

Y todos respondimos en voz baja:

—Sí, señor.

Acabábamos de firmar nuestra sentencia de muerte.

El director se levantó y se dirigió hacia la puerta:

—Todo suyos, profesora Pringlin.

Y ahí nos dejó.

Después de su partida, la señorita Pringlin debía estar contenta. Parecía Goldfinger cuando piensa que ha matado a James Bond. Pero ni siquiera en ese momento sonrió. En su película personal, no había sonrisas. Su vida era un largo drama sin clímax.

—Bien, jóvenes —anunció burocrática—, comenzaremos con una papeleta verde para los cuatro. Sus compañeros no deben percibir que la mala conducta se ejerce sin consecuencias.

Dentro de lo posible, no era tan malo. Pero todavía no acababa:

—A su regreso de la suspensión —continuó—, instauraremos un régimen de castigos por las tardes. Dos semanas de tareas especiales: limpiar baños, ordenar material deportivo, cortar el césped del estadio. No se preocupen. Por las noches, en sus casas, podrán seguir haciendo las tareas regulares de los cursos, aparte de ponerse al día por sus ausencias, claro.

Aunque duro, no era lo peor posible. La Pringlin seguía manteniendo al margen a nuestras familias. Pero no debíamos ilusionarnos. Como en todas las películas, lo más duro se dejaba para el final:

—Y por supuesto, quiero hablar con sus padres —añadió—. Esta vez, Risueño, su padre tiene que aparecer.

Papá. Seguro que se moría de ganas de tomar el té con la señorita Pringlin. Seguro que quería enterarse de lo que habíamos hecho todo el día.

—Sí, señora —dije bajito.

Pero entonces sonó una voz que nadie esperaba: Beto.

—No se meta con su papá.

Fue sólo un susurro, pero en el silencio del despacho, y en la derrota general de nuestra actitud, sonó como un grito. Beto era leal. Hasta las últimas consecuencias. Yo me había quedado a su lado esa mañana, cuando Carlos había tratado de dejar a Manu solo. Y ahora él me devolvía el favor.

—¿Perdone, señor Plaza? —se sorprendió la profesora—. ¿Qué ha dicho usted?

—Que deje al padre de Moco en paz. Él irá si puede.

Estaba exaltado. Y la profesora no iba a dejarlo pasar:

—Debo haberme perdido algo, porque no entiendo en qué le incumbe ese asunto.

—No vamos a obedecer sus órdenes. Usted se aprovecha de nosotros. ¡Y yo no tengo por qué aguantarlo! Me voy de aquí. Expúlseme si quiere.

Nos quedamos todos alucinando. Ni a Manu se le había ocurrido algo así. Pero Beto se levantó para irse, como si nada. Agarró su mochila de un rincón, como si fuese el dueño de la casa, y empezó a caminar hacia la puerta. Todos levantamos la cara para asegurarnos de que él estaba haciendo eso de verdad. Ese Beto era un héroe. Yo habría votado por él para presidente. O para prócer de la patria.

Pero luego se le cayó el video. Y ahí sí, la cosa se terminó de fregar.

Beto

No me reconocía ni yo.

Hablándole mal a la profesora. Largándome del despacho. Denunciando a la Pringlin ante el director. Como el jefe de un sindicato, o el agitador de una revuelta.

Yo, que era el chico callado del colegio, el que se encerraba en la biblioteca.

Yo, que me escondía a llorar en el baño cuando los demás se burlaban de mí.

Pero estaba harto de aceptarlo todo. Estaba cansado de callarme. Sí, profesora, puede usted torturarnos a placer. Sí, papá, soy un machote y me acuesto con todas las mujeres. Sí, señor director, nos hemos portado mal, todos nos hemos portado mal, es culpa nuestra, estamos arrepentidos, por favor, no nos expulse.

¿Por qué no podíamos decir todos la verdad por una vez? ¿Por qué hacía falta mentir o callarse o disimular cada minuto del día?

Moco había sido un buen amigo. Me había tratado bien el día anterior, en su casa. Me había hecho entender que yo no era un bicho raro. Ni un monstruo. Y Manu era... Manu. Yo mostraba un valor que nunca había tenido porque *él* me lo había enseñado.

Y sobre todo, quería que él me viese. Que Manu supiese que yo también era un valiente. Que me admirase, como yo a él.

Claro que la señorita Pringlin no esperaba que nadie la sacase de sus casillas. Mientras yo me aproximaba hacia la puerta, en un arranque de desesperación hizo un esfuerzo último por afirmar su autoridad. Gritó:

—¡Usted no va a ninguna parte!

Yo me di el lujo de ignorarla. Como si fuese Madonna paseando por la alfombra roja y llegase a hablarme Debbie Gibson. ¡Fuera de acá, muerta de hambre!

La señorita Pringlin se puso como una fiera. Trató de retenerme por mi mochila. Sentí su garra a mis espaldas, prendida del cierre, jaloneando. Y yo jalé hacia mi lado. A ver quién era más fuerte.

Con tanto jalar de un lado a otro, la mochila se abrió. Varias cosas cayeron al suelo: un par de cuadernos, un lápiz, un libro de Pablo Neruda, un disco de Silvio Rodríguez.

Un video.

Una película de Betamax se precipitó hacia abajo como en cámara lenta, hasta aterrizar sobre la alfombra con un golpe blando.

La Pringlin la siguió con la vista mientras caía. Todos lo hicimos. La foto de la portada cayó hacia arriba, para que pudiera verla todo el mundo, igual que las tostadas caen siempre con la mantequilla por el lado indebido.

¡Maldita sea, la película! Había olvidado que la llevaba. La había escondido esa mañana rápidamente para que nadie la viese, por lo visto demasiado cerca del cierre de la mochila, de donde podía caer en cualquier momento.

Y luego todo había empezado a ocurrir demasiado rápido. El castigo de Manu. Nuestro plan. El pipilín. El cerro. No había tenido tiempo de pensar en el casete de Betamax.

Demasiadas emociones para un solo día.

Y las que faltaban por venir.

Todo el mundo miró hacia abajo, al video, como si mirasen la puerta del infierno.

Carlos

Uyuyuy... La película.

Como si no tuviéramos ya bastantes problemas.

Como si no estuviéramos ya completamente hundidos.

Como un acusado de robo que le dijese al juez, justo antes de oír la sentencia:

—Pero también he asesinado a algunas personas, ¿ah? No me subestime.

Manu

«Problemas familiares especiales», había dicho la Pringlin.

¿Qué sabría ella?

«Su historia con su padre», había dicho de mí. *Mi* historia con *mi* padre.

Y su puta madre también.

Hacerte echar de un colegio es fácil, huevón. Yo era un profesional en eso. Un experto. Y no tenía nada que ver con «problemas familiares». Esa vieja no sabía nada de mi historia familiar. Para empezar, por mucho que ella dijera, mi viejo no era un problema. Mi viejo era el mejor padre del mundo.

Mi viejo era un héroe. Uno de verdad.

Yo soñaba con él. Todavía lo hago. En mis sueños, llevaba su uniforme militar de gala verde. Sus galones de mayor de Infantería del Ejército peruano. Su visera con hilo dorado. Y en el pecho, su Medalla al Mérito Mariscal Andrés Avelino Cáceres.

Yo quisiera saber cuántos padres de los huevonazos de mi colegio tenían una medalla al mérito. ¿Cuántos, a ver?

Papá se la ganó durante la guerra con Ecuador de 1981. Los ecuatorianos —los «monos», los llamaba él, y así los llamo yo— habían cruzado la frontera por la selva y colocado un puesto militar en territorio peruano: el Falso Paquisha. Mi viejo siempre enfatizaba la palabra, ese *falso*, porque era una mentira de los monos. Ellos decían que ese terreno formaba parte de Ecuador. Y metieron cincuenta hombres y un capitán en nuestro país. Así. Con toda la concha. Como si nos metieran cincuenta pulgas en el culo.

Pero los peruanos no nos quedamos parados, ¿ah? No somos cojudos. Primero les enviamos un par de helicópteros M18 a atontarlos un poco con fuego aéreo. Pim pum pam. Toma, mono. Salió bien, pero nuestros soldados no podían descender de los helicópteros. Los ecuatorianos tenían una ametralladora antiaérea .50 de cuatro bocas. Si te acercabas demasiado, te volaban una hélice, un brazo, la cabeza. Para terminar de sacar a esos conchasumadres, hacía falta la infantería.

A papá lo llevaron en otro helicóptero y lo bajaron con su destacamento cerca del río Cenepa. La geografía era muy jodida. Selva montañosa. Árboles por un lado. Niebla por el otro. Mi viejo caminó dos días entre el barro y los mosquitos. Después de eso, siempre dijo:

—Prefiero las balas enemigas a los mosquitos. Al enemigo le puedes disparar. A los mosquitos nunca les das.

También había murciélagos, huevón, del tamaño de gatos voladores. Los murciélagos tenían una especie de anestesia en la lengua. No te dabas cuenta cuando te chupaban la sangre. A veces, los conscriptos se despertaban con un bicho de ésos pegado al cráneo, y ni siquiera lo sentían. Y eso que llevaban la cabeza rapada.

Al fin, los infantes llegaron y tomaron por asalto el puesto enemigo. Según mi viejo, los ecuatorianos se defendieron con todo. Usaban fusiles FAL y disparaban a cualquier cuerpo móvil. Tenían ventaja porque estaban en una posición alta. Las balas caían sobre los peruanos como lluvia. A mi viejo le pasaban silbando junto a las orejas. Y como todo era árboles, rebotaban alrededor formando telarañas de fuego. Si te cruzabas con alguno de sus hilos, te morías.

Mi viejo y sus hombres tuvieron que ganarse cada centímetro cuesta arriba. Dejaron catorce monos heridos y dos muertos. Al final, los ecuatorianos se rindieron y los peruanos izaron la bandera nacional en el puesto.

Cuando todo terminó, el presidente de la República fue hasta allá y saludó a papá en persona. Le dijo que estaba orgulloso de él. Y se llevó esa misma bandera para izarla en el Palacio de Gobierno. Pero mi viejo no estaba contento. Siempre decía que el presidente era un manganzón:

—Si nos dejaran —repetía—, mis hombres y yo llegábamos hasta Guayaquil y poníamos la frontera ahí. Muerto el mono, se acabó la rabia. Pero el presidente no se atrevió. Y ahora, los ecuatorianos volverán en cualquier momento. Los ecuatorianos necesitan una lección de verdad. Si no, no van a entender nunca quién manda acá.

Ése era mi viejo, carajo.

Habría invadido Ecuador él solito.

Cada 28 de julio, para las Fiestas Patrias, mi vieja y yo íbamos a verlo marchar por la avenida Salaverry. Para esas ocasiones no se ponía el uniforme de gala, sino el de camuflaje. Pero igual se colgaba su medalla del pecho. Y avanzaba con la vista al frente, el fusil en alto, alzando las piernas al marchar hasta la altura de los faroles de la calle. Delante de él, los rangers, con sus rostros pintados de negro. Detrás, los tanques y los carros de combate. Alrededor, la gente con sus banderitas bicolores lo admiraba y le agradecía todo lo que había hecho por nosotros. Yo quería decirles: es mi viejo. Es el mejor que hay: un padre de la puta madre.

Al terminar el desfile, papá nos llevaba a comer a una pollería de la avenida La Marina. Aún llevaba su uniforme y su medalla, y la gente se volteaba a vernos. Y mamá lo besaba. En esa época se besaban.

Yo les decía:

—¡Por favor, basta! ¡En público no!

Pero me gustaba verlos besarse. Y que todo el mundo supiese que yo era su hijo: el hijo del héroe y su mujer.

Un domingo del año 88, mis viejos me llevaron a una pollería. Pedimos pollo con papas fritas como para un escuadrón, pero mamá ni siquiera tocó la comida. Tenía los ojos rojos y guardaba silencio. Mi viejo habló. Tenía que anunciarme una noticia. Estaba muy serio. Como si se dirigiese a mí en posición de firmes. Mientras yo me empujaba la tercera pechuga con salsa golf, me dijo:

—Manu, voy a volver a entrar en combate.

Siempre hablaba así. Usaba palabras pajísimas: «entrar en combate», «tomar posiciones», «presentar armas», «morir en acción»...

—¿Otra vez hay guerra con Ecuador? —pregunté, limpiándome la salsa con una servilleta de papel rasposo.

—No, hijito. A los monos ya les dimos su medicina. Esta vez, el enemigo es otro.

—¿Chilenos?

—Terroristas.

—Pero ¿de dónde son?

—Son de acá. Son peruanos. Pero igual son el enemigo.

Eso era raro. Hasta entonces, yo pensaba que las guerras siempre se peleaban contra otros países. Pero sí sabía quiénes eran los terroristas. Veía la tele, huevón. Conocía todas las noticias sobre coches bomba y secuestros. Oía las explosiones algunas noches, allá afuera, en las torres eléctricas. A veces, mientras comíamos, aparecía en pantalla algún lugar de la ciudad convertido en zona de combate. Los cristales rotos, los heridos en ambulancias, los edificios derruidos. También nos llegaban noticias de la Sierra: masacres, pueblos incendiados, columnas guerrilleras andando por la selva, como ejércitos.

—¿Y éstos tienen ametralladoras antiaéreas? —le pregunté a papá, mojando las papas en la mostaza.

—Ésos no tienen ni granadas —se rio—. Van a ser más fáciles. Nos los vamos a bajar como a pollos en un gallinero.

Le pregunté dónde iba a pelear. Respondió con una expresión de las que me gustaban: «Zona de emergencia». Luego añadió otra: «Zona roja». Palabras mucho mejores que Paquisha, que parecía nombre de bailarina de mambo, como Tongolele.

Partió días después. Mamá y yo fuimos a despedirlo al Grupo 8, el aeropuerto militar. Me dio un abrazo en la pista de aterrizaje, bajo las turbinas de los aviones en marcha. Bien ruidosas esas huevadas. Mientras me abrazaba, mi viejo me dijo algo, pero no pude escuchar qué.

Papá iba a pelear otra guerra. Iba a ganarla. Él solo. Otra vez.

Un año entero esperamos su regreso. Y durante ese tiempo, las noticias eran cada día más feas. Un día, los terroristas tomaron un pueblo entero de la Sierra. Alzaron una bandera roja con la hoz y el martillo en la plaza mayor. Otro día, volaron en pedazos una comisaría. Un tercero, emboscaron a una patrulla del Ejército. Les robaron las armas, les abrieron el cuello y los tiraron al río, desnudos. Cuando salían esas noticias, mamá corría a apagar el televisor. Yo le decía:

—¡No! ¡Seguro que ahora sale papá!

Pero ella apagaba la tele de todos modos. A veces era bien cojuda, mamá.

Los combates no sólo se libraban allá lejos, en la jungla. También sonaban explosiones cerca de casa. Del otro lado del colegio había un pueblo joven, Pamplona, que todos decían que era un nido de comunistas. De ahí salían a atentar, y luego volvían a esconderse.

Muchas noches, oíamos las detonaciones en el cerro y luego se iba la luz. En Navidad o en Año Nuevo, ya sabíamos que se iba a ir. A las doce en punto de la medianoche. Pero también había apagones en otras muchas fechas, quién sabe por qué. Cada 23 de diciembre, había que comprar velas. Y para febrero ya no quedaba ninguna en los cajones.

Un día, mamá pegó cinta adhesiva en las ventanas de casa. Todos los cristales cruzados con X plateadas.

—¿Por qué pones eso, mamá?

—Por si estalla una bomba demasiado cerca. Para que no salten los vidrios.

Otro día, en el colegio —cuando aún no me expulsaban de los colegios—, nos enseñaron a reaccionar en caso de atentado: tirarnos al suelo con la boca abierta, de ser posible bajo una mesa o una viga, taparnos los oídos, cerrar los ojos para que la onda expansiva no nos dejase sordos y las esquirlas no nos dejasen ciegos. Era divertido ensayarlo, y sobre todo perder clase. Pero no pensábamos mucho en qué significaba toda esa vaina.

Cada dos o tres meses, papá nos mandaba cartas. Muy cortas. A las justas un par de líneas. Decía que estaba bien. Una vez pidió que rezáramos por él. Cuando llegaban las cartas, por la noche, yo encontraba a mamá temblando en una esquina de la sala, sola, como un pollo mojado en medio del invierno. Yo le preguntaba:

—¿Qué te pasa, mamá?

—No va a volver. No volverá nunca.

—¿Estás loca? Va a regresar con dos medallas. Va a ganarles esa guerra a todos los terroristas del mundo. Y a los ecuatorianos. Y a los chilenos, por si acaso.

—Esta guerra no es contra chilenos. Esta guerra es contra nosotros mismos.

Y ella seguía temblando. Yo pensaba que era demasiado cobarde. Normal, ¿no? Era mujer. No había mujeres en las trincheras, disparando a los monos ni a los terroristas.

Cuando comenzó el invierno del 89, llevábamos cinco meses sin recibir cartas. Mamá llamaba desesperada a los cuarteles, a los superiores de mi viejo, pero nadie le decía nada. Mi vieja comenzó a ir a misa todos los días a rezarle a San Antonio de Padua, patrón de los enamorados. Pero si los comandantes no le daban información, ¿qué chucha le iba a decir una estatua?

Ahí sí pensé que mi viejo estaba muerto. Con el cuello abierto, desnudo, en el cauce de un río seco.

Un sábado a las seis de la mañana sonó el timbre. Mi vieja y yo despertamos con miedo. Ni siquiera era de día todavía. Ahí afuera, me acuerdo, la llovizna difuminaba la calle. Frente a nuestra puerta había una camioneta destartalada, una carcacha con el motor encendido. Un hombre en la vereda miraba hacia nuestras ventanas. Iba armado.

—Vienen a secuestrarnos —dijo mi vieja—. Saben que tu papá es militar.

—A mí no me secuestra ningún terruco de mierda —respondí—. Voy afuera a preguntarles a esos cojudos qué han hecho con mi viejo.

—¡Manu, no!

Salí a lo bruto a la calle. Quería escupirles en la cara. Quería gritarles y patearlos. Dispararles. Pateé una silla, abrí una puerta. Oí los chillidos de mamá a mis espaldas, gritándome que no saliera. No le hice caso. Estaba lleno de rabia contra esos conchasumadres. Salí a empellones, dispuesto a dar la guerra yo solo.

Pero ahí afuera no había ningún terrorista.

Sólo estaba mi viejo. O lo que quedaba de él.

El hombre en la vereda llevaba el pelo, la cara, las manos y la nariz de papá. Pero no se le parecía en realidad. Tenía los ojos hundidos, rodeados de ojeras moradas, y le faltaba un diente al costado. Estaba más flaco. En vez del uniforme, usaba una ropa rotosa y ojotas de neumático. El pantalón le bailaba. Iba lleno de agujeros, mugre e insectos. Hecho mierda por dentro y por fuera.

Claro que no sabíamos que regresaba. Ni él lo sabía. No los habían desmovilizado. Simplemente, no había dinero para devolver a los combatientes. En algún momento, en el frente, un superior había ordenado:

—El que quiera regresar a su casa, puede hacerlo. Pero con su plata.

La mayoría de soldados del destacamento habían agarrado sus cosas y se habían largado. Atravesaron la cordillera a pie y se pusieron a buscar autobuses interprovinciales. Papá estuvo dos semanas tratando de llegar a la capital, llevando carga en las paradas para pagarse el viaje junto a otros ocho compañeros —sargentos, cabos, un capitán—, que ahora nos miraban desde la camioneta con las caras dormidas. Mamá tuvo que darle al conductor todo el efectivo que tenía en casa.

Esta vez, mi viejo no salió en la tele. No había ganado la guerra. La guerra seguía sin él. No salieron en las noticias el armamento capturado, ni las banderas izadas en los puestos enemigos, ni los presidentes felicitándolo. Y aunque él se había pasado mucho más tiempo luchando en zona roja que en la frontera, nadie le dio ninguna medalla. De todos modos, las medallas son una cagada. Si no ganas, no sirven para nada.

Al entrar por la puerta, ni siquiera nos abrazó. Nos miró como con miedo. Como se mira a un perro rabioso que te va a morder. Yo tampoco lo abracé, porque no me parecía una cosa de hombres. Pero mamá sí. Le saltó al cuello y lo apretó. Él se quedó mirando a la pared. No parecía entender qué pasaba.

Estaba ido. No hablaba casi.

Y así se quedó.

Desde su regreso, se pasaba el día en bata, sin afeitar, deambulando por la casa como muerto en vida. Casi todo el tiempo miraba la tele callado desde un rincón del sofá. Cuando llegaban noticias de la zona de emergencia, yo quería que me contase cómo eran las cosas ahí. Pero él guardaba silencio. Se le escapaban las lágrimas sin abrir la boca. Ni siquiera moqueaba. Su cara parecía una estatua que perdía agua por los ojos.

En la ciudad seguían sonando las bombas. Las explosiones nocturnas perturbaban a papá. Despertaba por las noches gritando. A veces, a continuación, yo oía gritar a mi vieja también. Pero eran gritos diferentes, menos de miedo, más de dolor. Un verano, en la playa, descubrí los

moretones verdes en sus piernas, manchas verdes y alarga-
das como rayas de tigre:

—¿Qué es eso, mamá?

—Nada. Me caí por las escaleras.

Yo pensaba que mi vieja era una mala esposa. Papá
estaba cada día peor, y ella no hacía nada. No comprendía
que él era un héroe. Ella tenía que ayudarlo, ¿no? Tenía que
hacerlo sentir bien. ¿Para qué se casa uno si no?

Papá empezó a dormir en la sala. Era patético,
huevón. Al principio, la única señal eran las frazadas que
amanecían entre los muebles. Luego montó un pequeño
campamento, con botellas de agua y provisiones. Nadie
podía tocar «sus cosas». Por las mañanas comenzó a aparecer junto a ellas, roncando y murmurando cosas. Algunos días, mi vieja y yo desayunábamos junto a su cuerpo
tendido, como si velásemos un cadáver.

En las noches de apagón, a mi viejo le gustaba quedarse solo en la oscuridad. Ni siquiera prendía velas. Sólo
cuando pasaba un carro por la calle y lo iluminaba con los faros por un segundo, se le podía ver en su sofá, moviendo los
dedos como si fueran culebras y hablando consigo mismo.

Algunas de esas noches, de repente desaparecía dejando la puerta abierta. Había que ir a buscarlo por la calle
y traerlo de vuelta. Lo hacía yo, para que mi vieja no se en-
terase de que se había escapado. Él nunca llegaba demasiado lejos. Y siempre se dejaba devolver. Pero mientras yo lo
guiaba de vuelta, como un perro a un ciego, él iba mirando a la nada, y yo me preguntaba si me reconocía.

Una madrugada me desperté con sed. Me levanté
para buscar un vaso de agua. Apreté el interruptor de la
luz por costumbre. Siempre lo hacía. Uno se olvida de que
no hay corriente eléctrica. Está acostumbrado a apretar un
botón y ver, como por arte de magia. De todos modos, no
había problema. A esas alturas, yo ya era capaz de recorrer
toda la casa sin ver, como los ciegos. Salí hacia la cocina
tanteando las paredes.

En el camino escuché un ruido, como un ronroneo proveniente de la sala. A veces los gatos callejeros se metían a dormir en la casa y arañaban los muebles. Mi vieja los odiaba. Así que me acerqué a ver qué era. Quizá tendría que sacarlo con el palo de la escoba. Ya había pasado otras veces.

Bajo la mesa había un bulto. No tenía tamaño de gato. Medía como un tigre más bien. Sólo el olor a humanidad delató que era mi viejo.

—¿Papá?

—Mñññnsrjj...

—¿Papá?

—Brdp... No... No, carajo...

Hacía frío. Estaba húmedo. Y mi viejo estaba bajo la mesa sin frazadas. Podía resfriarse.

—Tienes que despertarte, papá. Debes irte a tu cama.

Él se quedó quieto, pero esta vez rígido, tenso, como una tabla.

Como un muerto.

—Papá...

Aún hubo un segundo inmóvil. Como el momento en que la pantera acecha a su presa. Llegué a pensar en llevarle mi propia frazada, para que no se enfriase. En ponerle una botella de agua cerca.

Y entonces saltó.

Es el mayor susto que recuerdo en mi vida: el golpe, los gritos, el frío del cañón.

Todo demasiado rápido para reaccionar. Demasiado imposible.

—¡Quieto, carajo! —dijo él, con el brazo sobre mi cuello.

De un momento a otro, yo estaba en el suelo, con la espalda del pijama pegada a las losetas frías. El corazón quería reventarme en el pecho. Mi cerebro necesitaba creer que ése no era mi viejo, que era un ladrón, por favor, que fuese un ladrón.

—¡Quieto, terruco conchatumadre! —gritó—. ¡Si te mueves, te reviento la cabeza! ¿Dónde está tu gente? ¿Dónde están?

—Papá, soy yo...

—¿No me escuchas, carajo? ¿No me escuchas? ¡Te estoy hablando, mierda!

Algo duro y metálico se apoyó en mi frente. Luego bajó hasta mi boca. Escuché el clic de la pistola al rastrillar. Pero sobre todo escuché sus alaridos. Sus órdenes. Sus advertencias. Pensaba que estaba rodeado de subalternos. Y les decía qué hacer.

—¡Teniente, registre la casa! ¡Saque a todos los que estén dentro! ¡Entre ahora mismo, carajo!

Casi podía verlos yo también, huevón. Fantasmas danzando en la sala, tomando posiciones en las sillas y la alfombra, apuntando a enemigos ocultos. Apuntándome a mí. Soldados cruzando el terreno entre sombras. Niños corriendo. Fogonazos en las laderas. Incendios en los techos. Gente saliendo por las puertas. Todos gritando, incluso mi viejo:

—¡Uno por uno, teniente! ¡Revíselos uno por uno!

—Papá, por favor...

Yo apretaba los dientes. Tragaba saliva. Trataba de mantener la calma. Pero ¿cómo mierda se mantiene la calma con una pistola en la cara? Las manos de mi viejo me palparon por todas partes, en busca de un arma. Me dio vuelta. Me puso la cara contra el suelo. Aún tenía el arma apoyada contra mi nuca. Apretó hacia abajo. Sentí en la lengua el sabor del suelo, y en la espalda un escalofrío. Aún me parecía ver gente —conscriptos, terroristas, familias enteras— saltando a mis espaldas, discutiendo en medio de una noche abierta y azul.

Y entonces sonó otra voz. Una voz de ser humano real.

—¡Basta! —dijo mamá desde la puerta de su cuarto. Tenía una linterna en la mano. Apuntaba a la cara de papá.

El tiempo se congeló. Papá se quedó quieto de repente. Yo me di vuelta. Él miró a su alrededor. Me miró a mí. Sólo entonces descubrí qué arma llevaba: la Browning 9 mm Parabellum. La más grande. Con esa huevada me podía haber partido el cráneo en dos.

Papá soltó la Browning. Me soltó a mí. Cayó a mi lado. Primero hizo unos ruidos como de perro regañado. Luego, sus sonidos se fueron definiendo. Gemía. Se frotaba la cara. Se arrastraba por el suelo. Ya no daba órdenes a subordinados imaginarios. Ahora se hundía solo en su propia cabeza. Ya no parecía un guardia de asalto, sino un bebé, con la cara llena de mocos y las babas cayéndole de la boca, retorciendo las manos y las rodillas, girando sobre sí mismo por el suelo mientras mi vieja se acercaba a atenderlo, a abrazarlo, a decirle que todo estaría bien. Parecía un perro rabioso que se ha herido al saltar sobre un gato.

—Perdón... —se humilló—, perdón...

Aunque apenas se veía nada, tuve que cerrar los ojos.

Es muy jodido ver llorar a un héroe.

Moco

Hablo de la película, ¿no?

Es hora de hablar de ella.

Las películas son importantes. Para la vida.

Y ésta fue muy importante. Sin ella, no habría ocurrido nada de lo de después.

Me acuerdo bien de ella, en su cajita de cartón, volando por la oficina del director, entre las imágenes de la Virgen Inmaculada y los santos, hasta dar con la alfombra, justo bajo el crucifijo. *Marines de vacaciones III.*

Puuufff, cómo se puso la señorita Pringlin cuando descubrió lo que era. Fue por la foto de la portada. Bien explícita. Normalmente, yo les cambiaba las etiquetas a las películas: les ponía «Fiesta de promoción 1989» o «Vacaciones de la familia», para que nadie quisiese mirarlas. Pero ésta nunca salía del cajón. Estaba tal como había llegado. Más clara que el agua: cuatro machotes haciendo un trenecito. Esos marines sí que tenían cañones largos, je je.

La vieja tardó en entender de qué se trataba. Pero en cuanto lo hizo, su cara se puso roja, luego verde, luego morada.

—¿Qué significa esto?

El porno ya le parecía pecado. Pero el porno con puros hombres... Creo que ella no se había imaginado que existía. Era el Perú. Estábamos en 1992. Era un colegio religioso. Y ella era la Pringlin.

—¿De dónde ha salido esta... esta aberración? —continuó. Ahí estábamos los cuatro, en la oficina del director, preguntándonos hasta dónde se podía hundir todo.

Qué más podía salir mal. Pero a ella nadie le respondió de dónde había salido la aberración.

De mi casa, claro. Je je. No es que yo viese esas porquerías, ¿ah? A mí me gustan las mujeres, ¿ok? Siempre me han gustado. En mi colección había doscientas treinta y seis películas de mujeres, pero sólo un par de hombres, y sólo para hacer negocios. *Marines de vacaciones III* era de Beto. El consumidor era él.

Pero bueno, se la había dado yo. Yo soy el videoclub, ¿ok? Soy el hombre del cine. También podía haberle alquilado *Bambi* o *Dumbo*. Sólo que no todo el cine es para el horario familiar. Eso se llama «segmentación de mercado».

Mi servicio sólo para adultos incluía revistas: *Playboy* para los clásicos, *Penthouse* para los aristócratas. Y por supuesto, *Hustler* para los que querían sexo de verdad en vez de rubias ricas solitarias y flacuchentas. Y algunas revistas suecas —que eran las más sucias— y brasileñas. Pero lo que más demanda tenía eran las películas.

Por lo general, vendía mi material en el colegio, cerca del muro del cerro, al abrigo de miradas indiscretas. Pero a Beto sí lo invitaba a mi casa. El de Beto no era un producto que uno pudiese llevar por ahí.

Los chicos como él lo pasaban mal en el colegio. Tenían que hacer sus cosas en soledad, a salvo de miradas indiscretas. Ofrecerles porno a su medida era un deber humanitario, como llevar comida a los pobres. O montar un striptease en un cuartel.

Y sí: potencialmente, la gente como Beto era una mina de oro. Debía haber muchos por ahí en busca de un distribuidor discreto que cubriese sus momentos de ocio. Para mí representaba un mercado virgen, un nuevo público objetivo, un horizonte de futuro con incalculables beneficios.

¿Cuál es el problema? Eran los noventa. Hacer negocios estaba bien visto.

Beto

—¡¿Qué pasa?! —gritó la señorita Pringlin, ahora fuera de sí—. ¿Están mudos?

Yo había vuelto a ser mudo. Ahora todos lo éramos.

La señorita Pringlin sostenía el casete de video en alto como un arma, o una antorcha, la quemante evidencia de nuestra depravación, nuestro pasaporte a las tinieblas. Parecía una predicadora alzando una biblia ante sus seguidores. Una biblia con cuatro musculosos desnudos en la portada y el título *Marines de vacaciones III*.

—Voy a preguntarlo por última vez —amenazó, y yo juraría que todas las imágenes de la habitación perdieron la virginidad al oírla—. ¿De quién es esta basura?

Bajé tanto la cabeza que casi me perforo el pecho con el mentón.

La basura era mía. No. Era de Moco. No. Era mía. No. Era de Moco.

No estaba seguro de si la había comprado o sólo alquilado. No sabía bien cómo funcionaban estos negocios. Apenas llevaba setenta y dos horas tratando de liberarme. Mi nueva vida era demasiado nueva.

En un instante, después de mi valiente escena anterior, me quedé sin fuerzas para enfrentarme a la señorita Pringlin. No podía. No mientras ella tuviese esa cosa en la mano. Pero tampoco podía entregarle a Moco para que lo devorase. No era justo. Precisamente Moco, que era mi único amigo.

Precisamente él, que no me despreciaba. Que no me daba importancia. El único que pensaba que yo era «normal».

El único que me había hecho sentir normal.

La cosa había comenzado el día anterior, en las duchas, después de la clase de Educación Física, la última del día. Ahí estábamos, como siempre, todos esos púberes sudorosos y sin ropa después de correr alrededor del estadio, de jugar fútbol, de encestar pelotas en una canasta, haciendo cola para bañarnos en fila india, escupiéndonos, regando aquí y allá bromas sobre el tamaño de nuestros penes, inventando proezas sexuales y, sobre todo, diciéndonos «maricón» cada tres segundos.

Yo también lo decía. Cada vez que alguien se acercaba demasiado a mí, o me miraba, o quería hacer un chiste sobre mí. «Maricón», contraatacaba, como un escudo defensivo hecho de una sola palabra. Y trataba de tener aspecto de fuerte. Pero sobre todo intentaba no ver a nadie, y que no me viesen a mí. Lo mejor era hacerme transparente, volverme invisible en las duchas, atravesarlas sin llamar la atención hasta regresar al mundo real, donde la gente va vestida.

Ese día, como todos, me parapeté entre mis amigos. Hice la cola rodeado de ellos, como un animal herido oculto en medio de su manada. Miraba a Manu por el rabillo del ojo, sin querer queriendo, tranquilo porque sabía que él no me miraría a mí.

Manu tenía una mancha en el pecho. Era una mancha negra de la piel. Resultaba curiosa, porque tenía la forma de un corazón, y más o menos estaba situada en el lado izquierdo. Como si él tuviese el corazón a flor de piel. En un momento dado, Moco y Carlos se empezaron a azotar a toallazos, y me empujaron de casualidad muy cerca de Manu, casi hasta tocarlo con mi propio pecho. Él no reaccionó, pero yo, presa de los nervios, pensé que debía hablar de algo para distraer la atención, y no se me ocurría otra cosa. Así que se lo dije. Le hice notar la mancha:

—Tienes algo ahí.

—Es de nacimiento —dijo Manu, buscando su jabón.

—Algunas de esas manchas se pueden quitar con un tratamiento, ¿sabías?

—No me molesta.

Él estaba apoyado en el muro de las duchas, a cinco o seis chicos de su turno. Tenía el pelo inusualmente largo para el colegio, y un mechón le caía sobre los ojos.

—Déjame tocarla —insistí—, a ver si es de las que...

—¿Qué haces? Ya te he dicho que no me molesta.

Y me soltó una bofetada. Me volteó la cara y todo. No quería ser agresivo. Ni siquiera le dio importancia. Se trataba de la reacción natural y visceral ante la amenaza de tocarse. En el colegio, y especialmente en clase de Educación Física, no podías tocar a nadie. Sólo podías golpearlo.

—Perdón —me apoqué, y traté de mostrar que no me importaba el golpe, que era lo normal.

Creo haber percibido entonces que Moco nos miraba, que había sorprendido ese momento entre Manu y yo. O quizá eso lo pensé después, a la luz de lo que ocurriría más tarde. En todo caso, fue Moco el que rompió la tensión que se había creado, de la manera habitual, con un toallazo directo a mi cara:

—¿Qué hacen ahí, niñas? Los hombres estamos luchando acá.

—¿Qué cosa? —siguió la broma Manu—. A mí me van a tratar con respeto, ¿ah?

Y se plegó a la lucha. Ahí desnudos, mojados y soltándose golpes de toalla, mis amigos parecían cachorros en lucha, animalitos sin pelo mordiéndose en la guarida. Pero no me sumé a ellos. Aunque me encontraba a pocos centímetros de sus juegos, me sentía como encerrado en una caverna lejana.

A la salida, a Manu le esperaba su castigo con la señorita Pringlin. Y Carlos, según dijo, también tenía planes:

—Más tarde voy a ver a Pamela. Creo que cualquier día de éstos acabaremos en la cama.

—Tú sigue soñando —dije yo.

—Tiene más posibilidades Manu con la Pringlin —dijo Moco—, que lo persigue a todas partes.

Manu se metió los dedos en la boca, como para vomitar, y puso los ojos en blanco.

—Seguro que le gustas —atacó Carlos.

—Por lo menos es una mujer de verdad —contraatacó Manu.

—Sí, no como tu novia inventada que nadie ha visto —añadió Moco.

—¿No será un maricón? —dije yo.

Era lo que se suponía que había que decir.

—No, no, tu viejo no es mi tipo —dijo Carlos.

—En cambio, tu madre a mí me encanta —terció Moco—. Y yo a ella.

—¡Cabrón!

Manu resolvió la discusión:

—Ya, chicas, no peleen. Pórtense bien mientras yo paso la tarde con mi novia.

—Si la Pringlin trata de violarte, gritas —dijo Moco.

—O la hago gritar a ella —respondió Manu.

Hasta ese momento, Manu se mostraba seguro y provocador, como había sido siempre, como me gustaba a mí.

El caso es que Moco y yo seguimos caminando juntos hasta la esquina del colegio, como hacíamos siempre. Sólo que esta vez, antes de separarnos, él se me quedó mirando. Había algo extraño en sus ojos. Y también en su voz cuando dijo:

—¿Quieres venir a mi casa?

Yo nunca tenía ganas de estar en *mi* casa. A veces, salía del colegio y daba rodeos interminables sólo para no llegar. Me sentaba a leer en los parques. Incluso me quedaba en la biblioteca del colegio después de clases, cuando ya nadie me perseguía. Y regresaba a casa cerca del anochecer. Tampoco los alumnos del colegio me invitaban a visitarlos. Nadie quería que lo vieran conmigo, supongo.

Así que acepté la invitación. ¿Por qué no?

Para llegar a la calle de Moco había que caminar un buen rato. Vivía más allá de la Circunvalación, que era como la frontera de nuestro mundo, donde cabía esperar todo tipo de peligros, en una casa desvencijada y un poco sucia. Tenía el jardín lleno de malas hierbas. La enredadera del muro era ahora como una soga deshilachada que se repartía por la pared. El interior no se conservaba en mejor estado: los tapices de los muebles tenían un color imposible de adivinar, y la alfombra despedía un olor rancio.

Tras atravesar la sala, Moco me hizo subir por unas larguísimas escaleras que rechinaban y pasar directamente a su habitación.

—¿Y tu viejo no está? —pregunté.

—En su cuarto, pero duerme siesta a esta hora. Mejor no lo molestamos. Es buena gente en general, pero a veces se pone de mal humor.

Mientras recorríamos el pasillo, escuchamos un rumor proveniente de alguna de las habitaciones. Quizá era un televisor, o quizá un ronquido. No nos detuvimos a verlo. Sólo seguimos hasta el final.

Desde el suelo hasta el techo, la habitación de Moco estaba empapelada con imágenes de fútbol: grandes alineaciones de la selección peruana, afiches de la U, fotos de goles históricos y camisetas de equipos extranjeros, como la Juventus y el Flamengo. Sus frazadas llevaban estampados del Real Madrid. Apenas quedaba espacio en esa pared para cualquier cosa que no fuesen pelotas. Me sorprendí:

—Cómo te gusta el fútbol, ¿no?

—¿A mí? El fútbol me lo paso por los huevos. Esto es el camuflaje. Lo puse cuando mamá vivía, y después se quedó ahí.

—¿Camuflaje?

—¿Estás listo para conocer el imperio de Moco?

—No sé. ¿El qué?

—Presta atención.

Dándose importancia, como un mago mostrando sus trucos o un agente secreto revelando sus escondites, Moco abrió las puertas del armario. En el interior, del otro lado de sus futbolistas, colgaban afiches de mujeres. Algunas llevaban un tanga, pero la mayoría dejaban muy poco a la imaginación. Una, retratada de espaldas, sacaba el trasero mientras se chupaba los dedos provocativamente. Otra separaba las piernas, luciendo todo el bollo al aire. Era asqueroso.

—Bueno, es un decorado muy apropiado... si tienes un taller mecánico.

—Aún no has visto nada.

Con gesto orgulloso, abrió el cajón de su cómoda y retiró las camisas: abajo guardaba una completa videoteca con títulos como *Dentro de Desirée, El crucero del mamón* o *Chicas malas IV.* La colección, en Betamax y VHS, se prolongaba por el cajón de los pantalones, y por el de la ropa interior.

—Y finalmente... —anunció Moco, y se acercó a su cama. Empujó un poco el colchón con la frazada del Real Madrid. La esquina del somier apareció recubierta de revistas porno—. ¿Qué te parece?

—Que por eso tienes tan malas notas. Tiempo para estudiar no te queda.

—Me ha costado años de sudor, trabajo y algunos robos, pero creo que es la colección más completa en kilómetros a la redonda. Cuando una mujer tenga la suerte de fijarse en mí, me va a encontrar bien entrenado: todas las poses, mamadas y combinaciones, mujeres contra mujeres, mujeres contra animales, sadomasodiscoshow, lo que quieras. ¿Cuántos penes crees que le pueden entrar en el cuerpo a una mujer? ¿Ah? ¿Cuántos crees? Di un número al azar. El que quieras. Digas lo que digas, tengo un video que tiene más.

—¿Y leer un libro nunca se te ha ocurrido?

Moco se rio. Sus granos brillaban, y creo que era por orgullo.

—También vendo. Con discreción, pero he provisto a tres promociones de pajeros del colegio.

—Qué bien. No necesitarás ir a la universidad.

—Y... aunque no es normal ni, por supuesto, mi producto de mayor circulación, tengo hombres contra hombres.

En la habitación, la temperatura descendió varios grados. Pensé que debía hacer alguna mueca de asco, o decir algo que sonase muy viril. Quizá largarle a Moco un toallazo en la ingle. Opté por un prudente:

—¿Y?

Pero él se rio:

—Beto, ¿crees que soy cojudo? Por favor, entre gitanos no nos vamos a leer las manos.

—No sé de qué estás hablando.

Su mirada era tan cómplice, y a la vez tan acusadora, que por un momento temí que se me estuviese insinuando. Por mi mente pasó la imagen —bastante desagradable— de Moco, con sus legañas y sus granos, cerrando los ojos para besar. Después de imaginarme eso, resultó un alivio escuchar su respuesta:

—Hey, hey, tranquilo. Son los noventa, ¿no? Es casi el siglo XXI. Tú puedes ser lo que quieras y a mí me da igual. Tu secreto está a salvo conmigo. Yo sólo te estoy hablando de negocios, ¿comprendes?

Nadie me había dicho eso nunca. Nadie me había dicho que yo podía ser lo que quisiera. Ni siquiera se me había ocurrido. ¿Cómo iba yo a delatar a Moco?

Carlos

Yo iba a delatar a Moco. Ese nerd piojoso lleno de granos.

Ni siquiera me fijé en el género específico de la película. Y de haberlo hecho, no la habría asociado necesariamente a Beto. Beto era un poco afeminado, y leía mucho —lo cual era indicio de que algo andaba mal—, pero eso no significaba que le gustasen los hombres *de verdad de verdad*. Él era raro, y nosotros también, y no hacía falta determinar qué tan raro era cada quien.

En cambio Moco era, en cualquier caso, el proveedor de la película. Era su estilo. Siempre tenía que sacarse de la manga algún truco que terminase de estropear la situación. Por mal que estuviese todo, Moco conseguía empeorarlo.

En la terminología legal de hoy, Moco sería considerado un «menor en situación de riesgo»: un chico que aún no comete delitos, pero no por falta de ganas.

Aunque llamarlo así es demasiado indulgente: Moco sí que cometía delitos, a saber, tráfico de películas y revistas sin pagar derechos de autor, inducción a menores de edad a la pornografía y, por cierto, falsificación documental, ya que él personalmente ponía la firma de su padre en todas las comunicaciones escolares.

Eso por no hablar de su compulsión masturbatoria, con la que no incurría en delito pero era bastante desagradable. Moco se corría la paja en clase a diario. Algunos días, más de una vez. Y todo enfrente de nosotros. *Amparado* por nosotros. Quizá era hora de ser menos condescendientes.

Ahora, la señorita Pringlin había dejado el casete de Betamax sobre el escritorio y escudriñaba nuestros rostros con la actitud de un cancerbero, en espera de que alguno de nosotros se quebrase:

—Protegerse mutuamente no los llevará a nada, jovencitos. Sólo empeorará las cosas. Esta situación ha llegado a límites insoportables. Ustedes no tienen un problema de conducta. Tienen un problema de adaptación social.

Yo pensé en dar un paso adelante. Delatar a Moco. Contarlo todo.

¿Por qué no iba a decir de dónde salían las películas porno, ésa y todas las demás?

En esta sociedad ilimitada, yo era el socio perdedor. Me sacrificaba por el grupo como un idiota, pero nadie daba nada por mí. Me había metido en esa escaramuza infantil del pipilín para apoyar a Manu, supuestamente. Había guardado un silencio cómplice en el despacho del director. Podía dar por perdido mi promedio escolar, me arriesgaba a la expulsión, alteraría a mis padres y, por supuesto, podía dar por perdida mi cita con Pamela. Mi momento *a solas* con Pamela. El encuentro que podía representar la muerte definitiva de mi virginidad. Y por si fuera poco, tenía que fingir que no conocía el único lugar del mundo de donde podía haber salido *Marines de vacaciones III*.

En cambio, Manu seguía en el colegio y Moco vendía porno.

¿Quién pensaba en mí ahí? ¿Por qué me tocaba perder siempre a mí?

—Voy a contar hasta tres —proclamó la señorita Pringlin, golpeteando sobre el video con unas uñas milimétricamente recortadas, como las de un sargento—, y quiero que alguno de ustedes explique esta inmundicia. Uno...

Denunciarlo y listo. Sin duda, me reducirían el castigo por el incidente anterior. A lo mejor, incluso podía acusar a Manu de obligarme a participar. Lo había dicho él mismo, ¿no? Sólo tenía que darle la razón. Confirmar sus palabras. Y colaborar con las autoridades para mejorar la conducta del alumnado.

—Dos...

Tendría que pedir un cambio de sitio. Otro asiento. Buscarme nuevos amigos. No sería problema. Quizá, de hecho, sería una oportunidad: Manu estaba chiflado, Moco era un pervertido y Beto era un ratón de biblioteca. Pero yo era el normal. O eso creía. Me pasaba el día pensando en sexo, no comerciando con él, y tenía una enamorada de verdad, y grandes posibilidades de llegar al gol con ella. A lo mejor yo no tenía que formar parte necesariamente de los lornas, los marginales, los perdedores. Seguro que podía conseguir unos amigos más respetables.

—Tres.

Quise hacerlo.

Intenté hacerlo.

Me juré a mí mismo que estaba a punto de hacerlo.

Pero mi cuerpo se negó a responder. Mi cabeza ni siquiera se levantó de mi pecho. Mis labios se congelaron.

—Muy bien —resolvió la señorita Pringlin—. Averiguaré las cosas por mí misma.

¿Ya? ¿Eso era todo? ¿No iba a flagelarnos? ¿A torturarnos? ¿A quemarnos en una hoguera? Levanté la cabeza. Ella estaba cerrando su agenda y guardando el video en su bolso. Había terminado la vista oral. Pero aún no había dictado sentencia en firme. Podíamos esperar que todo el peso de la ley cayese sobre nuestras cabezas.

Y cayó:

—Todos sus castigos siguen en pie —dijo ella, abriendo la puerta y señalándonos la salida—. Excepto el de hoy. No llamaré a sus padres para que vengan al colegio, jovencitos. No sería suficiente. Pasaré por sus casas. Esta tarde a partir de las siete, cuando sus padres hayan vuelto del trabajo. Quiero encontrar a sus familias reunidas y hablar con ellas largamente. Necesito saber cómo viven y qué valores les inculcan. Creo que el caso de ustedes ha cruzado todos los límites y merece la mayor atención.

Mis padres. Todos los padres. La profesora en mi casa, y en la de cada uno de nosotros. Exponiendo nuestros *problemas de adaptación social*. Exigiendo mano dura. Pero también examinando a nuestras familias y su manera de vivir. Juzgándonos a todos. Impartiendo lecciones sobre educación y comportamiento. Sugiriendo castigos apropiados, como no ir al centro comercial Camino Real o no ver a mi chica.

Aparté la vista de la señorita Pringlin, hacia las imágenes religiosas.

Desde las paredes del despacho, las vírgenes y los santos nos miraban con reprobación.

Manu

De mi primer colegio me botaron por dejar una rata muerta en la sala de profesores.

En esa época, finales de los ochenta, Lima era una mierda. No había ni agua. Abrías el grifo y sonaba pffff, como si las tuberías tuvieran gases. O caía un goterón de barro verde. Y si el corte de agua duraba demasiado, las ratas y otros animales —arañas, cucarachas— empezaban a pasearse por las tuberías vacías. Una mañana, encontré una en el wáter: una bestia gorda y negra chapoteando en el agua del fondo. Casi me saludó la huevona. Me sacó cachita. Yo decidí eliminarla. Sabía cómo hacerlo. Lo había visto en alguna película de caballeros medievales. Fui a la cocina. Herví una olla de agua y volví al baño. Arrojé el agua encima de la rata y cerré la tapa. La escuché chillar: «¡Iiii! ¡Iiii! ¡Iiii!». Después se calló. A la mañana siguiente la saqué, toda sancochada. Parecía un aguadito de pelos. La metí en una bolsa y se la llevé de regalo a mis profesores. Mi carta de expulsión no tardó ni media hora en llegar.

Dos días antes, mi viejo se había ido de casa. O más bien se había *terminado* de ir. Después de un tiempo apagándose poco a poco, había acabado por desvanecerse en el aire.

Como las manchas de tiza en el pizarrón. Nadie las borra, pero se van difuminando, hasta que ya no están.

Durante sus últimos meses con nosotros, mi viejo no volvió a apuntarme con la Browning, ni a gritarme, ni ninguna huevada así. Al contrario. Estaba más pacífico que nunca. Se sentaba frente a la tele todo el día. Veía la programación entera, hasta los concursos de Gisela Valcárcel.

Era un mueble más. Sólo se movía para servirse un vaso de agua y tomarse unas pastillas color gris cielo.

Ni siquiera hablaba. Ya no contaba sus historias de la guerra con Ecuador, ni sus opiniones sobre el presidente. Sus modales se habían vuelto amables. Casi de señorita. Había días en que sus únicas palabras eran «por favor» y «gracias». Si alguna vez venían a casa mis tíos o mis abuelos, o sus compañeros de armas, mi viejo los escuchaba desde su sillón sonriendo un poquito. Incluso si estaban contando un terremoto, mi viejo sonreía como un retrasado mental.

Cuando se cansaba de estar sentado, salía a caminar. Cada tarde el mismo paseo: unas vueltas por el barrio, y luego hacia abajo, hasta cruzar la Circunvalación. Aprovechaba sus salidas para comprar cigarrillos Premier, que fumaba sin pausa y siempre a medias. Los ceniceros de la casa estaban hasta arriba de cigarrillos, pero ninguno fumado hasta el filtro.

Así vivía: consumiendo sus cigarrillos y sus días sólo a medias.

Un día, mi viejo no volvió de su paseo. Esperé más de una hora, y luego salí a buscarlo arriba, por el cerro, y abajo hasta la carretera. No lo encontré. Mi vieja se angustió un huevo, huevón. Llamamos a los vecinos que lo conocían, incluso a parientes de otros barrios. Pero tras la puesta de sol aún no sabíamos nada de él. Me asustó pensar que esa noche pudiera haber atentados, o apagones. Mi viejo ya reaccionaba bastante mal a esas cosas dentro de casa, pero afuera, perdido en la oscuridad, era imposible prever lo que haría. Seguro que mi vieja temía lo mismo, pero ninguno de los dos lo dijo en voz alta.

—Se ha retrasado nomás —dijo ella—. Está muy distraído.

—Se ha encontrado con algún amigo —la animaba yo.

Como si mi viejo tuviese amigos.

Ya era medianoche cuando sonó el teléfono. Mi vieja casi se come el aparato de lo rápido que saltó a contestar:

—¿Aló?...

Alguien habló del otro lado. Ella lo escuchó. Evitaba mirarme, quizá para no ver mi cara de ansiedad.

—Sí... ¿Sí?... No puede scr... Pero ¿está seguro?... No... No... Voy para allá.

Colgó. Ahora no tenía más remedio que volver la cara hacia mí, en silencio, mientras trataba de inventar algo que decirme. Pero no se le ocurría nada.

—¿Qué pasa? —pregunté—. ¿Quién era?

—De la comisaría.

Mi corazón se puso a latir como un bombo. Sentía la sangre empujando en mis axilas, en los pies, detrás de las orejas.

—¿Qué le han hecho? ¿Qué chucha le han hecho a mi viejo?

Mi vieja aún hizo un esfuerzo por inventar una explicación lógica. Pero no lo consiguió. No hacía falta. Total, no podía dejarme solo en casa a esas horas. Iba a tener que llevarme a la comisaría.

—No le han hecho nada —respondió mientras preparaba su cartera para salir—. Él ha asaltado a dos chicos de quince años.

—¿Qué?

—Así han dicho.

El trayecto hasta la comisaría duró una media hora. Y al llegar, los cojudos de la policía nos hicieron esperar casi dos horas, sentados en un recibidor lleno de putas y delincuentes. Yo a veces quería gritar que nos atendieran de una vez. Pero ni siquiera tenía fuerzas para eso. Mi vieja tampoco dijo nada en todo el tiempo. Sólo se mordió las uñas hasta arrancárselas a dentelladas.

—¿Señora Battaglia? Pase por aquí, por favor.

Sin presentarse —y sin parar de mascar chicle—, un oficial nos hizo pasar a un despacho en ruinas con una máquina de escribir vieja. Después de sentarnos, entraron mi viejo y dos chibolos un poco mayores que yo. El oficial tampoco los presentó a ellos, pero entendí que eran las *víctimas*.

Si de verdad mi viejo les había pegado a esos dos, lo había hecho con muchas ganas. Uno de los chicos tenía la cara hecha mierda, toda morada y llena de heridas. El otro llevaba un yeso en la pierna y caminaba con muletas. A ambos lados del despacho se extendían dos bancas de madera rotosas. Los heridos se sentaron de un lado. Mi viejo, del otro.

Mamá y yo estábamos en medio, frente al oficial, que dedicó un largo rato a escribir en su máquina con dos dedos. En la pared a sus espaldas había una foto del presidente. Olía a berrinche. Y cada vez que yo miraba a los dos heridos, ellos ponían cara de que iban a desollarme.

—A ver, zambo —comenzó el oficial, mirando a uno de los magullados—. Explícanos, ¿qué te ha hecho el señor?

—Ese viejo está loco, jefe —contestó el chico de la cara morada, exaltado, como si le hubiesen dado cuerda—. Estábamos en la avenida Benavides esperando al Chama, y él se nos acercó al paradero. Nos pidió plata. «Colabórenme, pues, chibolos», nos pidió. Le dijimos que no teníamos. Y entonces se puso hecho una bestia, jefe. Golpe, patada, combo, todo. Mire nomás cómo nos ha dejado. ¿Qué más quiere que le explique?

Del otro lado, mi viejo miraba al suelo. A veces movía sus dedos entrelazados, pero no reaccionaba más. Parecía que la cosa no iba con él.

El policía volvió a escribir en su máquina lentamente, meditando cada golpe de tecla. A veces se levantaba los lentes y miraba lo que había escrito, como si buscase inspiración. Pero en general sólo mostraba pura flojera, como si hubiera hecho lo mismo cuatrocientas veces, y seguramente lo había hecho cuatrocientas veces.

—¿Qué tiene usted que decir a eso, señor? —le preguntó al acusado.

Mi viejo ni siquiera levantó la vista del suelo:

—Vinieron a asaltarme —respondió, bajito, como pidiendo disculpas—. Yo me defendí.

—¡Calla, loco de mierda! —dijo el otro chico, el del yeso, tan enojado que casi se le cae la muleta—. ¿Cómo te vas a haber defendido si no te hemos hecho nada? Mírate, cojudo. No tienes ni arañazos.

—Tenían una navaja —explicó mi viejo. Casi ni se le escuchaba. Luego repitió—: Yo me defendí.

El oficial tardó una eternidad en transcribir esas palabras. Hacía todo con una lentitud insoportable. Al terminar, preguntó:

—Señor, usted ha incurrido en delito de lesiones. ¿Cómo va a demostrar que fue en defensa propia?

Papá se encogió de hombros. Le daba igual demostrarlo. El policía escribió otra vez, a saber qué chucha, en su máquina. Del otro lado, los dos huevonazos metían carbón en la situación:

—Viejo loco.

—Puta que eres asesino, ¿ah?

Al final, fue mi mamá la que intervino, furiosa y harta:

—Oficial, usted debería saber que está ante un héroe de guerra.

El policía se detuvo. Miró a todos lados, en busca del héroe. Mi vieja continuó:

—Mi esposo peleó contra Ecuador y en zona de emergencia, ha arriesgado su vida por este país. ¡Y usted va a creerles más a estos dos pirañas asaltantes que a él!

La mención a la guerra activó un resorte en la mente del policía. Un resorte lento:

—¿El señor es militar? —preguntó.

Aunque no levantó la vista, esta vez mi viejo respondió con más claridad, recitando su grado con la dicción de un oficial:

—Mayor de Infantería Ejército peruano Medalla al Mérito Mariscal Andrés Avelino Cáceres.

Los otros dos cojudos se revolvieron en su banca:

—¡Qué vas a ser tú mayor del Ejército, abusivo!

—¡Ladrón!

—¡Qué vergüenza! —se escandalizó mi vieja, que era mujer pero no tonta—. Dos mocosos inadaptados insultando a un padre de familia que ha peleado en nombre de nuestro país. ¡Qué mugre! ¡Voy a denunciarlos a todos a la dirección del Ejército de Tierra, al Ministerio del Interior, al Comando Conjunto!

Y dejó sobre el escritorio del policía el carnet militar de mi viejo. Lo hizo con gesto de despecho. Estuvo bien esa huevada.

La graduación de mi viejo era verdad, igual que sus méritos en combate, y por supuesto él no había asaltado ni cagando a esos dos maleantes. Pero lo que cambió todo fue que nosotros éramos una familia blanca de Surco. Y los otros, dos muertos de hambre del otro lado del cerro. ¿Por qué iba un señor de clase media a robarles a esos dos indios de mierda? ¿Qué iba a sacarles? Era obvio que ellos lo habían atacado primero, aunque también fuese obvia —y quizá exagerada, pero eso sólo lo pienso ahora, en ese momento me pareció muy justa— la paliza que él les había dado.

—Chibolos mentirosos de mierda, ¿no? —los acusó el policía tras recapacitar un poco y sacar sus conclusiones—. Ahora se me van a ir al calabozo los dos por tratar de robarle al señor.

Los chicos se rebelaron:

—¿Qué calabozo pues, tío?

—Yo no soy tu tío, huevonazo.

—No pues, jefe. ¡Mire cómo nos ha dejado! ¿Nos va a meter presos a nosotros?

—No vas preso por lesiones, cojudo. Vas preso por engañar a la autoridad. ¡Sargento!

Otro policía entró y se llevó casi a rastras a los dos, que se despidieron entre insultos y quejas. El oficial se cuadró frente a mi padre, se disculpó, explicó que debía verificar todas las denuncias y quiso asegurarse de que nadie se quejaría de él ante ninguna institución. Pero mi padre ni siquiera parecía haberse dado cuenta de lo ocurrido. Al despedirse, le escuché decirle al policía:

—Y muchas gracias.

¿Gracias de qué?

Esa madrugada en la comisaría comenzó un cambio. Al principio, apenas se notaba en la casa. Pero poco a poco se hizo evidente. Mamá hacía llamadas telefónicas. A militares. Yo la oía hablar con hombres a los que llamaba «coronel», «comandante», incluso alguna vez «general». Más de una vez, la oí gritarles a esos oficiales.

Otros compañeros del ejército vinieron a casa. Varias veces. Hablaron con mi viejo. O más bien le hablaron a mi viejo, que mantuvo siempre sus modales delicados y sus pocas palabras.

Una cosa sí fue clara: mis viejos no volvieron a dormir juntos. Él pasó todas las noches restantes en el sofá. Y mi vieja me ordenó a mí que no saliese a verlo.

—No importa lo que ocurra —dijo—, tú quédate en tu cuarto.

Ahí yo ya empecé a enojarme. Mi vieja no estaba apoyando a papá: lo estaba tratando como al perro de la casa, al que se le manda a dormir fuera. En general, estaba claro que mi viejo se sentía solo, incomprendido, y que ella, en vez de apoyarlo, sólo le ponía las cosas más difíciles.

Un lunes, cuando volví del colegio, había una maleta en la sala. Mis viejos estaban sentados al lado. Ella, con los ojos rojos. Él, con su aire ausente de siempre. Él llevaba puesto un uniforme de campaña. Uno nuevo, sin huecos, de su talla.

—A tu papá lo trasladan —dijo mi vieja.

—¿Hay guerra de nuevo? —pregunté—. ¿Ahora contra Chile? Ya toca contra Chile.

Estaba excitado. Era como si mi viejo volviese a ser el de antes. El héroe. Pero fue mi vieja la que respondió:

—No. Lo mandan a Iquitos. A un destino tranquilo.

Recordé aquella vez en la pollería, cuando mi viejo me anunció que lo mandaban a la zona de emergencia. Esa vez había hablado él. Ahora hablaba ella. Pero algo se repetía: la mirada llorosa de mamá. Los ojos inyectados de venitas, como si tuviesen dentro un árbol rojo.

—Y si es tan tranquilo, ¿por qué no vamos nosotros con él?

Mamá dijo cosas sobre mi colegio. Y su trabajo. Y que Iquitos no estaba tan lejos. Un par de horas de avión. Y que mi viejo estaría volviendo con frecuencia. Y llamaría, porque en Iquitos hay teléfonos. Y yo lo visitaría y comeríamos las cosas raras que se comen en la selva: tortugas, gusanos, caimanes. Yo esperaba que mi viejo dijese algo, pero él apenas abrió la boca. Asentía a lo que ella decía, siempre revolviendo los dedos y con su cigarrillo Premier a medio fumar.

Pasaron a recogerlo a las cinco de la tarde. Al menos, esta vez sí, en un camión militar en condiciones, con la lona camuflada y un conductor de uniforme. Yo habría querido abrazarlo, pero me parecía una mariconada. Y él no me abrazó a mí. Ni siquiera me dio la mano.

—Chau, hijo —dijo.

Mamá sí lo abrazó, pero él la recibió sin moverse, con los brazos pegados al cuerpo y la mirada fija en algún punto de la pared.

Puta, qué momento de mierda ése, huevón.

Moco

Mi padre. Mi viejito.

La señorita Pringlin quería ver a mi viejito.

Seguro que tendrían mucho tema de conversación, je je.

Al salir del colegio, me fui directamente a mi casa. Tenía que hablar con él. Preparar el terreno. Advertirle de lo que le esperaba. Crear una estrategia. Bueno, eso si él podía hablar, claro. Y aparecer. Y materializarse.

Mi viejito era como *La momia* o *El conde Drácula* (en la versión de Bela Lugosi): todo el mundo sabe que existe pero nadie lo ha visto.

—¿Papá?

Al cruzar la sala de la casa, encontré dos nuevas manchas de humedad. Se reproducían las malditas. Como tumores.

—Papá, ¿estás despierto?

Subí las escaleras. Los escalones rechinaban más que nunca esa tarde. O quizá era mi imaginación peliculera. Siempre me pasaba así. Aún me ocurre. Cuando voy en un taxi, pienso que se estrella contra un camión y monta un accidente espectacular. Si veo un edificio alto o camino por el malecón de Miraflores, imagino que alguien se arroja al vacío, como la nana de Damien en *La profecía*. Cuando suena mi timbre, imagino que afuera está la policía. Claro que no pienso que sea la policía peruana. En mi imaginación, son el FBI.

—Papá...

Me acerqué a su puerta. Pegué la oreja. En el interior no se escuchaba nada.

Podía simplemente abrir la puerta. Debía estar ahí. Y tendría que escucharme.

Aunque también podía estar fuera. Pasaba muchos días fuera. Y noches. Incluso con apagones, con toques de queda, a veces no estaba. Esas noches, me gustaba ver películas de terror y aterrorizarme a mí mismo. Me dormía temblando, hecho un ovillo entre las sábanas, pensando que cada sonido del exterior era un espectro mortal o un extraterrestre que venía por mí.

—Papá, ¿puedes hablar?

Toqué la puerta. Nadie respondió.

Agarré la manija. Me quedé un buen rato ahí, tratando de hacerla girar. Finalmente la solté.

Seguí de largo. Hasta mi cuarto. A lo mejor él necesitaba tiempo para despertar bien y vestirse, quise creer. Yo mismo me reí de sólo pensarlo.

Abrí mi armario del fútbol y me concentré en el cajón de Platini. Me caía bien Platini. No sé nada de deportes, pero él tenía cara de buena gente, je je. Por eso, el cajón con su foto guardaba las nuevas adquisiciones de mi negocio. Había una película en particular que yo aún no había visto. Mi proveedor acababa de enviármela. La había clasificado con cinco erecciones, la máxima puntuación posible en nuestra escala profesional. Ahora era un buen momento para comprobar la calidad del producto. Puse el casete en el Betamax, me bajé el pantalón y me senté en la cama a relajarme. El título prometía: *Cuñadas encoñadas*.

Pero yo no era capaz de relajarme. La primera escena —una de calentamiento, sexo básico uno contra uno y baño de crema final— me dejó frío. Insensible. La segunda —lo mismo en versión lésbica, consolador incluido— apenas me afectó. En el minuto treinta había una orgía en la piscina, pero entre mis piernas sólo se acurrucaba un ratón fofo y asustadizo.

No podía dejar de pensar en la Pringlin llegando a mi casa, tocando la puerta y enfrentándose con mi padre.

No era capaz de encontrar una solución a ese choque. El temor que sentía era tan fuerte que hasta se imponía a las cuñadas encoñadas.

Me subí el pantalón, apagué el Betamax y salí.

Sólo había un lugar donde podía ir.

Beto

—Papá, hoy ha ocurrido una cosa... en el colegio.

Tenía que estar mi padre. Justo ese día, y sólo ese, no encontré a mi madre, el ama de casa que se pasaba la vida en la cocina, siempre lista para escuchar a su hijo. Esa tarde se había llevado a mi hermanita a un chequeo médico.

En cambio, mi padre, el agente comercial de alfombras que no tenía horario, estaba en casa comiendo un sándwich y leyendo el diario *Ojo*. Aunque no creo que leyese de verdad. Sospecho que sólo miraba a las calatas de la portada, esas mujeres con traseros enormes que parecía que se habían tragado un submarino.

—Ajá... —dijo, con un treinta por ciento de su atención en mi explicación y el resto en una gorda de pies sucios. ¿Por qué las calatas de *Ojo* llevaban siempre tacones o esos horribles pies sucios?

—Sí, papá... Verás..., ha aparecido... —¿«Me han encontrado»? ¿«Yo llevaba en mi mochila»? ¿«Se me ha caído»? No. Definitivamente. «Ha aparecido.» La película apareció por sí misma. Yo no tenía nada que ver. Fue sólo una cosa que ocurrió cerca de mí—. Ha aparecido una película porno... en el colegio.

—¿Ah, sí? —la palabra «porno» arrancó su atención del diario. Ése y «fútbol» eran los únicos vocablos que conseguían hacerlo—. ¡Ja ja! ¡Te han encontrado una película de tetas? ¿Han descubierto que eres un pajero?

Qué difícil era todo, por Dios.

—Eehhh... Algo así.

Mi padre hizo lo que siempre hacía cuando quería proyectar sabiduría y madurez: abrió la refrigeradora, sacó una cerveza y la destapó con los dientes. En su código personal, eso significaba: «Ahora voy a reflexionar».

—Estás bien arrecho, ¿no, hijo? La vez pasada hacías bromitas con la profesora. Hoy te encuentran una porno...

Quería que me tragase la tierra. Quería que el cielo se desplomase sobre mi cabeza. Quería un incendio en la casa o una guerra nuclear. Y la quería ya.

—¿No lo entiendes? Es... más complicado que eso...

Otra vez se rio. Lo más triste es que estaba disfrutándolo. Dijo:

—Lo entiendo. Claro que lo entiendo. ¿Qué crees? ¿Que no he sido adolescente como tú?

En efecto, el problema era que él no había sido nunca un adolescente *como yo*. Pero lo dejé continuar. Él llevaba años esperando este momento. A su entender, su verdadera función como padre estaba a punto de empezar.

—Sé cómo te sientes, hijo... —continuó—. Se te chorrean las hormonas hasta por las orejas, ¿verdad?... Ves a una chica y no te puedes controlar. Le saltarías encima. Es peligroso andar por ahí de esa forma, ¿ah? Puedes hacer cualquier tontería. Los hombres somos así. No podemos controlarlo.

—Claro. Los hombres somos así.

Se sentó a mi lado y me pasó un brazo por los hombros. Tenía unas manos grandes, fuertes, y las uñas llenas de cutículas. Podría haberme alzado con sólo una de ellas, pero ahora no tenía ganas de hacer pesas. Estaba a punto de llegar a su conclusión. Con orgullo, respiró hondo y me anunció:

—Sólo hay una manera de arreglar tu problema, hijo. Y para eso está tu padre.

Su mirada fue cambiando. Seguía siendo de complicidad, pero ahora de otra manera. No sé cómo describirla. Yo diría que más... intensa.

—¿Mi problema?

Mi padre bebió otro trago de su cerveza. Se había aflojado la corbata. Y tenía el regazo lleno de migas de pan.

—Bueno, hijo. Has llegado a la edad de probar ciertas cosas, ¿no? Tienes nuevas curiosidades que satisfacer... Normal. Tu padre tiene el deber de guiarte en estos nuevos tiempos.

De repente, su mirada amigable se convirtió en una amenaza. ¿Qué estaba diciendo exactamente? ¿Qué me estaba ofreciendo? No lo tenía claro. Ni siquiera quería tenerlo claro.

—Papá, mejor hablo con mi ma...

—¿Sabes cómo perdí mi virginidad? —atacó—. ¿Sabes cómo?

La palabra para hombres es «castidad», pero en mis recuerdos nadie usaba esa palabra. Todo el mundo hablaba de eso como si fuese una característica femenina. Si aún no habías tenido relaciones sexuales, no eras un niño: eras una forma de mujer.

—No necesito saberlo.

—¡Hey, hey, tranquilo! —me dio una palmada que dolió más por dentro que por fuera—. Estoy aquí para ayudarte. ¿Sabes cómo perdí la virginidad? El abuelo me llevó.

—¿El abuelo?

No podía imaginarme a ese venerable anciano entrando en un burdel. Y habría preferido seguir sin imaginármelo. Lamentablemente, mi padre largó todos los detalles:

—Me llevó una noche a un local y me dejó en manos de una chica. Yo estaba espantado. Tenía miedo de no lograrlo. Pero el viejo había buscado a la mejor. La chica se portó conmigo como una profesora. Me enseñó todo lo que tenía que hacer. Me ayudó. Y volví a verla varias veces. Así perdí el miedo. Para la noche de bodas con tu mamá, yo ya sabía todo lo que tenía que hacer.

—...

—Es hora de que haga por ti lo que tu abuelo hizo por mí.

Es difícil decidir qué parte de su discurso me producía más náuseas. Sin duda, ese día estaba resultando el más confuso de mi vida. Supongo que me puse pálido. Supongo que la sangre dejó de correr en mis venas.

—No creo que... —balbuceé—. ¿Puedo irme a mi cuarto?

—Claro que sí —dijo relajadamente, y luego recordó lo que más le preocupaba—: Pero antes de irte, busca el control remoto de la tele. Se ha perdido.

—Ok.

—Y recuerda —me guiñó el ojo antes de dejarme partir—: cualquier día nos vamos por ahí tú y yo, como dos hombres de verdad.

—Claro, papá.

—Una noche de solteros. ¿Qué te parece?

—Claro, papá —repetí.

Después de encontrar el control remoto, me fui corriendo a buscar a mis amigos. Había que evitar que Pringlin fuese a las casas. A como diese lugar.

Carlos

Hace unos días hice una ampliación de mi despacho. Mientras revolvía entre los archivos, separando papeles para conservar y papeles para tirar, encontré algo inesperado: una vieja foto de nosotros cuatro, en los años del colegio.

No recuerdo quién la tomó, ni por qué, pero aparecemos todos juntos, durante algún recreo, con otros dos estudiantes de nuestra clase, todos uniformados en algún lugar cerca de los laboratorios.

Esa foto debe ser el único sitio donde aún estamos juntos. En ella, nuestro aspecto traiciona nuestras personalidades. Con lo bullicioso que era Moco, uno esperaría que se hubiese colocado delante, robando cámara. Pero está detrás, semiescondido por nuestros cuerpos, mirando hacia abajo. De no ser por los granos, apenas se le reconocería. En cambio Beto, el más discreto de todos, está situado delante, a la misma altura que Manu, mirándolo fijamente a él, no a la cámara.

El Manu de la imagen sí se parece al de mis recuerdos: los ojos desafiantes, el mentón hacia arriba, el pelo más largo de lo normal. Ese Manu mira al espectador y le dice: «A mí no me vas a asustar. Yo mando acá».

¿Y yo?

Yo estoy a un lado, y a media distancia del lente. De hecho, estoy más cerca de los dos desconocidos de la foto que de mis amigos. Y al igual que ellos, poso como Dios manda, con una sonrisa fabricada pero bienintencionada. Se puede decir que soy el único que hace lo que los demás esperan que haga.

Digamos que soy «el normal».

A la larga, lo que queda de nosotros son esos instantes equívocos. Los guardamos en álbumes fotográficos y los volvemos a mirar cada cinco años, y ya no somos los mismos que somos ahí. Ni siquiera somos los mismos cada cinco años. A veces, uno cambia de un día a otro, de un segundo a otro.

Esa foto retrata con precisión lo que éramos antes de nuestra aventura en las ventanas del aula. Antes de correr por todo el colegio perseguidos por los profesores y jaleados por la turba feroz de nuestros compañeros. Antes de que la Pringlin decidiese ir a nuestras casas y se desatase la pesadilla.

Hasta entonces, habíamos sido cuatro números más de los dos mil que ocupaban el colegio, cuatro tipos invisibles en la masa de uniformes grises y negros. Pero ese día, casi sin darnos cuenta, nos convertimos en otra cosa. Ese día, por la mañana entraron al colegio cuatro chicos irrelevantes, cuatro lornas de la clase, y por la tarde salieron cuatro tipos dispuestos a todo. Cuatro hombres, o casi hombres, desesperados, y por lo tanto muy peligrosos.

Manu

Mi segunda expulsión, y la cuarta, fueron por mearme enfrente de todo el colegio mientras cantaban el himno nacional. Me adelanté a mi fila, me coloqué debajo de la bandera y me oriné ahí, en público, como un perro en un poste.

Qué cara pusieron los profesores. Las dos veces. Aún ahora me acuerdo y me cago de risa.

La otra expulsión, la tercera, ya ni me acuerdo por qué fue.

Sólo una cosa siempre estuvo clara: la culpa fue de mi vieja. En todas mis expulsiones.

Ella estaba tratando de separarme de mi viejo. Y eso está muy mal, huevón. Eso es imperdonable.

Cuando él se largó de la casa, ella prometió que iríamos a visitarlo a Iquitos. Dos años después, no habíamos ido ni una sola vez. Ella siempre ponía alguna excusa. «Este mes tengo que trabajar mucho.» «No tenemos plata.» Pero sí teníamos un teléfono, y tampoco habíamos llamado a mi viejo. Nunca.

Por alguna razón, mi vieja no quería que yo hablase con él. Ni siquiera me pasaba sus llamadas. Porque él debía llamar, ¿no? ¿Cómo no iba a hacerlo? Era mi padre. Seguro que trataba de hablar conmigo todas las semanas y ella le ponía excusas a él también. Seguro que mi viejo venía a Lima de vez en cuando, y ella se las arreglaba para que no pudiese verme. Me llevaba a casa de la abuela, o desconectaba el timbre. No había otra explicación posible.

Escribí miles de cartas. Y eso que yo odio escribir. Pero las escribí y se las di para que las mandase a Iquitos. Estoy seguro de que nunca lo hizo.

Lo único que mi vieja no podía obstaculizar eran las postales. Dos veces al año sin falta, en Navidad y el día de mi santo, a pesar de que el correo peruano era una mierda inservible, me llegaban postales de mi viejo. Siempre las encontraba yo mismo, pasadas por debajo de la puerta. Fotos del río Amazonas, como un mar, en que ni se veía la otra orilla. Imágenes de papagayos o de otorongos. Al reverso, con una letra como de patas de araña, mi viejo me ponía un mensaje: «feliz día» o «feliz Navidad». Nunca escribía mucho, ni contaba nada de su vida, pero las postales bastaban para saber que él pensaba en mí. Todas terminaban igual: «Pórtate bien y haz que me sienta orgulloso de ti».

Yo guardaba las postales bajo mi colchón, donde nadie pudiese encontrarlas. Y por las noches, cuando me ganaba la nostalgia, las sacaba y las leía una y otra vez, como si hubiese un mensaje oculto en ellas.

Mi vieja era mala gente. Había roto mi familia. Había levantado un muro entre nosotros. Trataba de separarnos. Pero ahí estaban las postales. Esas fotos turísticas probaban que él se acordaba de mí. Y que estaba tratando de contactar conmigo.

El resto del tiempo, cuando no estaba trabajando, ella lo dedicaba a gritarme y regañarme por mi mala conducta. Repetía sin parar que debía portarme mejor. Me castigaba sin Atari, o sin salir. Me encerraba en mi cuarto. Y sin embargo, tenía mala conciencia. Cuando yo me hartaba de ella, y quería que se callase, ya sabía qué decirle:

—¿Ha llegado carta de papá?

Era una apuesta segura. Papá era el único que la ponía de peor humor que yo.

—¿De tu padre? —se enojaba nada más oírlo nombrar—. ¿Que si ha escrito tu padre? ¿Acaso se ocupa él de ti? ¿Qué ha hecho él por ti?

—No te metas con papá, ¿me oyes?

—¡No estamos hablando de eso!

—¿No quieres hablar de él? ¿Por qué? ¿No puedo hablar de papá? Soy su hijo, ¿sabes? ¡Te guste o no, soy su hijo también!

Mamá detestaba sobre todo que yo defendiese a papá *contra* ella, como si fuesen enemigos. Cuando salía el tema, se daba por vencida. Movía las manos como para apartar unas nubes de su cara y terminaba abandonando la discusión:

—Tengo que volver al trabajo.

Pero antes de salir —y por las noches, y al despertar, y los domingos por la mañana y por la tarde— me repetía toda la huevada:

—Tienes que cambiar. Tienes que mejorar tus notas y tu actitud. Así no vas a llegar a ninguna parte.

Así no vas a llegar a ninguna parte. Qué cojudez, huevón. Claro que iba a llegar a alguna parte. Justamente, me portaba mal para llegar a alguna parte.

A Iquitos.

Obvio. Lógico: ¿de cuántos colegios me podían expulsar? ¿De cinco? ¿De diez? En algún momento, no quedarían más colegios posibles. Y mi vieja tendría que mandarme con mi papá. Ya había escuchado a sus amigas decírselo, muchas veces, cuando creían que yo no oía:

—Los chicos necesitan un padre. Hay cosas que sólo puede hacer una figura paterna.

Si mi conducta llegaba a ser insoportable. Si ningún colegio me quería. Si yo era un chico problema. Si mi vieja era incapaz de controlarme... acabaría mandándome donde la última esperanza: con mi viejo.

Ojalá hubiese habido alguna otra manera de hacerlo. Pero ya me lo había dicho mi viejo, mucho tiempo antes, cuando aún hablaba y él era un héroe las veinticuatro horas del día: «Nunca se toma un cuartel sin bajas. Para alcanzar un objetivo difícil, hacen falta sacrificios difíciles».

El día de la rebelión, después de salir de clases con un plan de castigos para veinte años, pensé mucho en todo esto. Era nuestra última tarde libre. Se suponía que debíamos preparar a nuestros viejos para lo que se venía. Arrepentirnos. Confesar. Pero en mi cabeza se empezaba a desarrollar una meta ambiciosa: una manera de acabar de una vez por todas con toda esa cojudez.

Mi vieja no estaba en casa, y Carlos no quería ver a la suya, así que se vino conmigo y nos pusimos a jugar *Final Fight*. Jugar *Final Fight* es mi manera de pensar. Me aclara las ideas. Con cada puñetazo o patada voladora me surgen nuevos proyectos.

Fue entonces que se me ocurrió. Lo de matarla.

Bueno, no se me ocurrió exactamente. Sólo pasó por mi mente, como un flash.

En ese momento, era como una fantasía. Pero las buenas ideas siempre son fantasías hasta que se hacen realidad. Yo no tenía manera de saber cómo sería todo después, y qué tan cerca estaba mi imaginación de la realidad.

—¡Ay, mierda! —dijo Carlos cuando lo tumbaron los matones del *Final Fight*—. Perdí. Pero hay que jugar otra vez. Éste es nuestro último juego, porque vamos a estar castigados el resto del año.

—No hables huevadas, calichín. Tranquilo, saldremos de ésta. Para alcanzar un objetivo difícil, hacen falta sacrificios difíciles.

Beto y Moco llegaron después, cuando yo ya había batido mi récord personal del juego. Tampoco ellos dos habían dicho en sus casas nada de nuestro castigo. Los cuatro estábamos asustados. La Pringlin nos había fregado con todo. Nos había cerrado cada escape posible. Y esos idiotas no paraban de lamentarse.

—Estoy jodido.

—¿Tú solo? Estamos jodidos todos.

—Mi viejo me va a matar.

—El mío me va a descuartizar.

—Y todo por culpa de Manu.

—No es cierto. Ha sido culpa de Beto.

—O de tu puta madre.

—O de la tuya lavándose el culo.

—Al menos se lo lava. La tuya lo tiene sucio de...

—¡Cállense, carajo!

Subimos al cerro de Las Casuarinas. Necesitábamos descargar energías. Y el cerro nos recordaba nuestro triunfo esa mañana. El momento de victoria entre nuestro atentado contra la Pringlin y la condena en el despacho del director. Además, así se callarían esos huevonazos.

En días claros, desde el cerro podía verse toda la ciudad. Pero normalmente la niebla pantanosa de Lima inundaba la cima y bajaba hasta la falda. El cielo sólo se distinguía del arenal por el tono de gris de cada uno. Éste era uno de esos días. Aunque habíamos ascendido por la tierra durante cuarenta minutos, ahora frente a nosotros sólo se elevaba un infinito muro de vapor opaco.

La vista daba igual. Ninguno tenía ganas de volver a su casa. Yo quería solucionar el problema de una vez. Y los demás, a juzgar por su cara, tenían un único plan: lloriquear.

—No hace falta ponerse dramáticos.

—No conoces a mi padre.

—Ni a mi viejito.

—Vamos a acabar todos en alguno de esos colegios para chicos con problemas de aprendizaje.

—La gente de esos colegios no va a la universidad, ¿saben?

—Mierda.

—¿Saben qué, cojudos? —dije yo, cansado de sus remilgos de niñitas—. En vez de sentarnos aquí a quejarnos, deberíamos vengarnos.

Los tres se quedaron callados, mirándome. En su ataque grupal de autocompasión, cualquier propuesta les sonaba extraña. Definitivamente, necesitaban a alguien que guiase su rumbo, un líder espiritual, un pastor, o por lo menos un injerto de huevos.

—¿De qué hablas, Manu? —quiso saber Beto.

Los demás guardaron silencio y pusieron cara de aturdidos. Era el momento de darles una lección magistral.

Saqué de mi bolsillo un alfiler. Siempre llevaba. Los usaba para jugar al fútbol. Cuando se me acercaba un defensa, lo pinchaba en el culo y tiraba el alfiler al suelo. Yo me quedaba con la pelota, pero la evidencia del foul desaparecía. Hablé:

—La vieja nos ha hecho la vida imposible, ¿no? Bueno pues, vamos a darle un susto.

—Gran idea —se burló Carlos—. Para que ahora nos castigue de por vida.

—No vamos a ganar esta pelea —agregó Beto—. Será mejor dejarlo.

—Ella no sabrá que fuimos nosotros —expliqué.

Los demás recibieron mis palabras con gestos de duda. Por suerte, Moco tenía una actitud más abierta:

—Suena bien. ¿Hay sexo involucrado?

Carlos se tapó las orejas:

—¡No quiero saber qué hay involucrado! —gritó—. Ya nos hemos metido en el lío más jodido de nuestras vidas. No necesitamos otro.

—No nos vamos a meter en líos —insistí—. Sólo se trata de asustarla. Vamos a su casa cuando no esté, o de noche, y le pintamos la puerta, o rompemos algunas ventanas, ese tipo de cosas. Sé dónde vive. La he visto entrar y salir de su casa. No es lejos.

—*Eso* son líos —repitió Carlos.

—Y tú eres maricón.

—Ya tenía que salir la palabrita... —se quejó Beto.

—Es facilísimo —dije—. Incluso podemos taparnos la cara.

—Eso me gusta —dijo Moco—. Y ponernos cadenas en el cuello.

—Son unos genios —dijo Carlos—. Claro que sí. Cuatro huevones de nuestra talla llegan a la casa de la Pringlin y la revientan a pedradas justo después de que ella nos haya castigado. Nadie sospecharía de nosotros.

—¡Nadie nos vería! —traté de convencerlo.

—Nadie *los* vería. No cuentes conmigo. Ni siquiera en tu imaginación.

Dándole vueltas entre los dedos, les fui enseñando el alfiler a esos tres, pasándolo muy cerca de sus ojos.

—Voy a enseñarles algo —dije con aire profesoral—. Miren.

Lo arrojé al arenal, a no más de un metro de donde estábamos, y les pedí:

—Ahora búsquenlo. ¿Dónde está?

Los tres miraron alrededor con pocas ganas y se encogieron de hombros. Moco, el más afanoso, rascó el suelo con el pie para ver si lo encontraba. Al final negó con la cabeza.

—Ya nadie lo encontrará nunca —sentencié—. En cambio, miren éste.

Saqué otro alfiler. Volví a pasearlo lentamente frente a los ojos de cada uno de ellos, como si fuese a hacer un truco de magia. Y de improviso, se lo clavé en el brazo a Carlos.

—¡Au, carajo! —gritó él—. ¿Qué te pasa?

Tiré este alfiler también al arenal, y expuse mi punto:

—Del alfiler que tiré antes al suelo todos se olvidarán. Pasará por la vida inadvertido. Su existencia habrá sido completamente inútil. En cambio, te acordarás del que te ha pinchado el brazo, aunque sólo sea por el recuerdo del dolor. Nosotros somos también como los alfileres: unos escolares de mierda, perdidos en medio de otros miles de escolares de mierda. Pero ¿qué alfiler queremos ser? ¿El primero o el segundo? ¿Vamos a hundirnos en la arena sin dejar rastro, o vamos a marcar una huella de nuestro paso?

Como poema era bien misio, supongo. No soy un profesor de literatura. Pero al menos los demás se quedaron pensando. Beto se veía muy concentrado. Moco tosió y escupió una flema, que era su manera de meditar. Sólo Carlos habló. Como era de esperar, habló para joderlo todo, que era lo que él hacía bien:

—Me voy a mi casa. Me espera mi gran noche con una chica, y no voy a perdérmela por tu guerrita. Ni siquiera me la voy a perder por culpa de la Pringlin. Ya he tomado mis decisiones. Tomen ustedes las suyas.

Mientras hablaba, empezó a bajar por la ladera. Han pasado más de veinte años desde esa conversación, pero el problema de la gente, de toda la gente, sigue siendo el mismo. Las personas están dispuestas a que les hagan lo que sea. Les dan una cachetada y ofrecen la otra mejilla. Les roban la billetera y dan las gracias. Les rompen el culo y piden más. Todo el mundo acepta cualquier humillación con tal de no tener problemas. No se dan cuenta de que su vida es el peor de los problemas.

—¿Por qué eres tan cobarde, Carlos? —reventé—. ¿No eres capaz siquiera de tirar una piedra contra una ventana?

—No —respondió Carlos sin dejar de bajar, levantando el polvo con los pies—. Al menos no para que tú te sientas muy machito.

—¿Machito? ¡Ja! ¿Machito? ¿Te has dado cuenta en qué país vives? La gente se mata todos los días por todas partes. Enciende la tele, carajo. Bombas, asaltos, violaciones, secuestros. ¿Ves este arenal? Aquí mismo, donde estamos parados. Este montón de tierra es lo único que nos separa de que una horda de miserables saquee nuestras casas. Y aun así, algún día lo harán. Vendrán todos, se robarán tus casetes y tu pelota de fútbol, violarán a tu puta madre, y tú no harás nada, los dejarás hacer, porque no tienes valor ni siquiera para ir y tirar una piedra. ¡Eres basura! ¿Me oyes? ¡Eres nada! ¡No te necesitamos!

Ni siquiera volteó la cabeza. La inercia lo obligó a descender cada vez más rápido, hasta convertirse en una estela de polvo en la lejanía. Cuando ya estaba llegando a las faldas del cerro, me volteé hacia Moco y Beto y les pregunté:

—¿Y ustedes?

Los dos se quedaron muy quietos unos segundos, durante los cuales tuve la esperanza de que vinieran conmigo. Las horas de castigo y la subida al cerro nos habían robado la tarde entera, y la noche empezaba a teñir las nubes de oscuridad.

—Será mejor que nos vayamos —dijo Beto—. Bajar de noche puede ser peligroso.

—Moco, ¿tú también te vas? —pregunté.

Traté de sonar digno, pero inevitablemente mi pregunta sonó como una súplica. Y ni siquiera tuvo una respuesta. Sin mirarme a los ojos, concentrándose en el camino para no resbalarse, Moco descendió junto a Beto. Cuando llegaron a la calle, convertidos en dos nubecitas de arena, el alumbrado público acababa de encenderse.

Y entonces lo decidí.

No lo de matarla. Como decisión, eso aún estaba muy lejos.

Voy a asustarla, pensé. A aterrorizar a la Pringlin. Aunque tenga que hacerlo solo. Tampoco es tan difícil.

Eso pensé.

Si todo sale bien, esa vieja me tendrá tanto miedo que me querrá muy lejos de ella. De ser posible, en Iquitos.

3. *Mi* plan

Moco

Quiero dejar claro que todo fue idea mía. Lo de atacar a la señorita Pringlin. Manu la pronunció en voz alta. Pero yo la pensé primero.

Manu siempre estaba diciendo: «A mí se me ocurrió todo». «Sin mí ustedes no son nada.» «Yo tengo un plan.» «Yo les diré qué hacer.» Seguro que va por ahí contando *su* versión de las cosas. Seguro que, en su historia, él es el héroe y nosotros sus sirvientes.

Todo mentira. ¿Ok? Fue idea mía.

Por eso es importante grabar todo esto. Dejar registro. Establecer una versión oficial y definitiva. Y filmarla, para que quede prueba. Es un deber. Es una responsabilidad. Es Historia del Perú.

Así que aquí va.

Ésta es mi versión. Ésta es la realidad.

Desde el principio tuve una participación importantísima en todo lo que ocurrió. Se me veía menos que a Manu, porque él siempre se hacía notar. Pero yo era imprescindible: sin mí, nada habría sido posible.

Como Drew Barrymore en *Scream:* sólo aparece en la primera escena, pero si no la matan a ella, simplemente no hay película.

Como Juliette Binoche en *Godzilla.* No sale más de cinco minutos, pero sin ella no hay drama, no hay inspiración, no hay motivación. Así soy yo.

Mi aporte creativo ya estaba ahí en el primer minuto, incluso antes del primer castigo, en la clase sobre el aparato reproductor. Manu no cuenta esa parte. Y todos los demás prefieren olvidarla también. Pero yo lo tengo grabado en la memoria. Recuerdo la pinga y la chucha esas que había pintadas en el pizarrón. Y a la señorita Pringlin amenazándonos con todo tipo de pestes, chancros e infecciones. Y el tema de su lección: dos mil razones médicas para no tocar a una mujer jamás.

Y, por supuesto, recuerdo a quién se le ocurrió la pregunta de la sífilis: a mí.

Los otros no han contado eso, ¿verdad? No, no lo han hecho.

Pues fue así: aquí estaba sentado Manu, que hacía dibujitos en un cuaderno, y aquí Beto, que leía un libro, porque siempre estaba leyendo (no sé qué sentido tiene desatender una clase para leer un libro, que es casi peor, pero eso hacía). Y aquí estaba Carlos, que creo que sí escuchaba a la profesora. Y yo.

¿Qué estaba haciendo yo?

Jalándome la tripa, je je.

¿Se entiende en cámara si lo digo así?

Volando cometa.

¿Nada? No se entiende, ¿no? Supongo que no.

Ok, estaba corriéndome la paja.

¿Por qué no? Era la clase sobre el aparato reproductor. Órganos sexuales decoraban el aula por todas partes. No puedes desaprovechar una oportunidad así.

Lo único que me arruinaba el paisaje era la señorita Pringlin, ocultando la vista con su cara de reptil. La señorita Pringlin. Nuestra tutora. Para ser precisos, la profesora de OBE: Orientación para el Bienestar del Educando. El primer día de clase, se había presentado como nuestra «segunda madre». Puro marketing. Era peor que un padrastro. Era Darth Vader con menopausia. Era el doctor Octopus con bigote. Era el Guasón sin sonrisas. Lo peor que habíamos visto hasta entonces. La fuerza más oscura que estábamos destinados a enfrentar.

La recuerdo perfectamente el día de la clase sobre el aparato reproductor. Aún la veo en mis pesadillas: dominando la clase de pie sobre la tarima, con todo un pene a sus espaldas, la voz de urraca, el vestido mojigato y la nariz apuntando al cielo, como si el mundo a su alrededor, y en particular nosotros, le diésemos asco.

Y yo ahí. Dale que te pego, je je.

Dándole a la zambomba.

Tenía mérito, ¿ah?: estirarse el pellejo con esa mujer delante. Ejecutar la operación requería una gran concentración. Hacía falta borrar a la Pringlin del paisaje, realizar un Photoshop mental y centrar la atención en los diagramas. Pero no soy tan tonto, ¿ok? No importa lo que diga Manu.

Incluso recuerdo la lección de la Pringlin. Con sus palabras precisas. Ella decía:

—El fluido que transporta los espermatozoides hasta el final de su viaje recibe el nombre de semen o esperma y se produce en los testículos, es decir, en la parte inferior posterior del aparato reproductor masculino...

Traducción: la lechada sale de los huevos.

Segunda traducción: las pelotas fabrican el espumón.

¿Por qué hay que hablar siempre en difícil? Con todas las palabras que tiene el idioma para llamar a las cosas... Sólo para el acto sexual básico hay un abanico de posibilidades: cachar-tirar-chingar-funcar-coger-follar-beneficiar-atracar, además de frases hechas como «remojar el payaso» o «baldear el callejón». Y ni siquiera hemos empezado a hablar de las poses: misionero, perrito, salto del tigre...

Eso es lo que la profe de Lengua llamaba «la riqueza de la lengua castellana».

Je je: la profe de Lengua. Como si te enseñara a bombear la cachiporra. Je je.

En fin. Volviendo a la historia: con toda esa presión, en medio de esa clase, era un milagro poder culminar una paja en condiciones. Pero yo me crezco ante la adversidad. Mantuve la concentración, seguí con lo mío y, a pesar de las dificultades, me alivié. Un pequeño triunfo.

Nada más acabar, surgieron los problemas. Un problema. Un problema blanco y cremoso. De mi mesa pendía, como un ahorcado, un enorme goterón de agua de coco que iba estirándose y estirándose hacia abajo, como pasta de dientes sin el olor a menta. Para no distraerme mientras me pelaba el plátano, no había abierto ningún libro ni cuaderno en el pupitre. Y ahora mi mochila había quedado del otro lado del goterón, imposible de alcanzar sin mojarme en mi propio charco.

Pero uno nunca se moja en leche de mípalo. Ni siquiera en la propia. Uno tiene principios.

—Psst. Manu —susurré hacia el pupitre delante del mío—. Pásame uno de tus dibujitos.

—Vete a la mierda —susurró de vuelta Manu.

—Pásame uno de tus dibujitos, por favor.

—¿Qué pasa? ¿No sabes dibujar tú?

—¡No quiero el dibujo! Quiero el... Olvídalo.

No iba a ponerme a explicar lo que necesitaba. No tenía tiempo. Además, Beto también tenía un libro, un libro lleno de páginas. Ya había leído un montón de ellas, ¿no? Ya no las necesitaba.

—Psst. Beto. Dame una página de tu libro.

Beto volvió en sí, como si llegase de un viaje al espacio exterior. Él se sentaba en la mesa de al lado, así que no hacía falta explicarle nada. Mi problema se derramaba del pupitre en toda su blancura, colgando de uno de los lados, amenazante, a punto de gotear sobre mi uniforme escolar, que era gris como nuestra existencia, y por lo tanto resaltaba esa baba blanca, como una mancha de petróleo en un traje de primera comunión, pero al revés.

—¡Por Dios, qué asco! —susurró Beto.

Por Dios, dijo. Beto siempre usaba frases como ésa. Y si iba a decir una mala palabra, la cambiaba: mier... coles.

Car... ijo. Como si le diese vergüenza a la mitad. Alguna vez dijo: «Ave María purísima».

Atrás de Beto, Carlos volteó también a ver. Y tuvo que opinar:

—¡Moco, eres un enfermo!

—¿Tienes un papel? —supliqué, con el colgajo a punto de caer.

Carlos era un buen tipo. Si había algún tipo más o menos decente en ese grupo, era él. Carlos era el tipo que te dejaba copiar su tarea. El compañero que te pasaba su examen antes de entregarlo. El colega que te escribía papelitos con las respuestas del examen oral. Un amigo de verdad.

Me pasó un kleenex en el momento preciso. Como en *Pesadilla en Elm Street,* cuando Freddy va a matar a algún adolescente en su sueño y entonces alguien despierta a la víctima, justo antes de que la guillotina le caiga encima.

En ese momento surgió la pregunta.

Si vamos a contar la historia, hagámoslo bien. A cada quien su crédito, ¿no? Como en las películas. Y creo que, viendo a la Pringlin con su clase y su horrorosa fotografía de la sífilis, alguien tenía que preguntarlo. Era evidente que esa mujer nos escondía la información más importante de todas, el único dato crucial.

Hoy en día, los niños de seis años ya hablan de tirar, y los de diez saben usar condones. Pero ésos eran otros tiempos. Era más fácil conseguir una bomba de hidrógeno que una mujer, y aun si conseguías una —mujer, digo—, no llegabas a la segunda mitad del partido sin recibir una cachetada. Sólo para tocar un pechito del tamaño de un limón hacían falta meses de enamorado, y conocer a los padres de la chica, y llevarla a fiestas.

Aunque si tenías suerte y la chica era un poquito ruca, no demasiado, sólo lo justo, podías arañarle alguna limosna antes. Robarle una caricia. Algo sin riesgo de embarazo. Lo más seguro, después de un par de meses, era una inflada de globo.

¿Eso se entiende?

Una lamida al helado.

¿Sí, mejor?

Un solo de trompeta.

Así que, con miras al mundo real, toda la información de la Pringlin era inútil. Sólo había una cosa que necesitábamos saber sobre la sífilis:

—Chicos —murmuré—. ¿Y qué pasa si te la chupan? Si te chupan la pinga, digo. ¿Te pueden contagiar sífilis con la lengua?

Y luego todos nos reímos, y la Pringlin nos regañó y Manu se levantó a preguntarlo en voz alta y todo eso.

Pero en el principio fui yo, ¿ok? Se me ocurrió a mí.

Manu sólo fue el altavoz. Como siempre. Como en el cerro, cuando propuso ir a romperle la casa a esa vieja. Como ocurriría con todo lo que vino después.

Beto

Fue idea de Manu, claro. Lo de ir a la mismísima casa de la Pringlin a romperle las ventanas. Sólo a él se le ocurrían esas cosas. Ideas atrevidas. Valientes. Peligrosas.

Estábamos los cuatro en el cerro, mirando la ciudad fantasmagórica ahí abajo, sin saber qué hacer, y él se puso a jugar con los alfileres, y dijo eso de: «En vez de sentarnos aquí a quejarnos, deberíamos vengarnos». Y parecía tan decidido, tan dispuesto a todo, que quise decirle que sí, que yo iría con él hasta el mismo infierno.

Pero era una tontería. No íbamos a atacar *de verdad* la casa de la señorita Pringlin, ¿no? Quiero decir, era absurdo, ¿no? ¿A quién se le ocurre? Era imposible.

...

Al menos *parecía* imposible.

...

¿No?

Carlos

Manu estaba loco. Y yo estaba harto.

«Vamos a darle un susto a la Pringlin», había dicho.

«Le pintamos la puerta.» «Sé dónde vive.» Maldito chiflado.

Llevábamos cuarenta y ocho horas poniendo en práctica sus grandes ideas y todo había salido mal. ¿Por qué íbamos a seguir haciéndolo? ¿Para qué ser sus mayordomos? En todas las mafias, por lo que he visto en mi trabajo, pierden los peces chicos. Los subalternos van presos y el jefe queda libre. A nosotros no iba a pasarnos eso. No por Manu. Yo, por lo menos, tenía mi propia vida y mis propios planes, y ya no iba a distraerme más.

Esa noche, lloviese o tronase, yo iba a perder la virginidad: por mí, el resto del universo podía venirse abajo.

Volví a casa a darme una buena ducha y cambiarme. Tenía que salir de nuevo antes de que llegase la Pringlin a mi casa. Ya les contaría ella a mis papás lo de la mañana, y todo sobre mi mal comportamiento. Pero mientras tanto, yo estaría con Pamela. Y después, pensaba, que me castiguen. Que me encierren de por vida.

Revolví cajones y armarios en busca de la vestimenta adecuada. Repasé todo mi guardarropa frente al espejo. Por un momento se me ocurrió ponerme elegante, con el terno que usaba para las fiestas de quince años, un traje beige de tres piezas de papá remendado y reencauchado para mi tamaño. Lamentablemente, era demasiado llamativo. Y nada cómodo. Mi principal objetivo para mi ropa esa noche era quitármela. Necesitaba algo más manejable.

Descarté las camisas, porque se tarda mucho en desabrocharlas, y los pantalones de tela porque podrían arrugarse y delatarme. Al final, me puse un polo y unos jeans. Más o menos lo que me ponía siempre.

No tuve que pensar qué excusa darle a mamá. En realidad, ella no estaba muy pendiente de nada en ese momento. Podría haberle contado adónde iba y no habría oído. Había pasado la noche con papá, y por la mañana se había vuelto a quedar sola, sumida en la melancolía habitual. Quizá habían discutido mientras yo iba al colegio. Quizá ella le había exigido que decidiese de una vez si nos quería o no, y él había contestado con alguno de sus discursos: «Claro que los quiero, esto no se trata de querer». «No quiero volver porque creo que te haría daño.» Las sandeces de toda la vida. Y como siempre, ahora ella estaba en la sala, repasando con nostalgia viejos álbumes de fotos —álbumes de cuando éramos una familia normal— y tragándose a bocados la rabia y la frustración.

—Mamá, me voy a estudiar a casa de Beto.

—Está bien —contestó ella, limpiándose la cara con una servilleta y sin levantar la vista, en un innecesario esfuerzo por disimular—. No vuelvas tarde.

Asentí con la cabeza, aunque eso significaba que podía volver a las tres de la mañana. Mamá estaba demasiado ensimismada como para mirar el reloj.

Yo llevaba tiempo viéndola en ese estado, y había decidido que nunca haría llorar a Pamela. Que nunca trataría a ninguna mujer como papá a mamá.

—Mamá, no llores —le dije—. Todo saldrá bien.

—Claro que sí, Carlos —me dio la espalda—. No estoy llorando. Se me ha metido algo en el ojo, eso es todo.

En ese momento me sentí culpable de esconderle la verdad. Ya vivía engañándose a sí misma. No necesitaba más mentiras. Tendría que contarle lo que había ocurrido en el colegio, antes de que lo hiciera la señorita Pringlin.

—Mamá...

—¿Sí?

Me senté a su lado. La abracé. Desde niño, siempre había sido cariñoso con ella. Y ella conmigo. Traté de escoger las palabras justas para contarle lo que había ocurrido. Busqué una manera agradable de decir «porno» y «pipilín».

Pero cuando ya iba a confesar, pensé en Pamela. La imaginé esperándome en el lugar de nuestro encuentro, mirando el reloj, dándose por abandonada, sintiéndose... exactamente como se sentía mamá en ese momento, sola con sus penas frente a sus buenos recuerdos, preguntándose qué salió mal exactamente.

—Te quiero mucho —afirmé, y le di un beso antes de levantarme.

Cuando ya estaba en la puerta, mamá me hizo adiós con la mano.

—Pórtate bien —pidió.

Yo crucé los dedos a mi espalda y respondí:

—Lo intentaré.

Manu

Esos tres cojudos eran bien cojudos.

«Será mejor dejarlo», decían.

«No queremos líos», decían.

Se hacían pipí en los pantalones. Se les ponían los huevos de corbata. Se churreteaban.

Por suerte, yo no los necesitaba. Yo podía hacer las cosas solo. Tenía con qué hacerlo.

Tenía un juguetito.

Sí. Mi viejo se había largado a Iquitos llevándose nuestra felicidad, nuestra vida familiar y nuestras ilusiones... Pero había dejado lo más importante: su pistola.

La Browning .9 Parabellum. Los amigos la llaman «Hi-power». 197 mm de longitud, 118 de cañón. Un clásico de las armas de fuego, con la belleza del Colt 1911 y el doble de capacidad de una Mauser. Toda una vida acompañando a las fuerzas armadas de cincuenta países. Si había servido fielmente a la infantería del Ejército en dos guerras, me serviría a mí también.

La Browning también es un clásico de los juegos de video. Incluso hoy en día. La usa Claire Redfield en *Resident Evil 2*. Y el sargento Woods al final de la primera misión en Angola en *Call of Duty: Black Ops II*. La Browning es el arma de los valientes.

Yo la había encontrado revolviendo cajas con cosas de mi viejo, cajas que él nunca pasó a recoger y que se amontonaban llenas de papeles y polvo en el garaje de la casa. Desde entonces, guardaba el arma bajo mi colchón, junto a las postales navideñas y una foto de mi viejo desfilando el 28 de julio con su uniforme de campaña. A veces levantaba el colchón sólo para mirar la foto. Otras, me quedaba mirando la Browning. Eventualmente, sacaba las postales y leía sus despedidas: «Pórtate bien y haz que me sienta orgulloso de ti». Sólo esas palabras —y la Browning— me recordaban que yo sí tenía un padre.

Esta vez saqué directamente la pistola.

Eso sí, quiero dejar claro que no planeaba usarla, ¿ah? Al menos, no planeaba dispararla. También podía usarla como objeto contundente, para romper cosas o cabezas. O como herramienta disuasoria, para neutralizar a cualquier enemigo sin dañarlo fatalmente. Las pistolas no sólo se usan para abrir fuego. Eso me había enseñado mi viejo. Y es una lección de vida fundamental.

Sobre todo, yo quería andar con la Browning, huevón. Me tentaba caminar por la calle con un arma bajo el cinturón, en la espalda, como un guardián de la noche. Y no se me ocurría una ocasión mejor que ésta para hacerlo. Seguro que era mejor llevarla en la mano que tenerla apuntándote a la cara.

Mi vieja no estaba en casa. Había dejado un poco de lasaña en el horno y una nota. Volvería tarde. Mucho trabajo. Como siempre. Mucho trabajo o pocas ganas de pelear conmigo.

Yo me encerré en mi cuarto, levanté el colchón y rescaté a mi bebé. La Browning estaba un poco empolvada por la falta de uso. La pulí con la gamuza para limpiar anteojos de mi vieja. La rastrillé, y luego volví a soltarla. Le puse el seguro. Apunté hacia el espejo y me miré en él. Me veía bien con un kilo de historia en mis manos.

—Ya verás, papá —dije en voz alta—. Estarás orgulloso. Y estaremos juntos.

Moco

De repente, el tiempo empezó a correr muy rápido.

Como en *El abogado del diablo*, cuando las nubes cruzan el cielo a velocidad de fórmula uno, y la noche cae y vuelve a irse en fracciones de segundo.

O en cualquier película, cuando ponen debajo un cartel que dice «veinte años después» y han pasado dos décadas en tres segundos.

Así fue ese día. Empezó normal. Pero cuando terminó habían ocurrido demasiadas cosas. Más que en las dos décadas siguientes. Más que en el resto de mi vida.

Ya oscurecía cuando bajé del cerro de Las Casuarinas y me separé de mis amigos. Estaba mugriento, sudoroso, y llevaba arena pegada por todo el cuerpo. Quería una ducha. Una cama. Una buena película para relajarme. Quizá *Estas rubias se lo comen todo*. Pasaba por una fase de obsesión por ésa.

Pero en cierto sentido, ya había una película ocurriendo en mi sala: una de terror.

Pude sentirlo nada más abrir la puerta de casa. Algo en el aire. No exactamente un olor. Más bien una atmósfera. Cierta sensación de azufre en el aire. Luego llegaron a mis oídos las voces. Nunca había voces en mi casa. Y esta vez, una de ellas sonaba familiar, como la voz de Lex Luthor o la del Duende Verde. Finalmente, una imagen terrible se materializó en la sala.

La señorita Pringlin junto a mi viejito, sentados los dos frente a frente.

Él no solía abrir la puerta. Ni siquiera solía salir de su cuarto. Pero claro, tenía que ponerse amable justo hoy. Para recibir a las visitas. El único día con visitas.

—Me alegra que llegue usted, Risueño —me saludó sin una pizca de alegría la profesora—. Su padre y yo nos disponíamos a conversar sobre usted. Ya que es evidente que no le comunica usted mis mensajes, he decidido venir a transmitírselos personalmente.

La estampa de esos dos resultaba extraña, incoherente, como un error de continuidad. La profesora sentada con expresión de rigor mortis, agarrada a su bolso como si alguien fuese a robárselo. Y mi viejito, esmerándose por causar una mala impresión, desparramado en un sillón, en medio de un cementerio de botellas.

Miré a uno y a otro, en espera de que alguno de los dos desapareciese de repente. Como si fuese posible cambiar de canal en la realidad.

Mi viejito levantó la cabeza torpemente. Tardó en encontrarme con lo que quedaba de sus ojos detrás de las ojeras. Y en vez de saludar, me preguntó:

—¿Quién es esta vieja, hijo?

—Papá, te presento a la señorita Pringlin. Señorita Pringlin, le presento a...

—Ya sé quién es él —interrumpió ella.

La señorita Pringlin tenía de por sí el gesto torcido en una mueca de desprecio perpetua. Pero el estado de mi casa le empeoró la cara. Sin duda, la higiene de la sala no era ejemplar. Y la de mi viejito era peor aún. El intenso olor a alcohol ni siquiera provenía de las botellas. Estaba impregnado en los muebles, en las paredes y en la piel amarillenta del único adulto responsable en ese hogar.

Supongo que llamarla «vieja», como había hecho él, no era el mejor modo de mejorar su impresión. Busqué una manera de arreglar, o al menos suavizar, nuestra mala imagen. Quizá debía ofrecerle a la vieja un café o un vaso de agua. No lo conseguí. Estaba paralizado. Mi cuerpo era un fotograma en pausa.

De todos modos, la Pringlin era muy práctica. Sin reparar en formalidades, pasó a su asunto:

—Señor Risueño, me preocupa seriamente el rumbo que toma la conducta de su hijo.

—...

Al menos, mi viejito no respondía. Lo más agradable que podía hacer era estar callado.

—Su actitud es cada vez más agresiva —continuó la Pringlin—. Sus resultados académicos empeoran. Su desinterés aumenta. Y hoy, señor Risueño, he encontrado un nuevo y más grave motivo de preocupación.

Abrió su bolso y extrajo *Marines de vacaciones III*. Traté de mirar la cinta, para calcular cuánto había llegado a ver. Pero la llevaba guardada en la caja. Pronto dejó claro que había visto lo suficiente:

—Esta película, señor Risueño, no es sólo una película sucia. Es una película contranatural, enferma. Es un cáncer para la moral de nuestro estudiantado.

Desde su sillón, mi viejito intentó fijar su atención en lo que ella decía. Parecían escapársele palabras, como si ella hablase en un idioma desconocido. La señorita Pringlin, mientras tanto, no se daba por vencida:

—Técnicamente, señor Risueño, esto ni siquiera es una falta escolar: es un ataque contra todo lo que nuestra escuela representa. Más aún, es un delito. Su hijo recurre al mercado negro para corromper a sus compañeros e incitarlos a una conducta desviada.

Mercado negro. No lo había pensado, pero supongo que era así. Las importaciones habían estado prohibidas mucho tiempo. Incluso un calzoncillo de buena marca podía estar fuera de la ley.

—¡Yo no tengo nada que ver con esa película! —protesté—. ¿Por qué me echa la culpa de todo a mí? ¿Acaso la encontró en mi mochila?

Sí. Estaba dejando solo a Beto. Pero ya ninguno de nosotros andaba para heroísmos. Mi nuevo eslogan era «sálvese quien pueda».

La señorita Pringlin esperaba mi protesta. Sin tomarse la molestia de responder, sacó el casete de su caja, y con él un papel, una hoja de cuaderno mal arrancada que desdobló y leyó en voz alta; aunque no hacía falta, porque yo recordaba perfectamente lo que llevaba escrito:

—«Beto: si necesitas otra película me avisas. Tengo todas las pingas que quieras. ¡¡¡Buen provecho!!! Moco» —y añadió triunfal—: ¿No es así como se hace usted llamar? Supongo que sí, porque ésta es su letra.

Busqué un mueble. El primero que encontré fue el sofá, y en él me hundí. De haber tenido gasolina a mano, me habría prendido fuego. Balbuceé:

—Papá, no es lo que parece...

Mi viejito aún tenía la mirada perdida, como si entendiese lo que ocurría en cámara lenta. Sus ojos empezaron a girar por la habitación. Comprendí que estaba buscando alguna botella que no estuviese vacía. Se levantó e hizo ademán de dirigirse a la cocina.

—Señor Risueño —alzó el tono nuestra visitante—, no sé si se hace cargo de la gravedad de las acusaciones que pesan contra su hijo.

Él se detuvo al oírla. No era capaz de contener su tambaleo, tan sólo de intentarlo. Una vez que hubo recuperado el equilibrio, dijo:

—Señorita... ¿Cómo se llama? ¿Pichurrin?

—Pringlin, por favor.

—Señorita Pringlin, ¿usted sabe lo que es sufrir?

Los lamentos de mi viejito siempre alcanzaban ese punto solemne. Como si sus penas fuesen una conspiración del universo en su contra, que él se resignaba a soportar con dignidad. No tenía muchas oportunidades de ventilar en público sus problemas, pero ahora que lo veía hacerlo comencé a pensar que lo disfrutaba. Al parecer, era la única manera que le quedaba de ser sociable.

—Me parece que nos apartamos del tema, señor Risueño.

La profesora ahora aferraba su bolso como un arma de defensa, clavando las uñas en el cuero.

—Usted no tiene ni puta idea de lo que es sufrir —levantó la voz mi viejito, de repente altanero.

Para acompañar sus palabras, trató de girar el cuerpo con agresividad, pero su estado lo traicionó y su movimiento pareció más bien un resbalón. Aun así, continuó:

—Usted no tiene ni idea de lo que es subsistir como nosotros, abandonados de la vida. Usted no comprende a los demás. Viene y juzga y ladra con sus labios sin pintar, pero no escucha a la gente. Seguro que lleva años sin acostarse con nadie. ¿Sabe lo que es usted? Una frígida.

—Papá, no es necesario que...

—Sé defenderme sola, joven.

La señorita Pringlin dijo eso con sequedad profesional. Si la escena que veía le producía espanto, o al menos sorpresa, su rostro no lo denotaba. Mantenía su acostumbrada expresión inerte, junto con la férrea voluntad de resolver los problemas de los demás. Mientras mi viejito abría el mueble bar y sacaba una botella de ron Pampero, ella declaró:

—Señor Risueño, me permito señalar que éste no es el ambiente adecuado para la formación de un niño. ¿Tiene usted familia?

La primera respuesta de mi viejito fueron los sonidos que yo conocía bien: el precinto de la botella al romperse, el cristal del vaso, el rebotar de los hielos, el vertido del líquido sobre ellos. Dio un trago, lo saboreó con los ojos cerrados y finalmente preguntó:

—¿Quiere un vaso usted?

La señorita Pringlin le respondió con su propio lado del diálogo de sordos:

—He hecho algunas averiguaciones, señor Risueño. Tengo entendido que su hijo tiene dos tías maternas.

—Un par de arpías —comentó mi viejito.

Y tenía razón, sin duda mis tías eran un par de zorras reprimidas, pero creo que no era el momento para decirlo. La Pringlin dio por confirmada su información y explicó:

—Las señoras se han presentado al colegio en repetidas ocasiones para manifestar su preocupación por la situación del niño. Argumentan que no pueden hacerle visitas, y que no saben nada de él.

Ahora me sentí obligado a intervenir:

—¡No saben nada porque yo no quiero verlas!

Fue como si hubiese hablado debajo del agua. O con la cabeza metida en el wáter. Nadie me miró siquiera. Las palabras de los menores siempre rebotan en el mundo de los adultos, chocan y regresan a sus dueños.

—Me permito sugerirle, señor Risueño, que emprenda usted un tratamiento de desintoxicación. No es sólo por su hijo, es por usted mismo. Mientras dure el proceso, puede poner a su hijo bajo custodia de sus tías. Estará de acuerdo conmigo en que él merece un entorno más apropiado para su desarrollo.

Error. Error grave. Lo vi venir, pero ya no podía hacer nada. Papá estaba sordo para casi todos los eventos en el mundo. Habría fingido no oír una alarma contra bombardeos. Pero de entre todas las cosas, sólo había una que no resistiría, una que le recordaría la conjura cósmica que se había ensañado con su destino. En voz baja, digiriendo aún la información, papá musitó:

—¿Usted ha venido a quitarme a mi hijo?

—No, señor Risueño —respondió la otra con la seguridad de quien es incapaz de ponerse en el lugar de otra persona—. He venido a ayudar a su hijo. Pero si para eso es necesario denunciarlo a usted a las autoridades del colegio, a la Iglesia o incluso a la policía, estoy dispuesta a hacerlo.

—¡Usted ha venido a quitarme a mi hijo!

Ahora lo dijo en voz más alta, y lo repitió otra vez más alto aún. Luego comenzó un discurso sobre cómo había perdido a su mujer, y cómo me defendería a mí con uñas y dientes. Mostró las uñas. Y mostró los dientes. Y continuó insultando a la señorita Pringlin, acusándola de ladrona y de buscona y de cosas peores. Le dijo:

—¡Hija de puta!

Odio recordar esto. Ese momento. Yo había tratado de proteger a mi viejito. De esconderlo por su bien. Y ahora todo se venía abajo frente a mis ojos, como en *Aeropuerto* o en *Terremoto*.

Cuando comprendió que no tendría la conversación que pretendía, la profesora se levantó. Ni siquiera había alzado la voz.

Las lágrimas resbalaron por mi cara. No eran lágrimas de tristeza, sino de una mezcla nueva de rabia, vergüenza y miedo. No me atrevía a intervenir. Lo que estaba ocurriendo ahí era un choque de trenes. Interponerse sólo habría servido para aumentar la lista de cadáveres.

Antes de que la Pringlin saliese, mi viejito se acercó a gritarle más de cerca, y por un momento pensé que la empujaría, o la golpearía. Ni siquiera en ese momento se le escapó a la profesora una señal de temor. Ninguna emoción cruzó su rostro. Su única despedida, ya en el umbral, fue sobre todo una certificación para el trámite:

—Tendrá noticias mías, señor Risueño. Mías y de nuestro sistema de educación. Le aconsejo que, antes de eso, reconsidere su actitud y reforme sus costumbres. Será lo mejor para su hijo, y para usted.

Cerró la puerta con un fuerte golpe que hizo sonar las botellas de la sala.

Pero ninguna se rompió.

No fueron las botellas lo que se rompió esa noche.

Beto

—¿Ha ido la Pringlin a tu casa?

—No.

—Irá.

La voz de Moco en el teléfono sonaba rasposa y congestionada. Como si hubiese fregado el piso con las cuerdas vocales.

—Ha visto la película —dijo.

—Mierda.

—Y ha visto a mi viejito.

—Mierda.

—Dice que nos separará. Y la creo. Ella odia a los padres.

—Uf... Ojalá me separara del mío.

—¿No me escuchas? Ha visto la película.

No escuchaba. No quería escucharlo. Traté de pensar en otra cosa. Como en el sol que terminaba de ponerse allá lejos, robando las últimas briznas de luz. Pero tuve que enfrentarme a la realidad:

—Entonces no tendrá que hacer nada. Mi padre me tirará por una ventana.

—Tenemos que hacer algo, Beto.

—Yo, de momento, tengo que hacer una confesión.

Al fondo, en el teléfono, oí la voz del padre de Moco. Y cosas que caían, o se arrojaban. Vasos. Sillas. Cosas.

—Tengo que colgar —informó.

—Claro.

—Beto...

—¿Sí?

—Si tienes cualquier problema, te puedes venir a mi casa, ¿ok?

—Gracias. Te diría lo mismo, pero no creo que sea buena idea.

—Puedes confiar en mí.

—Y tú en mí.

Colgamos. Comenzaba el momento de la verdad. Yo había deseado que no llegase jamás, pero ahora tenía que afrontarlo. Y considerando la distancia entre la casa de Moco y la mía, no me quedaba más de media hora para hacerlo. O la Pringlin lo haría antes que yo.

Mi padre estaba jugando con mi hermanita en la sala. Mientras descendía por las escaleras, escuché las risas de los dos. Mi padre podía ser tierno. Si se trataba de su familia, podía comportarse de manera dulce y atenta. Estaba orgulloso de nosotros, y descuartizaría a cualquiera que nos amenazase. Incluso a mí. Traté de pensar en libros que contasen escenas de confesiones difíciles. No recordé ninguno, o quizá no se nos permitía leer ninguno.

—Papá, ¿podemos hablar?

—Claro, campeón. ¡Únete a los buenos!

Mi hermana cabalgaba sobre su espalda, mientras él amenazaba con devorar a una manada de muñecos de peluche. Supuse que los buenos eran los humanos.

—Quiero decir... a solas.

—¿Qué es «asolas»? —preguntó mi hermana.

Mi padre se detuvo. Primero me miró con curiosidad, luego con complicidad.

—A solas quiere decir que estemos solos, muñequita. Sube a tu cuarto y dile a mamá que te bañe. Yo ya voy.

—¡Pero quiero jugar más!

Miré el reloj. Si venía directamente de casa de Moco, la señorita Pringlin ya debía acercarse a la Benavides. Quizá estaba ya a la altura del grifo.

—Sube, Marcia. Pórtate bien y te dejaré comer un helado.

Sobornada de ese modo, mi hermana abandonó su montura y desapareció escaleras arriba. Mi padre resopló y se llevó la mano a la cadera mientras se levantaba:

—Ya no estoy para estos trotes —sonrió adolorido—. ¿Qué querías decirme?

Traté de pensar cómo decirlo. Mi padre encendió un cigarrillo. Ahora todo esto parece muy lejano, pero era 1992. Para gente como papá, la felicidad consistía en fumar en las casas y callarse las vergüenzas.

—Papá...

—¿Mmh?

—¿Alguna vez has... bueno... has conocido a algún homosexual?

—Claro, Beto. Les he pegado a varios.

Dijo eso de manera relajada. Como si hubiera contado una travesura adolescente. Bueno, eso era exactamente lo que estaba haciendo.

—¿Les has... cómo?

—Hace tiempo que no lo hago —rio, quitándose importancia, como temiendo que yo le pidiese organizar una cacería—. Era cuando estudiaba. A veces iba con mis amigos a la avenida Arequipa, ya sabes, a buscar una noche con una chica. Todos teníamos enamoradas, pero no nos acostábamos con ellas, porque eran chicas decentes. Pero un hombre tiene necesidades, ¿no? Así que con un poco de platita, las satisfacíamos sin faltarles a nuestras futuras esposas, y todos contentos.

Me guiñó el ojo. Yo le devolví el guiño, tratando de que mi sonrisa no pareciese una mueca de asco. Él continuó:

—Pero a veces había maricones parados en las esquinas. Y no creas que eran fáciles de distinguir de las mujeres. Muy bien pintados, muy maquilladitos. Más de una vez nos levantamos a una chica y nos encontramos con una «sorpresita». Y eso es una estafa, hijo. No les pegábamos por rosquetes, les pegábamos por ladrones.

—Claro.

—A uno le partimos un brazo, creo. Pero era necesario, pues.

—Ajá.

—Si quieres ser cabro, me da igual. Pero quédate en tu casa, donde no molestas a nadie. ¿Sí o no?

—Por supuesto.

Volví a mirar el reloj. La Pringlin ya debía estar más allá de la Benavides. Podía confiar en sus tacones y en el tráfico para retrasarla, pero no demasiado tiempo.

—¿Por qué me preguntas eso, hijo?

—Hay... hay uno de... ésos... en el colegio.

—Ah.

Mi padre reflexionó sobre lo que había oído. En el fondo, hasta él debía saber que el homosexual del colegio, fuese quien fuese, probablemente no vendía su cuerpo en las esquinas del centro de Lima.

—Bueno... —cambió de tono—. Tampoco tienes que ir a pegarle a él. Déjalo en paz. Pobre diablo.

—Pobre diablo —repetí, por primera vez de acuerdo con él.

—¿Sabes? Eso es una enfermedad. Pero hay psicólogos que la curan. Ese chico aún puede volverse normal. Tú no te le acerques demasiado, pero tampoco le digas nada, ¿ok, campeón? No te mezcles.

—Lo intentaré.

Debe haber sentido que su respuesta era demasiado blanda, porque repentinamente añadió:

—Ahora, como te toque, lo matas. ¿Está bien?

—Sí, papá.

Un incómodo silencio se instaló en la sala. Incluso el paquidermo emocional que era mi padre podía notar que algo no andaba bien.

—¿Es todo? —preguntó—. ¿Quieres hablar de algo más?

—Bueno, sí...

La señorita Pringlin ahora debía andar ya en nuestra calle. Al principio de ella. En ningún caso le faltaban más de seiscientos metros. Casi podía sentir sus tacones perforándome las sienes.

—¿Por qué no comemos fuera esta noche? ¿No quieres una pizza?

Papá respiró hondo. En el fondo, debía estar aliviado por no tener que hablar conmigo de ese tema. Era mejor mantenerlo apartado de nuestra vida, ése y todo el que no fuese el coito directo, heterosexual, atlético, machacante, el sexo *decente*.

—Tú sí que tienes buenas ideas, hijo. Baja a tu hermana y a tu mamá. Pediremos una con toneladas de ají.

Carlos

El sol se pone rápido en Lima. En días cortos, a las seis empieza a oscurecer. A las siete ya es noche cerrada.

Hice el camino al McRonald's con escalofríos escalándome la espalda. Me sentía culpable por haber dejado a mamá sola con sus lamentos. No quería ser un mal hijo, igual que mi papá era un mal padre. Pero ya estaba en marcha.

Y cuando la Pringlin hablase con mamá, yo tendría todo el tiempo del mundo para estar con ella, castigado de por vida en mi cuarto, pagando por todos mis pecados.

Los serenos del turno de noche empezaban su ronda, y sufrí la paranoia de que me vigilaban. Llevaba todo el día haciendo cosas malas y seguiría haciéndolas, y ellos estaban ahí afuera mirando todo. Solían tocar sus silbatos a cada rato, más por aburrimiento que por alarma real. Y cada vez que sonaba uno de esos pitidos, yo me congelaba en medio de la calle, sintiéndome descubierto. Cuando al fin llegué a la hamburguesería, transpiraba debido a la ansiedad. Temí que el sudor me hiciese apestar.

Subí directamente a los juegos infantiles del segundo piso, sin saludar a Pamela, tratando de no ser visto. A esa hora no quedaban niños jugando. Ahí arriba apenas remoloneaban algunas parejas adolescentes, como nosotros, necesitadas de un lugar discreto donde tomarse de la mano. Ahora, todos ellos me parecían unos infelices, dándose insípidos piquitos y ahogando su deseo en sus Inca Kolas mientras yo seguía mi camino discretamente hacia esos armatostes de colores chillones.

Los juegos consistían en una red de túneles y toboganes que iban a parar a una piscina de bolas de plástico. Ingresé por el túnel más bajo y me sumergí entre las bolas, dejando sólo mi rostro afuera, para poder respirar y esconderme por completo de ser necesario. Y esperé.

En esa época, todo cerraba temprano en la ciudad. La vida echaba el cerrojo a la primera oportunidad. A las nueve y media, cuando el rumor de los clientes ya se había disipado por completo, las luces se apagaron con un sonido metálico. Sólo quedaron un par de focos laterales, apenas suficientes para iluminar el camino. Yo contuve la respiración. Mi corazón bombeaba como una manguera contra incendios.

En la escalera comenzaron a sonar los pasos de unas suaves zapatillas acercándose hacia mí.

—¿Carlos? Carlos, ¿estás ahí?

Música para mis oídos.

Esperé a que Pamela se acercase a la piscina de bolas, y entonces me levanté para sorprenderla. La abracé y la arrastré conmigo a ese mundo de fantasía. Al desplazar las bolas, nuestros cuerpos iban dibujando formas multicolores a nuestro alrededor.

—¿Y tu tío? —pregunté en los instantes en que nuestras bocas quedaron libres, mientras mis manos se paseaban por su ombligo.

—Me dejó quedarme aquí mientras llega mamá a buscarme. Tenemos una hora.

—Yo podría quedarme contigo toda la noche... besándote.

—Entonces cállate y bésame.

Tras toda la jornada laboral, Pamela olía a pollo frito. Pero, en mi estado de agitación, para mí olía a Chanel N.º 5. Desabroché su uniforme, abriéndome paso hacia el sostén rosa con lacito que cubría sus pechos. Me enredé un poco para abrirlo, pero cuando lo conseguí besé suavemente esos dos montículos. Tenían el tamaño de dos naranjas. Ella me quitó la camiseta, y correspondió a mis caricias como un espejo. Deslicé mi mano bajo su calzón y encontré una entrepierna húmeda y cálida. Mi pantalón iba a explotar. Y entonces, sólo para estar seguro, me frené un poco:

—¿De verdad quieres seguir?

Por toda respuesta, ella metió su lengua en mi boca. El resto salió solo. Aunque éramos torpes con algunos movimientos, las cosas fueron fluyendo. No teníamos condones, y necesité que me guiase con su mano para entrar. Pero, fuera de eso, todo fue más fácil, y mucho mejor, que en mis mejores sueños. No duré mucho, pero no fue grave, porque ella no tenía con quién compararme.

Al terminar, nos quedamos quietos abrazados sobre las bolas, dejando que el tiempo pasase lentamente entre nuestros cuerpos laxos y adormilados. Tuve miedo de preguntarle si le había gustado. ¿Y si me decía que no? Así que busqué otro tema de conversación:

—Cuando vuelva a casa, me espera el peor castigo de mi vida.

Pamela tardó en contestar. Estábamos lentos, los dos. Por un momento creí que no me había oído, o que se había dormido. Al fin, respondió:

—Tienes suerte. Mi vida entera es un castigo.

El viejo juego de «mi vida es peor que la tuya». Yo sabía jugar a eso. Y podía ganar.

—La mía tampoco es gran cosa. Mi papá se está yendo de casa, pero nunca termina de hacerlo.

—¡Qué envidia! Yo no tengo papá.

Bueno, quizá no pudiera ganar.

—¿Se fue?

—Murió. Hace cuatro años. Fue horrible. Él era divertido, era inteligente, era un artista. Y de repente, de un día para otro, ya no estaba. Sólo había sangre por todas partes como manchas de petróleo.

—¿Y tu mamá?

—Mi mamá es una bruja odiosa. Antes no estaba mal. Pero después de lo de papá se transformó. Y nunca volvió a ser la misma.

—No puede ser tan mala.

Pero sí podía.

Yo estaba a punto de comprobarlo.

Si me hubieran preguntado, ¿qué era lo peor que podía sobrevenir? ¿Cómo podría arruinarse ese momento perfecto para volver a convertirse en el día de mierda que había tenido? ¿Cómo estropearlo todo? Si me hubiesen hecho todas esas preguntas, no habría podido concebir la respuesta que estaba a punto de llegar.

Y llegó en forma de luz.

Los focos del McRonald's se encendieron todos de golpe. La claridad inundó los juegos como un maremoto. Y desde la escalera nos llegó una voz. La última voz que yo esperaba escuchar en ese lugar. El aullido de la hiena.

—¿Qué está pasando aquí?

—¿Mamá? —dijo Pamela.

—¿Señorita Pringlin? —dije yo.

Nuestras cabezas emergieron de la piscina de bolas, hacia la cruel realidad sin color.

De pie junto a la escalera, con una mano aún en el interruptor y la otra agarrada a su bolso, alzada sobre sus tacones y bajo los fríos neones del McRonald's, la señorita Pringlin había adquirido un aspecto pesadillesco. O quizá era la impresión de encontrarla ahí, en todas partes, siempre que hubiese algo que arruinar.

—Pamela, levántate de ahí inmediatamente.

—Mamá... —se defendió ella.

—¿«Mamá»? —me aterré yo.

Señorita Pringlin. Era un tratamiento de costumbre. Nadie había verificado que en realidad fuese señorita. Simplemente, nadie había pensado que pudiese haber tenido una pareja alguna vez, ni que fuese capaz de algún sentimiento.

—He dicho que te levantes de ahí in-me-dia-ta-men-te —repitió, sin alzar la voz, con la misma frialdad con que despachaba nuestros exámenes en clase.

—¡Mamá, te has adelantado! —chilló una Pamela impotente, como si tratase de culpar a su madre por el mal momento.

—Se me escaparon un par de ratas. Pero creo que he encontrado a una —declaró una sombría señorita Pringlin.

Pamela empezó a balbucear algo. Sonó como un intento por decir: «No es lo que crees, puedo explicarlo». Debe haber reparado entonces en que llevaba los calzones a media pierna, el uniforme abierto, los pechos al aire. Y entonces abortó su frase.

—Vístete, Pamela —ordenó la Pringlin.

Hasta ese momento, yo me había mantenido en silencio en un rincón de la piscina, alimentando la absurda esperanza de que la profesora me olvidase, de que estuviese tan furiosa con su hija que pasase por alto a su acompañante. Había logrado colocarme detrás de una de las esquinas, donde mi rostro quedaba velado por los juegos, y contaba los segundos estúpidamente, con la esperanza de pasar inadvertido.

—Y usted —acabó con mis ilusiones la profesora—, levante la cara.

Me puse de pie automáticamente, casi por reflejo. Pero la cara no fue lo primero que la Pringlin observó en mí:

—Súbase los pantalones y póngase la camiseta.

Para entonces, una Pamela ruborizada y cabizbaja ya se terminaba de vestir y abandonaba los juegos sin mirarme de frente. Solo en la piscina de bolas de colores, de repente me sentí como un sospechoso observado por la policía al otro lado de un espejo.

—¿Esto es una especie de venganza, señor Castillo?

Traté de cerrarme el cinturón, pero las manos me temblaban.

—No, señorita.

Seguía llamándola así. Es difícil cambiar todas tus certezas en dos segundos, sobre todo si te estás vistiendo frente a una mujer que te amenaza. Pamela trató de intervenir.

—¿Es tu profes...?

—Tú cállate —la cortó en seco su madre—. Y baja.

—Pero, mamá...

—¡He dicho que bajes! Después hablaré contigo.

Pamela desapareció en las escaleras, como los parientes del reo que prefieren no presenciar la ejecución. Yo terminé de vestirme en silencio. Todo lo que dijese podía ser usado en mi contra. La Pringlin, al enfrentarse a un adversario vestido, se sintió libre de mirarme directamente a los ojos:

—Usted y sus amigos han alcanzado hoy niveles de indisciplina que lindan con la delincuencia juvenil.

—Señorita Pringlin...

—Cállese, señor Castillo. Ya no tiene nada más que decir. Hoy he ido a su casa y nadie me ha abierto la puerta. Pero mañana a primera hora quiero verlo con sus padres en el colegio. Dígales que será corto. Sólo tendrán que firmar su expulsión.

—Sí, señorita.

Desde abajo nos llegaban los sollozos de Pamela. La señorita Pringlin continuó dictando sentencia:

—He hecho todo lo posible por corregirlo y disciplinarlo, señor Castillo, a usted y a sus amigos. He intentado que se integren socialmente y se adapten al grupo. Pero en vista de que insisten en su conducta desviada, no me dejan otra opción. Están labrando su camino hacia el reformatorio, pero eso ya no es problema mío.

—Comprendo, señorita.

—Por cierto, es muy extraño que una chica de conducta intachable como mi hija haya cedido a las presiones de un lumpen como usted. Tengo buenas razones para pensar que su... encuentro... no fue consentido. Procederé con los respectivos exámenes médicos y llamaré a un abogado. Dígales eso también a sus padres.

—Sí, señorita.

Los llantos de Pamela se apagaron. Quizá había entrado en el baño o en la cocina a lavarse la cara. Un largo silencio se apoderó del segundo piso. Como yo tenía la vista clavada en el suelo, llegué a pensar que la señorita Pringlin ya se había ido. Pero cuando alcé la mirada la encontré ahí, tiesa y reseca como siempre, inexpresiva en los músculos faciales pero con fuego en los ojos.

—Y otra cosa, señor Castillo. Si vuelvo a verlo cerca de mi hija, créame que lo mataré.

Fue una amenaza.

Hablaba en serio. O al menos yo la tomé en serio.

Pronunció su chantaje como siempre, sin gritar ni exaltarse, y por eso fue peor. Fue verosímil.

Ahora, visto en la distancia, lo que hicimos después, esa misma noche, puede parecer terrible, fuera de lugar. Pero hay que ponerse en la situación de los acusados. En todo juicio, hace falta reconstruir las razones de los involucrados, y sus motivaciones. Cuando recuerdo esas palabras de la Pringlin, comprendo que todo lo hicimos en defensa propia.

Y en legítima defensa, nada es delito.

Manu

Primero llamó Beto. La voz de niña llorona de ese huevón era inconfundible en el teléfono:

—Eeeh... Manu... Ese plan tuyo de...

—Sí.

—Bueno... ¿Recuerdas que nos contaste que...? Que tú proponías...

—Sí.

—Claro, es que... he estado pensando...

Era incapaz de llegar al punto. Pero no hacía falta. Ya estaba claro qué quería.

—Espérame en tu casa —le dije—. No voy a tocar el timbre. Mira por la ventana y baja cuando me veas venir.

Poco después llegó la llamada de Moco, como siempre más expeditivo:

—Esa vieja es una mierda. ¿Podemos matarla?

—Por supuesto.

—La mataré con mis propias manos.

—Deja algo para los demás.

—Es una mierda.

—Eso ya lo dejaste claro, Moco.

Yo estaba en mi cama, escuchando Guns N' Roses y acariciando mi Browning. Esperaba la hora de dormir para emprender mi misión. Mi vieja había llamado por teléfono para anunciar que le quedaba mucho trabajo esa noche. Que volvería tarde. Yo le dije que no se preocupara, que estaría bien. Y era verdad. Yo iba a estar de la puta madre.

Llené mi cama de almohadas y pelotas, por si mi vieja miraba hacia mi cuarto al llegar. Me metí la pistola en la espalda. Me puse una casaca para ocultarla. Y lo hice todo frente al espejo, calculando cada pose. Fue de la puta madre, huevón. Podía pasarme así toda la noche, haciendo de bandolero. Pero tenía que salir.

Mi procesión nocturna comenzó en casa de Moco. Ni siquiera tuve que esperar a que bajara. Estaba en la puerta, ansioso por emprender la misión, con un cúter en una mano y una lata de espray de pintura negra en la otra.

—Mira lo que encontré —me enseñó—. Hubo una época en que mi viejito hacía los arreglos de casa.

—Ahora nosotros haremos los desarreglos en otra casa.

Como dos vaqueros en busca del peligro, cruzamos la Benavides y nos dirigimos a la casa de Beto, que obedientemente nos esperaba apostado en su ventana. Él lo tenía un poco más complicado, que es lo que le ocurre a la gente con familias de verdad. Silenciosamente, nos hizo señas en dirección a la ventana de sus viejos, que tenía la luz encendida. Los viejos tardaron unos quince minutos en apagarla, y nosotros esperamos un poco más para estar seguros. Al fin, le indicamos con la mano que bajase.

Se sumó a nosotros muy nervioso. Pero tampoco traía las manos vacías. Bajo la chompa, llevaba una botella de whisky:

—Es un aporte de la familia Plaza.

Parte de la botella había sido ya consumida. Y Beto tenía la voz un poco dislocada, así que no era difícil adivinar dónde estaba el whisky que faltaba.

—Estoy loco —repetía Beto una y otra vez—, estoy loco. Jamás había hecho esto... No sé cómo hacerlo... Pero ¿qué vamos a hacer exactamente?

—Vamos a vengarnos —respondió Moco.

—Para empezar, vamos a buscar a Carlos —dije yo.

—¿A Carlos? —preguntó Beto, y sin razón le dio un ataque de risa—. Él no va a participar en esto.

—Tenemos que estar todos juntos, cojudo —aclaré.

—Él no quiere —insistió Moco—. Ya lo viste esta tarde.

—Lo convenceremos.

Lo dije con tal convicción, que ninguno de los dos huevones se atrevió a contradecirme.

Cuando llegamos a casa de Carlos, tiramos piedritas a su ventana. Apenas tardó unos segundos en asomarse y encontrarnos ahí a los tres, mirándole desde la vereda. A pesar de lo seguro que yo sonaba, no tenía nada claro que él se uniera a nuestra marcha, pero en cualquier caso hacía falta hablarle: él conocía el plan, y si no participaba en él era un cabo suelto. Si las cosas se complicaban, podía denunciarnos o traicionarnos. No es que desconfiase, pero era mejor tenerlo controlado.

Le hicimos señas para que bajase. La habitación de su madre tenía luz, pero él apareció en su puerta con la chompa puesta para salir.

—¿Vamos a hacerlo esta misma noche? —preguntó.

Y se echó a caminar. Yo tenía todo un discurso preparado para convencerlo que no hizo falta recitar. Lo tomé como una señal del destino: todo iba a salir perfectamente.

Ninguno de los guardias del barrio se nos acercó mientras lo cruzábamos en dirección al cerro. Nadie nos preguntó adónde íbamos. Los serenos, con sus silbatos y sus palos, no estaban ahí para vigilarnos, sino para protegernos. Por definición, los habitantes de Surco y los alumnos del colegio no éramos los peligrosos, sino las víctimas. Y de todos modos la mayoría de esos inútiles dormían en sus casetas, acunados por las canciones para indios de sus radios AM.

Trepar al cerro en la oscuridad no era tan difícil. El alumbrado público iluminaba la ladera, y los postes de la carretera marcaban el camino. Desde arriba, las luces de la ciudad brillaban como un incendio forestal.

—¿Por qué venimos aquí? —preguntó Carlos, jadeando después de subir.

—Para ver sin ser vistos.

—¿Qué tenemos que ver? —protestó Moco—. Yo quiero bajar a estrangular a la Pringlin.

—Bueno —intervino Beto, que seguía con la voz borracha y seguía bebiendo—, no es necesario emplear de verdad la violencia física, ¿verdad? ¿Verdad?

—¿Y para qué crees que vamos, princesita? —contestó Moco quitándole la botella.

—Princesita, tu puta madre...

—Vamos sólo para ganar tiempo —dijo Carlos—. Si le jodemos la puerta o el carro, a lo mejor mañana no puede ir al colegio, y mientras tanto pensamos qué hacer.

—¡Vamos a vengarnos, huevones! —gritó Moco—. Vamos a joder a la vieja bien jodida, y después de esto nos tendrá tanto miedo que ya no hará falta.

—Tú estás huevón.

—Huevona, la conchatumadre.

—No te metas con mi familia que te saco la mierda, cara de cráter.

—¿A quién le vas a sacar tú la mierda? ¿A quién le vas a...?

Entonces hice entrar en escena a la Browning. No dije nada. Sólo la alcé en el aire, empuñándola como me había enseñado mi viejo, con el dedo pulgar en el martillo. Fue como levantar la corona del rey. Los tres huevones se quedaron calladitos de repente. Sólo se oyó un suave:

—Halaaa...

Y un aura de atención me rodeó.

—¿Por qué tenemos que escoger? —dije yo, con la voz tranquila y pausada que corresponde al jefe—. Si hacemos las cosas bien, podemos conseguir todo eso junto: asustarla, que nos deje en paz, ganar tiempo y, sobre todo, darle lo que se merece por jodernos la vida.

Carlos tenía los ojos abiertos como dos platillos voladores. Dijo:

—Pero no vamos a usar eso, ¿verdad?

—No creo que sea necesario —lo tranquilicé.

—¿Por qué no? —protestó Moco—. ¡Sería mostro!

—¿Alguien me puede explicar qué cosas vamos a hacer exactamente? —preguntó Beto.

Dejé que su pregunta flotase en el aire unos instantes, mientras daba un largo sorbo al whisky. Dejé que mis compañeros necesitasen una respuesta. Y sólo cuando quedó claro que no la tenían, expliqué:

—Para eso hemos venido aquí. Porque es el lugar perfecto para contarles mi plan.

Moco

Era MI plan.

Yo puedo tener planes. ¿Quién dice que no? Ya había tenido uno el año anterior, en tercero. El mejor plan criminal de la historia del colegio, je je. El mayor susto de nuestra vida escolar: el día de la bomba.

Pero no soy un mal tipo. No lo hice por lucirme, ni por fastidiar. Lo hice por mi viejito. Y por él volvería a hacer cualquier cosa, lo que fuese necesario, desde una travesura inocente hasta robar un banco.

En mis primeros recuerdos, mi viejito no es ese guiñapo en que se convertiría, ese despojo triste, derrotado y alcoholizado. En mis memorias más antiguas, él jugaba fútbol conmigo. Me llevaba al estadio a ver jugar al Sport Boys del Callao. Se reía con unos dientes grandes y blancos como los de Tom Cruise y actuaba como el jefe de familia de *Papá lo sabe todo*.

Y sobre todo, vivía con mi viejita. *Vivíamos* con ella.

Todavía conservo una película en súper 8 de los buenos tiempos. La he digitalizado. A veces, cuando no puedo dormir y ya me he hecho demasiadas pajas, la veo en la computadora. Fue filmada en la playa de La Herradura y tiene sólo tres minutos. Entre las rayas y los claroscuros de la imagen, en cámara demasiado rápida, aparece mi viejito, vaciándome en la cabeza un balde de agua de mar. Y también mi viejita, persiguiendo la sombrilla que se ha volado en un golpe de viento. Y yo, por supuesto, haciendo bolas de arena y tirándoselas a los dos en las piernas.

Yo, feliz.

Era chiquito. Creía que todo el mundo era siempre feliz.

En los buenos tiempos —esos tiempos lejanos y cortos— íbamos mucho al cine, los tres juntos. Veíamos de todo. Películas de James Bond. Mexicanas como *Su excelencia* de Cantinflas, o la serie *El Chanfle* de Chespirito, y también películas indias tristísimas con títulos tipo *Mamá, no me quites las muletas*. Mi viejita llevaba pañuelos, porque siempre lloraba en el cine.

Sólo después empezó a llorar en la vida real.

Ella bebía, eso también lo recuerdo. Ella y él, mis dos padres, juntos y separados, en la playa, con amigos, en la sala, en el día, en la noche. Creo que en esa época todo el mundo era alcohólico. La gente bebía y fumaba todo el día. Como los personajes de *Mad Men*. O Leonardo DiCaprio en *Revolutionary Road*. Pero no era malo. Sólo se reían un montón. A mi viejita se le ponían los cachetes rojos y la voz dulce y pastosa.

Algunas noches, durante sus fiestas, ella se metía a mi cuarto y me despertaba a besos:

—Mamá, ¿qué haces? —me quejaba yo.

—¡Estoy besando al hombre más guapo de la casa!

Algunas veces me arrancaba las frazadas, sólo para fastidiar. Otras se acostaba un minuto a mi lado, echando sus rizos negros por encima de la cara, y yo podía sentir su olor a alcohol mezclado con champú al huevo. Después volvía a besarme y regresaba a la sala dejándome todo baboseado.

Otras noches de visitas, me llegaban ruidos desde la sala. Boleros. Salsa. Gritos. Risotadas. Pero nunca conseguía mantenerme despierto lo suficiente como para averiguar qué ocurría en esas fiestas. Tampoco me importaba mucho, la verdad. En esa época, nada podía hacerme daño.

En ocasiones, por la mañana, encontraba a mis viejitos durmiendo en la sala, rodeados de ceniceros llenos, bajo una nube de humo de tabaco. Esos días, mi viejito se despertaba primero y me hacía el desayuno mientras yo ayudaba a limpiar. Después le preparaba el desayuno a mi viejita, y se lo servía con una flor del jardín.

Tenía flores nuestro jardín.

Hace mucho tiempo.

Una tarde, al volver del colegio, encontré a mi viejita sentada en su cama, fumando al lado de una botella de Demonio de los Andes. Había puesto muy fuerte un disco de Lucha Reyes y canturreaba la letra:

—*Porque siendo tu dueña, no me importa más nada que verte sólo mío, mi propiedad privada...*

—Mamá, ¿estás bien?

—Claro que sí, mi amor. Escucha esta canción.

Me senté en su regazo un poco bruscamente, y tarareó muy cerca de mi oído con su aliento espeso. Me gustó que lo hiciera, pero al mismo tiempo, sin saber por qué, me dieron ganas de llorar.

—¿Sabes qué? —dijo cuando acabó la canción—. Tú eres el verdadero hombre de esta casa.

—¿Sí?

—Si pasa algo, prométeme que cuidarás de tu papá.

—¿Qué va a pasar?

Ella soltó una carcajada:

—Nada, tonto. Pero ya sabes, pues. En general, tu papá es un poco distraído.

No. No lo sabía. Pero igual dije:

—Claro.

—Si se mete en líos... tienes que ocuparte, ¿ok?

—Claro que sí.

—Ése es mi chico.

Me estampó otro beso húmedo casi en la boca antes de mandarme a hacer mis tareas. Mientras yo resolvía ecuaciones de álgebra, ella siguió cantando a voz en cuello:

Pero regresa, para llenar el vacío
que dejaste al irte, regresa, regresa
aunque sea para despedirte.

Quizá mi viejita ya estaba enferma mientras cantaba eso.

Quizá incluso lo sabía. Pero no me lo dijo nunca.

Ni siquiera cuando cayó en cama recibí una razón, una explicación. Ni de ella ni de nadie. Ningún pariente me dijo: «Tenemos que hablar». No hubo una conversación en la sala, ni una visita familiar al doctor. Poco a poco, dejamos de ir al estadio. Dejamos de ir a la playa. Dejamos de ir al cine. Mi viejita ni siquiera salía de su cuarto.

Si yo quería hablarle, tenía que ir a tocarle la puerta en las horas en que no dormía, que eran pocas. Solía llevarle películas de Betamax: *La amante del teniente francés*, *El color del dinero*. Mi viejita seguía llorando al verlas. O quizá lloraba todo el tiempo, y a veces coincidía con una película.

—Mamá, ¿cuándo te vas a curar?

—Pronto. Un día de éstos estrenan la nueva de James Bond y tenemos que ir a verla.

Pero estrenaron la siguiente de James Bond, y la siguiente película india, y todas las versiones de *Superman* con Christopher Reeve, y ella no se levantó. El tumor fue colonizando su cuerpo, poniéndole bolsas moradas en los ojos, quitándole kilos, esposándola a la cama. Y luego, insatisfecho con eso, insaciable, comenzó a apoderarse del resto de la casa: el olor a medicamento se extendió por los pasillos, las jeringas se apostaron en los baños y los médicos ocuparon el comedor, como los extraterrestres cuando invaden la Tierra en *Independence Day*. Sólo que aquí no había ningún presidente de Estados Unidos que pilotase una nave espacial para salvarnos a todos.

Sólo estaba mi viejito, tratando de ocuparse de ella: las medicinas, los tratamientos, los viajes al hospital para la terapia. Todo eso lo superaba. Se angustiaba demasiado. Se ponía muy mal por ver a su esposa perder pelo y color. A veces no podía más y se entregaba a sus botellas de pisco, una tras otra, un escuadrón, una flota entera de botellas, como si fuese a matar el cáncer por inundación. Cuando yo volvía del colegio, él ya llevaba ahí horas en el sofá, sentado frente a un vaso, con los ojos semicerrados.

Esos días, yo tenía que atender a mi viejita. Darle sus pastillas, ponerle las inyecciones. Ella se dejaba hacer, y de vez en cuando me acariciaba la cabeza o me rozaba la mejilla con un beso. Ya no olía a champú al huevo, porque ya no tenía cabellera.

—¿Dónde está tu papá?

—Ha ido a hacer compras. Regresa luego. Primero vas a ver la sorpresa que te he traído: *¡Doctor Zhivago!*

Yo robaba películas del videoclub para poder enseñárselas, porque en esa época aún no había alarmas antirrobo en las puertas de las tiendas. Le ponía a mi viejita una cinta en el Betamax, limpiaba la alfombra y acomodaba su cuerpo —cada vez más pequeño— en la cama.

—La boca me sabe a metal —decía ella a veces, de repente, sin razón alguna.

—Entonces tienes que darle un beso al hombre más guapo de la casa —respondía yo. Cuando ella me besaba, no sabía a metal.

Si seguía despierta después de la película, le ponía un casete de valses criollos. Y cantábamos un poco juntos hasta que se quedaba dormida. Cuando salía de su cuarto, mi viejito aún estaba en su sofá. Abría un poco los ojos y me decía:

—No te preocupes, hijo. Saldremos de ésta.

A mis espaldas, la habitación de mi viejita parecía la cabina de la *Millennium Falcon,* llena de lucecitas de todas las máquinas que la mantenían viva. Hasta que llegó el apagón.

Fue una madrugada. Una noche densa de pesadillas. Al principio pensé que los gritos formaban parte de los sueños. Pero luego distinguí la voz de mi padre. Sus alaridos desesperados en la penumbra.

—¡Apagóoooooon!

Apreté el interruptor de la luz. Nada se encendió. Escuché la detonación de alguna bomba en algún tendido eléctrico de los cerros. El apagón iba a ser largo. Entonces comprendí qué pasaba.

—¡Apagóoooooon! —volvió a gritar, en algún lugar.

Las máquinas. Mi viejita se mantenía viva con una máquina respiradora y otra de alimentación. Las máquinas necesitan luz eléctrica.

Bajé corriendo y chocando contra las paredes y las puertas. Ni siquiera sentía los golpes, aunque me di en el meñique del pie contra la esquina de una mesa.

Al fin encontré a mi viejito, o más bien pude sentirlo arrodillado al lado de la cama. Encendí la vela de la mesa de noche. Él lloraba, entre todas esas máquinas muertas, abrazado a los pies de mi viejita. Ella ya no lloraría nunca más.

Por la mañana llegaron de la funeraria. Nadie consiguió subir el ataúd por las escaleras, y al final tuvieron que bajar el cuerpo para guardarlo. Antes de que cerraran la tapa, toqué a mi viejita por última vez en el pie, y luego en la cara. Ya estaba dura como una piedra. No supe si eso era el rigor mortis o que, ya en vida, la enfermedad había dejado su cuerpo —antes rollizo y mullido— en los puros huesos.

El velorio fue la última fiesta con invitados que se celebró en mi casa. Una fiesta oscura, llena de lamentos, llantos y pésames. A partir del día siguiente, en esa casa sólo estaríamos mi viejito, sus botellas y yo. Él, en realidad, cada vez menos. Difuminándose, desapareciendo día a día.

No sé si perdió su trabajo por quedarse en casa o si se quedaba en casa porque perdió el trabajo.

No sé si sus amigos dejaron de visitarlo por el olor a muerte o por la peste a alcohol.

Sólo sé que después del velorio ya no se movió de ese sofá. Como si también él hubiese fallecido.

Después empezó a salir. De noche. Nunca dejaba dicho adónde iba. A veces había apagón, y yo me quedaba esperándolo hasta el amanecer, temiendo que hubiese caído en una redada o que se hubiese cruzado con un atentado. Pero cuando regresaba, él ni siquiera saludaba. Seguía directamente hasta su cuarto y se encerraba ahí. Si yo hubiese sido su padre, lo habría castigado durante meses.

Por supuesto, no se ocupaba de la casa. Su idea de una cena nutritiva eran unos tallarines duros que sazonaba con sopa en polvo mezclada con leche. Ni siquiera se sentaba en la mesa. Comía en la cocina, directamente sobre la olla, y dejaba las sobras para mí.

Muchas veces traté de hablarle:

—Papá, no puedes estar así.

—¿Así? ¿Quieres decir solo? ¿Sin trabajo? ¿O triste? No puedo estar de otra manera. La vida me ha metido la rata. La vida me ha matado.

Y luego seguía autocompadeciéndose un rato, dándole pena a la tristeza, hasta que volvía a encerrarse en su cuarto o a desaparecer.

Entonces llegaron las hermanas de mi viejita. Esas arpías.

Comenzaron a hacer visitas inesperadas. De repente estaban en la puerta, cuchicheando, comentando cómo se secaba el jardín y dónde se estaba descascarando la pintura.

—¿Tu papi está?

—Eeeh... No.

—Te hemos traído un queque. ¿Quieres?

Y yo no quería, pero abría la puerta para que ellas pudieran armarse de más quejas: qué sucia está la casa, no hay nada de comer en la cocina, un padre debería estar donde está su hijo... Esas dos zorras querían separarme de mi viejito justo cuando él me necesitaba más.

Con el tiempo dejé de abrirles la puerta. Si sonaba el timbre, yo me hacía el que no estaba en casa. Y mi viejito no estaba de verdad.

Sí. Alguien tenía que ocuparse de la casa, pero ¿por qué tenía que ser él? ¿Y si lo hacía yo? ¿No me había ocupado de mi viejita cuando estaba enferma? Pues ahora él estaba enfermo, y me tocaba ayudarlo.

Se lo había prometido a ella.

Si se mete en líos, tienes que ocuparte, ¿ok?

El negocio del porno rendía lo suficiente como para comprar latas de conservas, leche en polvo y pan. Incluso para pagar las cuentas. Yo también podía sacar la basura cuando se amontonaba demasiado. No le daba dinero a mi viejito para beber, pero él lo conseguía de algún lugar. Y a fin de cuentas: la cerveza tiene cebada, el pisco lleva uva, el ron tiene azúcar. Todo eso alimenta.

También me ocupaba de sus crisis. A veces, él se pasaba días encerrado en su cuarto. O se enfermaba.

Justo durante mis exámenes finales de tercero, sufrió su peor recaída. Toda la semana vomitando, con fiebre alta y diarrea. Por un momento temí que fuese algo horrible, otro tumor. Pero no quería llamar a mis tías y no tenía plata para pagar un médico. Me pasé todo el tiempo al pie de su cama, limpiándolo cuando hacía falta y poniéndole paños húmedos para bajarle la fiebre, como recordaba que mi viejita hacía conmigo.

¿Estudiar? Ni de broma. No tenía tiempo. Tenía cosas importantes que hacer en la casa, ¿ok?

Lo que yo necesitaba era un plan.

Como cuando Tony Stark está atrapado en la guarida de los malos y diseña el traje de Iron Man.

O cuando Thor es expulsado de la tierra de los dioses por Odín y debe arreglárselas para recuperar su martillo con poderes. Siempre hay un plan.

El mío fue para el examen de Química. Odio la química: fórmulas y números y nombres como californio o bario. ¿Para qué sirve todo eso? He escuchado a chicos decir que quieren ser músicos o presidentes, pero nunca químicos. ¿Quién va a querer ser químico? ¿Alguien ha visto una película de químicos? ¿Harrison Ford haciendo de químico? Harrison Ford ha sido hasta arqueólogo en *Indiana Jones*. Pero nunca químico. Así que evitar ese examen era un servicio público. Un apoyo a la comunidad.

Y en esa época, el Perú era como una película con buenos y malos. Sobre todo malos. Eso podía ser de mucha ayuda.

Recopilé todas las noticias que encontré sobre atentados terroristas. Todas las cartas de extorsión que aparecían en la prensa pidiendo cupos de guerra. Todos los grafitis de las calles. Lo anoté todo en un cuadernito. Todas esas palabras tan fuertes: «revolución», «traidores», «vendepatrias». Las mejores palabras que había escrito en mi vida. También sé escribir, ¿ok? Puedo anotar cosas.

El día del examen, en el recreo, me colé en el despacho del padre Fausto. Fausto siempre estaba saliendo de su oficina. Organizaba campeonatos deportivos. Llevaba pelotas. Agendaba partidos. Coordinaba torneos. Y siempre dejaba la puerta abierta, porque no tenía nada que robar. Su teléfono se quedaba solo. Marcabas el 0 y tenías línea externa. Hoy parece mentira, pero hubo una época en que los teléfonos no registraban los números de origen. Alguien te llamaba y no sabías quién era, aunque estuviera en el cuarto de al lado. Ésa era mi época.

Llamé a la centralita del colegio, que estaba cien metros más allá, con mi cuadernito abierto, lleno de palabras subrayadas. Y lo dije todo sin titubear. Lo recité perfectamente, como un actor. Para que luego digan que no leo bien. Puse un pañuelo en el auricular y fingí una voz ronca, de tipo malo, y dije:

—Llamo para avisar que hemos puesto una bomba en el colegio. Está preparada para hacer explosión a las doce del mediodía. Cualquier víctima mortal será responsabilidad de la dirección escolar, y por lo tanto de la Iglesia burguesa y reaccionaria. Éste será nuestro único aviso. ¡Muerte a los revisionistas! ¡Viva la Guerra Popular! ¡Viva el Partido Comunista del Perú!

Colgué y volví a mi clase. El timbre marcaba el final de recreo.

Tan fácil como quitarle un dulce a un niño.

Más fácil incluso que ir a fumar al baño.

No tardaron ni quince minutos en venir a sacarnos a todos. De vez en cuando hacíamos simulacros de terremoto, y nunca había habido un terremoto. Pero el protocolo sirvió para este caso.

Los profesores nos hicieron formar filas enfrente de nuestras aulas, y marchamos todos, un poco caóticos pero sin detenernos, hasta el estadio del colegio. No nos dijeron qué ocurría. Sólo nos bajaron a la cancha. A todos. Más de dos mil alumnos del colegio, pequeños, medianos y grandes, juntos sobre el césped sin saber por qué. Nadie preguntó tampoco. Perdíamos clase. ¿Qué más daba la razón?

Nos quedamos ahí hasta la hora de salida, pero nadie se quejó. En mi clase, todo el mundo agradeció posponer el maldito examen de Química.

Claro que nadie me lo agradeció a MÍ. Todos creían que yo era cojudo.

Pero yo puedo hacer un plan, je je. Puedo hacer el mejor plan del mundo. Y podía hacerlo también para acabar con la señorita Pringlin, y con su idea de entregarme a mis tías y dejar solo a mi viejito. Claro que podía organizarlo.

En el caso de nuestra profesora, el plan era más complicado, y por eso más excitante. Éramos un equipo. Pero el plan fue mío.

Abrir la puerta con un destornillador y entrar. Perforar con cuchillos las ruedas del carro de la Pringlin. Rayarle la carrocería. Pintarle, donde lo viese bien: PUTA.

O algo más sugerente: CHÚPAME EL PIPILÍN.

O las dos cosas. Aunque yo sólo tenía una lata de pintura.

El siguiente paso del plan, MI plan, era golpear:

Entrar en la casa de la Pringlin y hacer algunos destrozos. Nada que hiciese demasiada bulla. Un par de lámparas en el suelo. Y los cojines de los muebles rasgados, con el relleno repartido por ahí. Una pintura nueva en la alfombra, si tenía alfombra. Que viese que podíamos llegar a su cuarto si queríamos. Que supiese que podíamos hacerle daño de verdad.

De no conseguir entrar en la casa, colocar una «rata blanca» en la puerta. Yo tenía una buena provisión de ellas. Todas las Navidades y días de Año Nuevo hacía volar algunas en los parques de Surco. Lo mejor de las fiestas eran los cohetes, y especialmente las ratas blancas. Eran lo más cercano a la dinamita que uno podía conseguir, aunque mucho más pequeñas que un verdadero cartucho. De todos modos, podían hacer mucho ruido y dejarle una mancha negra en la puerta que sería muy difícil de limpiar.

De conseguir entrar en la casa, colocar la rata blanca en el baño, donde suena más.

En cualquier caso, después de la rata blanca, correr.

La operación, MI plan, no debía tomar más de cinco minutos en total, de modo que, incluso si la Pringlin se despertaba, no tendría tiempo de reaccionar.

Cualquiera del colegio podría ser sospechoso de algo así. Después de esa mañana, todos nos apoyaban, ¿no? Y todos estaban perdiendo el miedo. Éramos como los líderes de una revolución. Como *Espartaco,* pero sin falda.

Claro que la Pringlin sabría que habíamos sido nosotros. Pero eso era mejor. Porque entonces se imaginaría qué podía llegar a pasarle si se metía con nosotros.

¿Exagerado?

Bueno, era una guerra. Y las guerras tienen víctimas.

¿Qué? ¿No han visto *Apocalypse Now?*

Beto

No había un plan. O no uno muy detallado. Eso creo.

En realidad, recuerdo esa noche muy mal.

Durante la cena en la pizzería, mientras yo huía de la señorita Pringlin con toda mi familia, mi padre estaba eufórico. Anunció con bombos y platillos que yo ya estaba grande. Así dijo. Explicó que podía tener conmigo conversaciones adultas y maduras, y aseguró que se sentía orgulloso de mí. Mi madre y mi hermana recibieron todo eso con sendas sonrisas. Mi hermana dijo que ella también quería tener conversaciones «maderas». Y entonces mi padre, que tenía esa capacidad de arruinarlo todo, informó que si yo podía hablar como un grande, también podía beberme una cerveza. Como Dios manda.

Me la bebí. Mi madre me reprobó con la mirada, pero mi padre me dio palmaditas, me felicitó, y si no me dio cigarrillos creo que fue sólo por las miraditas de ella. Así que me bebí otra.

Y un whisky al volver a casa, a escondidas en mi cuarto, del pico de una botella robada del mueble bar.

Y otros en el cerro, con ellos, hasta terminar la botella.

Cuando bajamos del cerro y nos encaminamos hacia la casa de la señorita Pringlin, yo seguía bastante mareado. Pero podría haber jurado que nuestra misión era muy sencilla: Moco tenía una lata de pintura. Y ésa era nuestra mejor arma. Llegaríamos a la puerta de la señorita Pringlin, pintaríamos algo en su garaje, quizá tocaríamos el timbre para despertarla y saldríamos corriendo.

Una venganza. Según Carlos —aunque yo no entendía bien cómo—, serviría para retrasar un poco nuestro destino inevitable. Pero ante todo una venganza, ya que todo estaba perdido de cualquier manera. La última señal de rebeldía de los moribundos. El corte de mangas de cuatro marineros mientras su barco se hunde.

Cuando volteamos la esquina de su calle, topamos de frente con las luces de un auto que venía directamente hacia nosotros. Estábamos tan paranoicos que nos arrojamos todos al suelo, como si fuese un bombardero.

—¡La policía!

—¡Cállate!

—¡Vete a callar a la concha de tu madre!

—Tu vieja lamiéndole el culo a tu padre.

—Te voy a...

—¡Sshhht!

Manu era el líder. Eso sí lo recuerdo con claridad. Cuando él nos callaba, los demás obedecíamos. Al menos yo obedecía.

El auto pasó, y no era de la policía ni nada de eso. Respiramos aliviados. Era nuestra primera misión secreta. Cuando ya estábamos frente a la puerta de la señorita Pringlin, Manu señaló las ventanas de la casa de enfrente. Había luz en ellas.

—Si pintamos la puerta, nos van a ver —susurró.

—Les quemaremos la casa a ellos también —dijo Moco.

—¡Sht! Baja la voz —dijo Carlos, que era el más asustado.

Y a mí me entró la risa. No sé por qué. Todo parecía muy divertido en ese momento.

—Caminen —ordenó Manu—. No hay que despertar sospechas.

Una vez más hicimos lo que decía, quizá porque sabía hablar como un gánster, y eso le daba emoción a nuestra aventura. La casa de la señorita Pringlin quedaba en una esquina. Su muro carecía de alambre de púas o cerco eléctrico, pero estaba cubierto por una espesa enredadera, como un peluquín despeinado. Dimos la vuelta a la esquina. De ese lado, la casa de enfrente estaba a oscuras.

—Bueno —propuse—. ¿Pintamos de este lado?

Moco se enojó:

—¿Cómo vamos a pintar de este lado? La Pringlin ni siquiera va a verlo.

—¿Y qué quieres? —protestó Carlos—. ¿Que nos agarren? Es imposible esconderse del otro lado.

—O podemos pintar del otro lado de la ciudad —se mofó Moco—. Ahí tampoco nos verán. Pero ¿saben por qué no lo hacemos? Porque hemos venido a atacar a la Pringlin. Si vamos a pintar donde no se dé cuenta, mejor nos vamos a dormir.

Manu miraba alrededor. Se veía apuesto, seguro de sí mismo. Mantenía la calma mientras todo el mundo se angustiaba a su alrededor. Y después de examinar la esquina, señaló hacia un punto de la enredadera.

—Ahí hay un hueco.

Efectivamente, ahí había un espacio entre las ramas, producido por la caída de las hojas. Un lugar muy reducido, apenas suficiente para que pasase un cuerpo muy delgado. Quizá ni eso.

—¿Quién pasa por ahí? —preguntó.

—Yo —se adelantó Moco.

—Tú eres un chancho —negó Carlos—. Sólo pasas por ahí si te cortamos en pedazos.

—¿Y tú? ¿Una modelo de *Playboy* eres?

—No jodas, Moco, que te rajo...

—Yo paso —dije, tratando de no tropezar mientras me adelantaba. El mareo estaba convirtiéndose en un cansancio espeso, pero quería ayudar.

Los demás me miraron de arriba abajo, y luego miraron hacia la enredadera. No se veían muy convencidos. Por suerte —quizá mala suerte—, Manu confirmó:

—Tú pasas.

Entre él y yo, en ese momento, corrió una energía especial. Lástima que no teníamos tiempo de pararnos a comentarla.

Debíamos actuar con agilidad y silencio. Pero por primera vez parecíamos coordinados. En cierto sentido, ya habíamos hecho algo similar antes, esa misma tarde, cuando montamos el lío en los ventanales de nuestra aula. Estábamos entrenados.

Carlos puso las manos como trampolín. Yo me encaramé con el pie y me apoyé en la espalda de Moco hasta llegar a la cima del muro. Logré pasar medio cuerpo por encima de él. Pero del otro lado, abajo, la enredadera se cerraba formando un nido de espinas. Si atravesaba el muro, no tendría punto de apoyo.

En cualquier otra circunstancia, me habría asustado y habría gritado que me devolviesen al suelo. Pero ésta no era una circunstancia normal, y por alguna razón volvió a entrarme un ataque de risa:

—¿Alguien quiere buganvilias? —dije.

—¡Pasa de una vez! —gritó en susurros Manu.

—Bueno, chicos, aquí la cosa se pone un poco más difícil...

—¡Pasa de una vez, carajo! —repitió.

Y sentí sus manos —tenían que ser sus manos— encajarse en mis glúteos y empujar hacia arriba. Pataleé, dándole a alguien en la cara, pero otras manos me retuvieron las piernas y las empujaron otra vez. En cuestión de segundos, mi cuerpo había pasado y caía por la enredadera entre rasguños y clavadas de aguijones, hasta terminar en el suelo.

—¡Mierda! —casi grité.

Del otro lado, alguien preguntó:

—¿Estás bien?

Me sangraba la cara, y me dolían la espalda y las piernas. Pero podía moverme. Miré a mi alrededor. La casa de la señorita Pringlin tenía dos pisos y techos de tejas. Era el típico inmueble viejo de una familia venida a menos. De hecho, bastante más viejo que la mayor parte del barrio. Parecía una casa de brujas, como en un cuento de los hermanos Grimm.

—Creo que he malogrado los gladiolos —dije al fin.

—¡Abre, mierda! —escuché del otro lado del muro.

Me levanté y corrí a abrirles la puerta a mis amigos. El corazón me latía a toda velocidad. Mi cuerpo entero latía a toda velocidad.

Cuando llegué a la puerta, ya no quería reír. Más bien sentía unas ganas irrefrenables de vomitar.

Carlos

Yo tenía un plan: hablar con Pamela.

Esa noche habíamos estado juntos. Yo aún olía a ella. Ella formaba parte de mí. Y debía decírselo. No podía dejarla al margen.

Esa noche, la noche de los alfileres, se había acumulado en mi vida toda la tristeza de los últimos años. Y no sólo por Pamela, porque la cosa no había terminado ahí. Después de nuestro encuentro en el McRonald's, y de la aparición sorpresiva de su madre, y del desastre, yo había regresado a mi casa arrastrando los pies, en busca de un lugar donde lamerme las heridas. Pero ahí sólo había encontrado una herida más, quizá la más sangrante.

Al llegar, hallé a mamá tumbada en su cama, rodeada por una lluvia de papel picado de fotos rotas. Los viejos álbumes de recuerdos de nuestra vida feliz estaban abiertos y despedazados a su alrededor, y ella tenía la cabeza hundida en la almohada, ahogada entre recuerdos familiares y sonrisas de postal.

—Hola, mamá.

Ella no respondió. Evidentemente, tampoco le había abierto la puerta a la señorita Pringlin. Durante un instante me pregunté si estaba dormida, o desmayada. La sombra de un suicidio pasó por mi mente, y busqué con la mirada algún frasco de píldoras abierto o algo así. Pero un suspiro de su pecho ahuyentó mis miedos. Más que un suspiro, era la respiración entrecortada de quien ha estado llorando hasta inflamarse las mucosas.

—¿Mamá?

—Déjame sola, Carlos, por favor.

—No deberías ponerte así. Las cosas se arreglarán.

Ya sé. Es la típica frase vacía que uno dice cuando no sabe qué decir. Pero era la única que podía ofrecerle, aunque yo mismo no me la creyese.

—¿Quieres un consejo, hijo? —dijo después de un rato en silencio.

—Yo... Bueno, sí.

—Nunca abandones a alguien que te quiere. Cuando te plantees abandonar a alguien, recuerda a tu madre en este momento, y piensa bien en lo que le haces.

Se había dado vuelta y me miraba. El maquillaje de su rostro, arrasado por las lágrimas, le daba un aire de farsa, como un payaso triste.

—Los hombres son unos cobardes por lo general. No seas tú también como ellos. Es lo único que te pido.

Es lo único que te pido. Mi madre era muy dada a estas sentencias melodramáticas. Hoy en día, ni siquiera la tomaría en serio. La sacaría a pasear. Trataría de hacerla reír. Pero por entonces yo tenía quince años, la vida me parecía un infierno —como a casi toda la gente de quince años— y también me sentía propenso a las sentencias melodramáticas. En ese preciso instante de mi vida, las únicas palabras que venían a mi mente eran todas bastante trágicas.

—Mamá, no deberías...

—Ahora déjame sola.

—Mamá...

—¡Por favor!

—Sí, mamá.

—Y recuerda...

No dijo más, pero yo sabía lo que debía recordar. Y funcionó. Aún lo recuerdo:

Nunca abandones a alguien que te quiere.

Mamá estaba tan cansada de llorar que no tardó en quedarse dormida. Yo le quité los zapatos, la arropé y le apagué la luz. Después de dudarlo unos minutos, opté por encenderle la lámpara del velador. También le di un beso en la frente, como a una niña. Esa noche, los roles se habían invertido.

Pero después de cerrar la puerta corrí a mi cuarto, me tiré en la cama y pensé. Pensé que al final, en la vida real, nadie consigue quererse y que las cosas nunca salen como en las películas. Pensé que, básicamente, todo el mundo era una mierda, y que yo no tenía ganas de formar parte de él.

A menos que yo fuese diferente al resto del mundo.

A menos que yo sí fuese capaz de ir donde Pamela, en ese mismo instante, y decirle que no la abandonaría.

Aunque me largasen al fin del mundo, volvería con ella. A lo mejor era una estupidez. Pero yo era un poco estúpido. Mientras rememoro toda esta larga historia, confirmo que lo era.

Cuando vinieron a buscarme, no pensé mucho en qué estábamos haciendo exactamente, ni qué podía ocurrir después. Si la Pringlin se llevaba un susto y no iba a trabajar al día siguiente, mejor aún. Pero lo principal era decirle a Pamela que yo siempre estaría con ella, y que nunca la dejaría sola, entre álbumes abiertos y fotos rotas, lamentándose de sí misma y sin saber dónde estaba su hijo.

Así que me sumé a la partida.

El garaje de la señorita Pringlin estaba al aire libre: era una extensión del patio y el jardín que rodeaban la casa. Moco y Manu se ensañaron con el carro, una vieja camioneta Lada de color blanco. Pero a mí el gamberrismo barato no me servía de nada. No tenía nada que ver con mi espíritu heroico, romántico y descerebrado de esa noche.

Con entusiasmo juvenil, Moco pintaba penes en las ventanas y Manu se dedicaba a rayar la carrocería con sus llaves, los dos muy entretenidos. Uno de los dos —no recuerdo cuál— escribió PUTA sobre la puerta del conductor.

Sin duda, lo más seguro era quedarnos ahí y salir del lugar cuanto antes. Pero yo no buscaba una misión segura. Yo buscaba una misión de amor.

—Tenemos que entrar —dije en susurros.

—¿Para qué? —respondió Manu.

—Deberíamos romper algunas cosas ahí adentro.

—Y yo quiero vomitar —añadió Beto, que se estaba poniendo amarillo en un rincón.

—Vomita aquí, tarado —dijo Moco—. ¡Somos vándalos!

—No puedo vomitar aquí. Necesito un wáter.

—Entrar es muy arriesgado —sentenció Manu, que ahora pintaba tetas y culos en la carrocería con la lata de Moco.

Sin dejar de murmurar, pero claramente enfadado, protesté:

—¿Arriesgado? Estamos destrozando el coche. ¿Qué puede ser más arriesgado?

—En eso tiene razón —me apoyó Moco, siempre listo para meterse en cualquier lío.

—Me siento maaaal —languideció Beto.

—¡Mierda! —se quejó Manu. Creo que no pudo resistir que todos fuésemos de repente más intrépidos que él—. Esto me pasa por traerlos a ustedes. Está bien, está bien. Entramos.

Tratamos de abrir la puerta, que era de metal y vidrio, pero por supuesto tenía llave. Dimos la vuelta a la casa, pero no encontramos ninguna otra entrada. Se nos ocurrió retirar los cristales del ventanuco del baño y entrar por ahí, pero era imposible sacarlos hacia afuera, y empujarlos hacia el interior habría sido demasiado ruidoso. Mientras investigábamos, Beto amenazaba con devolver su cena de pizza sobre nosotros en cualquier momento:

—Wáteeer...

—Esto es una cojudez —dijo Manu—. Vámonos de acá.

—Por lo menos déjame pintarle un poco las paredes —pidió Moco.

—No, ya basta. Nos vamos.

—Me iré cuando me dé la gana. Dame la pintura.

—¡Moco, no seas huevón! Nos pones en riesgo a todos.

—¡He dicho que me des la pintura, carajo!

Moco trató de quitarle la lata, pero Manu se resistió. Forcejearon. Moco jaló con fuerza, y al arrebatársela le dio un codazo de espaldas a uno de los cristales de la puerta. Era una ventanita cuadrada muy pequeña, de apenas veinte centímetros de lado. Pero aun así, en el silencio de la noche, sonó como un choque de trenes.

Contuvimos la respiración durante un lapso que pareció durar siglos.

Incluso el estómago de Beto se congeló.

Pero finalmente no pasó nada.

—Vámonos —dijo Manu.

Yo mismo empecé a pensar que era una buena idea. Que las cosas ya habían ido demasiado lejos. Y quizá Beto, si hubiese podido hablar, habría opinado lo mismo. Pero supongo que todos estábamos bastante excitados, y en lo más profundo de nuestra confusión deseábamos seguir adelante. Y sobre todo, Moco estaba fuera de control:

—¡Esperen! —dijo.

Cuidando de no cortarse con los trozos de cristal, metió la mano por el agujero que acababa de hacer. Le costó un poco, pero después de algunos esfuerzos alcanzó la perilla y la movió.

La puerta se abrió silenciosamente, sin rechinar, invitándonos discretamente a entrar. Pero aún tardamos en decidirnos. Yo miré a Moco, que miró a Manu, que me miró a mí. Y de repente, desde el suelo, nos llegó la voz de Beto:

—Wáter...

Ingresó casi sin pensar, seguido por todos nosotros. La sala era amplia. A un lado terminaba en la cocina y en otra puerta. La abrimos pensando que era el baño, pero en el interior sólo había oscuridad. Nos dimos vuelta y emprendimos el camino que más miedo nos daba: hacia las escaleras.

Los escalones rechinaban bajo nuestros pasos como si fueran a hundirse. Me costaba discernir si el golpeteo que oía era la sangre latiendo en mis sienes o los torpes pasos de Beto, golpeándose contra las paredes. Arriba, alrededor de un pasillo, había tres puertas, sin duda las habitaciones y el baño. Avanzamos hacia ellas.

—¿Y ahora qué hacemos?

—Tendremos que abrirlas. Es peor que Beto vomite aquí.

—Wáter...

—¿Quién abre primero?

Di un paso adelante y agarré el pomo de una puerta. Sentí que el tiempo se congelaba a mis espaldas, en los corazones de mis amigos. Con el máximo sigilo posible, abrí la puerta lentamente.

Y ahí estaba ella.

Pamela dormía destapada, con las sábanas hechas un ovillo a sus pies. Tenía la pared llena de pósters de Bon Jovi. Llevaba unas medias gruesas con unas figuritas que no alcancé a distinguir, y un camisón como de franela con un estampado de Hello Kitty. Ahí recostada, con la cabeza suavemente vuelta hacia un lado, ella era el espectáculo más hermoso que yo había visto. Y entré a buscarla.

—¡Carlos! —oí a Beto detrás de mí—. ¡Carlos!

—¿Qué mierda haces? —oí a Manu.

—¿Estás loco? —oí a Moco.

Sí. Lo estaba.

O quizá ido. De repente, el áspero mundo que me rodeaba se transformaba en un suave paisaje de algodones estampados de Hello Kitty. La lluvia ácida de todo aquel día se convertía en una cascada de pétalos de flores. Y la travesía en el desierto de mi vida era ahora un camino de rosas que terminaba en la cama de Pamela.

Al llegar a su lado, me arrodillé. Acaricié con los nudillos el pelo que le caía sobre la cara. Admiré el contorno de su rostro. El tiempo se detuvo. El príncipe que despertó a Blancanieves se debía haber sentido como yo en ese momento.

—Pamela —susurré en su oído. Y posé un beso en su pequeño y delicado lóbulo.

Lentamente, abrió los ojos. En cuanto me enfocó, los abrió más rápido. Y los abrió mucho.

—¡Carlos! ¿Qué haces aquí?

Allá afuera, en el mundo real, algo rodó por las escaleras con estrépito. Pamela miró hacia allá:

—¿Qué está pasando?

—Nada. Puedes estar tranquila.

—¿Qué?

—Te quiero, Pamela.

Abajo se oyó un portazo. Y un murmullo de voces. Al principio, todavía podía echarle la culpa al viento o algo así. Pero luego sonaron claramente como voces. Pamela se sentó en la cama. Se apartó de mí, hasta pegar la espalda contra la pared.

—¿Quién está ahí afuera?

—Nadie. Debe ser tu madre viendo televisión.

—¿Cómo has entrado?

—Volando. En una alfombra mágica.

—Carlos, si mi mamá te encuentra aquí, llamará a la policía.

—Por eso quería venir. Para que sepas que no me importa nada. Sólo quiero estar contigo.

Su mirada se suavizó. Se echó el pelo hacia atrás y me acarició la cabeza. Yo aún estaba arrodillado al pie de su cama, y parecía un perro fiel ante su dueña. Es lo que era, en realidad.

—Eres increíble, Carlos. Tú también me gustas mucho. Pero tienes que irte.

—¿Tú me quieres?

Ella sonrió de una manera que traslucía sus sentimientos. Se sentía halagada de verme ahí y estaba enamorada, o al menos eso era lo que yo alcanzaba a ver en la penumbra de su habitación, en la que tampoco se veía gran cosa. Iba a responder cuando un golpe sonó allá abajo, como si alguien tirase el auricular del teléfono.

—¿Qué está pasando? —se asustó ella de repente.

—Dejé la puerta abierta. Creo que el viento la ha cerrado de golpe.

—Vamos a ver.

—¡No!

—Puede haber entrado un ladrón detrás de ti. O contigo.

—Si tu mamá me ve aquí, me mata.

—Eso ya lo sabías cuando viniste, ¿no?

Se había enfriado. Sospechaba algo, seguramente algo horrible. Todo el barullo de esos tarados ahí abajo estaba arruinando mi escena de amor. Pensé que debería haber ido solo.

—Sí —respondí.

—Pues vamos abajo a ver.

Traté de encontrar una excusa, una manera de evitarlo. Pero en mis labios sólo tembló una respuesta.

—Claro, Pamela. Vamos abajo.

Manu

Carajo, éramos asaltantes nocturnos, huevón. Escaladores. Delincuentes. ¿Qué necesidad había de vomitar en un wáter? ¿Qué más íbamos a necesitar? ¿Toallitas refrescantes?

Siempre lo digo y siempre lo diré: esos tres eran una cuerda de huevonazos. Más cojudos que robarle a un pobre. Más cortos que fumar un cigarrillo entre tres.

Yo tampoco estaba en mi mejor momento, lo admito. Habíamos bebido más whisky del que estábamos acostumbrados. Pero al menos sabía lo que quería. Esos tres idiotas ni siquiera habían escuchado el plan.

El plan era pintar la puerta. O en su defecto, el carro. A lo mejor, tirar piedras por la ventana. Simple y rápido. Pero nadie escucha a los que mandan. No existe el principio de autoridad. Por eso este país está como está.

Y luego, Carlos va y desaparece. Se mete en ese cuarto y no responde cuando le hablamos. ¿Qué se supone que significaba eso? En un ejército, lo habrían fusilado por deserción. Yo mismo lo habría hecho, ahí mismo, de no ser porque era demasiado escandaloso. Además, Beto se estaba poniendo realmente verde. Y una vomitona ahí mismo habría sido tan ruidosa como un fusilamiento.

—¿Qué hacemos ahora? —preguntó Moco.

—Cierra la puerta. Con cuidado. Al menos, que Carlos no haga bulla.

—¿Buscamos el baño?

—La próxima puerta que abramos podría ser la de la Pringlin.

—¿Entonces qué hacemos?

—¡Nos largamos de aquí, imbécil! Bajamos las escaleras y corremos.

—Wáteeer... —nos llegó el lamento habitual.

El estómago de Beto tendría que esperar. Lo cargamos entre los dos y bajamos las escaleras. Entre los nervios y la carga, nos enredamos y rodamos escaleras abajo. Caímos los tres sobre una alfombra que no amortiguó lo suficiente nuestra catástrofe.

—¡Puta madre, no hacen nada bien! —me desesperé.

—¿Y tú qué? ¿El jefe te crees? —respondió Moco.

—¿Quieres ser el jefe tú, tarado?

—¿Y a ti quién te ha nombrado, chuchatumadre?

Mientras peleábamos, susurrando nuestros gritos, Beto se levantó como un zombi despertando de la tumba. A un lado, tras un pliegue de la pared y un perchero que no habíamos visto antes, estaba la puerta del baño. Entró a trompicones, rebotando entre las toallas y el lavadero. Entramos tras él en silencio y cerramos la puerta. Por fin encontró lo que llevaba veinte minutos reclamando. Como si rezase, se arrodilló frente al wáter, levantó la tapa y agachó la cabeza.

—¡Apúrate, carajo! —le decía yo mientras él devolvía lo que parecían champiñones y jamón—. ¡Tenemos que irnos!

—¿Crees que haría demasiado ruido si rompo este espejo? —preguntó Moco, concentrado en su misión—. Al final no hemos roto nada en el interior de la casa.

—Ustedes son un montón de inútiles.

—¡Lo siento! —dijo Beto, haciendo un paréntesis en su actividad estomacal—. La próxima vez lo haré mejor.

—No habrá próxima vez, estúpido.

Y entonces sonó la voz. Me acuerdo clarito, como si todavía estuviese ahí. Como si se hubiera abierto la tierra y saliese del infierno. Pero no era una voz diabólica o furiosa. Era peor, porque era fría. Una voz sin emociones, sin sentimientos, acostumbrada al mal:

—De eso puede estar seguro, señor Battaglia.

La señorita Pringlin había abierto la puerta con una mano huesuda y cortante, envuelta en una bata que parecía una mortaja, armada con dos ojos como dos lanzallamas. No me sorprendió. Como si no llevásemos largo rato haciendo suficiente ruido para despertarla a ella y a todo el barrio, como si no llevásemos todo el día, todo el año, suicidándonos a cabezazos contra su autoridad. No me extrañó ni me asustó. Pero sí me jodió profundamente. Lo único que pude decir fue:

—Mierda.

Moco

—Mierda.

Fue lo único que alcancé a decir.

Pero no tenía miedo, ¿ah? Sólo estaba molesto. Todo había salido mal. Tan diferente al cine y la tele. En la pantalla, los planes siempre salen bien. Como los de Aníbal en *Los magníficos*.

—¿Qué están haciendo aquí? —dijo ella. Tenía la voz firme, pero un cinéfilo como yo reconoce las emociones por los ojos.

Esa mujer tenía miedo.

He visto miles de películas de terror tipo *Masacre en Texas* o *Martes 13*. Siempre hay una chica que pierde la virginidad y luego muere asesinada. Y la mirada que pone cuando el cuchillo se acerca a su barriga es la misma que tenía la señorita Pringlin esa noche.

Beto se había dado vuelta. Seguía arrodillado junto al wáter. Tenía los ojos hundidos, la cara verde, la mirada ceniza. Dijo:

—Usé su baño. Espero que no le importe.

Creo que ella recién se dio cuenta de que Beto estaba ahí. Él y todo el contenido de su estómago, ambos desparramados a medias entre el inodoro y el suelo.

—Quédense aquí —ordenó—. Voy a llamar a la policía.

Pensé en mi viejito. Si ni siquiera salía de la casa, tampoco me visitaría en un reformatorio. A lo mejor ni siquiera se llegaría a enterar de mi arresto. Se marchitaría en su cuarto, alimentándose sólo de alcohol, hasta convertirse en polvo cósmico.

¿Quién iba a cuidar de él?

¿Quién iba a darle latas de atún y leche en polvo para comer?

¿Quién iba a vender porno para pagar las facturas?

—Por favor, señorita Pringlin —dije, tan lento como pude, para que viese que no tenía mala onda—. Tenemos que hablar.

Ella soltó un bufido, como los caballos cuando se enfadan en *El príncipe de las mareas* (esa película para viejas).

—No lo creo —respondió ella.

Se acercó al teléfono y marcó un numero en el disco. La redondela tardó horas en volver a su lugar, con su sonido de cadenas arrastrándose. Yo miré a Beto, que ahora lloriqueaba, mezclando sus mocos con el vómito. Él no iba a hacer nada, claro. Estaba hundido. Le di un codazo a Manu, que estaba paralizado, como una estatua de cera. Luego él diría, como siempre, que él hizo todo. Pero en ese momento ni siquiera se movía.

Yo me acordé de mi viejita.

Si se mete en líos, tienes que ocuparte, ¿ok?

Y me acordé de mis tías, que siempre reclamaban que la casa era de mi viejita. Si yo no estaba en ella —si por ejemplo estaba preso—, serían capaces de botar a mi viejito. ¡Y él no podía acabar viviendo bajo un puente!

Me acordé de la pistola de Manu.

No sabía de qué marca o qué modelo era. Ni siquiera sabía si se dice «marca» y «modelo» cuando se habla de armas, como si fueran carros. Pero sí sabía una cosa: ésa era la pistola con que Indiana Jones les dispara a los nazis en *En busca del arca perdida*.

Era la pistola de los buenos.

La señorita Pringlin marcó otro número. El disco del teléfono recorrió esta vez un camino más corto. ¿La policía tenía un número normal? ¿O era uno de esos números cortos de tres cifras? Si era así, ya no quedaba tiempo.

—Señorita Pringlin, por favor... —rogué. De verdad que le estaba suplicando. No me lancé a hacer lo que hice sin buscar otra salida antes.

—Cállese, Risueño. Usted ya dijo todo lo que había que decir.

A mis espaldas, Beto gimió. A mi lado casi se podía escuchar el corazón de Manu bombeando. Si no lo hacía yo, no iba a hacerlo nadie.

Rápidamente, extendí la mano hacia la espalda de Manu y extraje la pistola. La apunté hacia la señorita Pringlin, con la crestita del cañón entre mi ojo y su frente. Puse el dedo en el gatillo. Ver películas también sirve para todo eso.

—Cuelga el teléfono, vieja de mierda. Ahora vamos a mandar aquí nosotros.

Beto

Eso dijo Moco. O Manu. No recuerdo quién, pero alguien estaba apuntando a la Pringlin y le dijo:
—Ahora vamos a mandar aquí nosotros.
Y yo volví a vomitar.

Carlos

—Espera, Pamela.

—¿Qué pasa?

—¿Vas a bajar así?

—¿Así cómo?

—Te puedes resfriar. Estamos en julio. Abrígate un poco.

—¿Abrigarme?

—Déjame ver tu ropa... Esta chompa estaría bien. Y unos zapatos.

—¿Para qué zapatos?

—Si ha entrado un ladrón, tendrás que correr, ¿no? No quiero ser malagüero pero... ponte unos. Ésos no. Zapatillas mejor.

—¿Así está bien?

—Así está perfecto. Estás preciosa. Eres preciosa.

—Vamos.

—Pero ya no suena nada, ¿no? ¿Para qué vamos?

—¿No oyes? Vidrios. Algo se ha roto ahí abajo.

—No oigo nada.

—¡Entonces bajaré yo!

—Sshhht... Vas a despertar a tu mamá. ¿Acaso quieres que me encuentre aquí?

—¿Qué?

—Quieres que me encuentre, ¿verdad? Y que me expulse del colegio. ¿Por qué? ¿Ya no te intereso?

—Carlos, ¿de qué chucha estás hablando?

—Ahora me insultas. Sólo eso faltaba. Soportar tus insultos. Quiero que sepas que yo...

—Carlos, voy a bajar ahora mismo. Si quieres, quédate aquí renegando. Yo me voy.

—Pero ¿vas a bajar así?

Manu

Tuve que sacar la Browning, huevón.

No quería, pero tuve que hacerlo. La bruja se puso peligrosa con todo eso del teléfono y la policía. ¿Cómo iba a llamar a la policía? ¿Acaso éramos unos criminales? ¡Ni que hubiéramos entrado a robar! ¡O a violarla!

Aj, violarla. Qué repugnante, huevón.

Ni siquiera lo pensé. Lo de sacar la pistola. Simplemente me salió. Como cuando frenas el auto para no atropellar a un perro, o cuando levantas la mano para que no te caiga un golpe. Pero cómo cambió todo. En cuanto el arma asomó, y el cañón se dirigió hacia el pecho de la señorita Pringlin, la atmósfera se transformó a nuestro alrededor. El aire se volvió más pesado.

—Cuelga el teléfono, vieja de mierda. Ahora vamos a mandar aquí nosotros.

—Pero ¿qué está haciendo, Battaglia? —trató de sonar como si tuviese todo bajo control, pero podíamos oler su miedo, como los perros, aunque estuviese mezclado con el nuestro—. No complique más su situación.

Moco y Beto se veían aún más asustados que ella. Era necesario mostrar que yo estaba al mando.

—¿Qué hay al lado de la cocina? —le pregunté a ella—. ¿En ese cuarto oscuro?

—Un sótano —respondió—. Está a medio reformar.

Sus ojos giraron brevemente, calculando cuánto le tomaría llegar a la puerta. O a la escalera. Recordé que también arriba había alguien. Era hora de tomar precauciones.

—Camine para allá —dije—. Y nada de sorpresitas o tendré que volarle la cabeza. Créame: no me temblará la mano. No me tiente.

Mi voz había adquirido un poder que nunca había tenido, ni volvería a tener. Es increíble lo que una Browning puede hacer por un hombre, cuñado.

Lentamente, atravesamos la sala en dirección a la puerta oscura. Le dije a Moco que se adelantase y abriese la puerta. Al caminar, tropezó con la alfombra y tumbó un jarrón de la mesa.

—¿No puedes hacer nada bien, idiota?

—¡Es culpa de ella! ¿Quién pone un jarrón en medio del camino?

—Ya cállate. Anda y enciende la luz del sótano ese.

—Vieja de mierda —le dijo a la Pringlin.

—¿Estás sordo? —insistí yo, y sacudí la pistola en el aire, como recordándole que la llevaba en la mano.

En obediente silencio, Moco se adelantó hacia la puerta que había al lado de la cocina. Encendió la luz. Del otro lado de la puerta descendía una escalera sin baranda. Mediante señas, le pedí a Moco que abriese la procesión. La Pringlin lo siguió. Yo iba detrás, con el arma apuntando a su nuca. Beto cubría la retaguardia, aunque no paraba de decir:

—Creo que esto es un error. No deberíamos hacer esto.

El supuesto sótano era una habitación de treinta metros cuadrados en ruinas. Ladrillos pelados cubrían las paredes. En las escaleras se acumulaban costales de cemento. La única iluminación provenía de un foco desnudo que colgaba en el centro del techo.

—¿Qué mierda hay aquí? —le pregunté a la profesora sin dejar de apuntarle.

—Estamos construyendo un cuarto de huéspedes —respondió—. Para cuando venga mi familia de Pacasmayo.

—¿Alguien quiere venir a verla a usted?

—Battaglia, usted no tiene idea de lo que hace. Deje esta ridiculez antes de que...

—Cállese —le dije.

Me estaba acostumbrando a sonar serio.

Colocamos a la señorita Pringlin contra la pared. Nosotros tres nos quedamos de pie frente a ella. Yo estaba en el medio, y ahora le apuntaba con las dos manos, los brazos estirados frente a mí, rematados por el metal brillante. Aún creo que ése fue un gran momento. He vivido muchos años desde entonces, pero la vida no suele ser tan emocionante. Esa mujer despeinada y en bata, con la mirada desencajada por el pánico, representaba el gran triunfo que todos habíamos esperado. Sin hablar, disfrutamos el instante. Hasta que Beto, por supuesto, lo arruinó todo con sólo cuatro palabras:

—¿Y ahora qué hacemos?

Moco

—La matamos.

Me salió del alma. Lo juro. Las palabras brotaron de mi corazón, o quizá de mi hígado, o de cualquier órgano que produzca líquidos viscosos y repugnantes.

Como las babas del dragón en *Lucha de titanes*. O las del gusano monstruoso que sale en *REC 4*.

La vieja se lo merecía, por tratar de apartarme de mi viejito. Pero también era una decisión práctica: ¿podíamos soltarla a esas alturas, y fingir que no había pasado nada? ¿Podíamos tratar de negociar? No. Nuestra única alternativa era desaparecer todas las evidencias de lo que había ocurrido esa noche, y la principal era ella.

—Un tiro. En la nuca. Y enterramos su cuerpo en el jardín —detallé.

Manu sopesó mis palabras sin dejar de mirar a nuestra rehén, que estaba más blanca que nunca, como si ya la hubiéramos matado. Finalmente, él preguntó:

—¿Cómo lo hacemos?

—Tenemos un arma, ¿no? —le dije a Manu—. La usamos.

Aún tenía la pistola en la mano.

Me *quemaba* en la mano.

—Huevón —respondió Manu—. ¿Qué quieres? ¿Que nos escuche todo el barrio?

—Es verdad. ¿No tienes un silenciador? ¿Podemos comprar uno en el supermercado?

Caímos en la cuenta de que Beto nos estaba mirando, casi tan pálido como la señorita Pringlin. Con la voz temblando —pero eso había ocurrido durante toda la última hora— dijo:

—¿Se dan cuenta de lo que están diciendo, bestias?

—¿Qué quieres que hagamos? —contraataqué—. Si la dejamos ir, acabaremos todos violados en las duchas de la cárcel.

—¡Y si la matamos también, tarado!

—Podemos hacer que parezca un accidente —sugirió Manu.

—¿Sí? ¿Le cayó una bala por casualidad mientras se duchaba? —Beto estaba francamente poco colaborador.

—Podemos asfixiarla con una almohada —propuse yo.

—O romperle la cabeza y tirarla por las escaleras —siguió Manu.

La señorita Pringlin seguía nuestra conversación con la mirada, como si asistiese a un partido de tenis de mesa entre tres. Súbitamente, para sorpresa de todos nosotros, comenzó a reír. No a carcajadas, sino con una risa baja, rebosante de mala leche, que remató con unos aplausos sarcásticos.

—Esto es una pantomima —dijo.

Todos recuperamos la alerta. Cualquier movimiento suyo era potencialmente peligroso.

—¿Una qué? —pregunté.

—Me quieren asustar con toda esta actuación para que les levante los castigos —dijo ella—. Buen intento, pero están cavando su propia tumba. Y mientras más tratan de salir, más se hunden en ella.

Tal vez, en ese momento, la señorita Pringlin habría podido salvarse. Si tan sólo se hubiese mostrado más amable o conciliadora —o si hubiese evitado la palabra «tumba»—, la historia podría haber sido otra. A lo mejor, en ese punto, un poco de humildad de su parte nos habría llevado a reflexionar, a considerar que era una persona después de todo. A contentarnos con haberle dado un buen susto. Tal vez.

Pero nos obligó a seguir adelante. Ahora que estamos declarando, y preparando esta versión oficial de la historia, quiero dejar registro. Debe quedar claro que todo lo que ocurrió fue culpa suya. Por hija de puta.

—¿Quieres que te demostremos de qué somos capaces, perra? ¿Quieres verlo? —le dije. Estaba furioso, pero el volumen de mi voz, como el de toda la conversación, era bajo y cuidadoso. Aunque estábamos bajo tierra y con la puerta cerrada, seguíamos hablando en susurros.

—Escuchen —cortó la discusión Beto—, no tenemos que decidir eso ahora mismo. Vamos a hacer una cosa: le cerramos la boca a la Pringlin y la amarramos a una silla. Y, más tranquilos, pensamos qué hacer. ¿Les parece bien?

Manu y yo nos miramos.

Pringlin inmovilizada en una silla, con la boca tapada y sin poder escapar.

Por mi mente pasaron todo tipo de escenas de películas snuff, filmes documentales con mujeres atadas y amordazadas, golpeadas hasta la muerte con fines de puro entretenimiento.

En líneas generales, sonaba prometedor.

Beto

Ganar tiempo.

Aún hoy, cuando tengo una discusión con alguna pareja, ellos me acusan de ser demasiado calculador. Dicen que trato de aplacarlos y darles por su lado mientras pienso qué hacer en realidad. Es mi temperamento. Trato de evitar los enfrentamientos. No peleo. Ni siquiera tengo una discusión final. A veces he llegado a romper una relación por WhatsApp, sólo para no soportar los reproches. Como el amante de Barrett en *The Snow Queen* de Michael Cunningham. Y luego no contesto las llamadas ni los mails. Hasta que la otra persona se va borrando de mi vida.

Soy así. Y está mal. En la vida normal, no es honesto esquivar las decisiones. No es decente posponer las confrontaciones hasta que se disuelvan.

Pero cuando estás encerrado en un sótano con dos psicópatas, es lo mejor que puedes hacer.

La cuestión era esperar a Carlos.

Carlos era el único del grupo que pensaba con la cabeza y no con el pene o con una pistola. Él podía ejercer el contrapeso conmigo antes de que los otros dos hicieran una salvajada.

—Sólo necesitamos una cuerda —dije, tratando de sonar natural, como si estuviera preparando un picnic—, ¿ok? Una cuerda y un trapo de cocina. Voy a traerlos. Pero mientras vuelvo, no tomen ninguna decisión, ¿ok?

—Ah —dijo Manu, lo que más o menos significaba «sí».

—Bue... —dijo el otro, o sea que también.

Una nueva inquietud cobró forma en mi cabeza: no era una buena idea dejar a Manu y a Moco solos con la Pringlin.

El alcohol se había evaporado de mi cuerpo. De repente pensaba a gran velocidad y con una claridad nueva. Incluso podía aparentar autoridad, como cuando ordené:

—Moco, acompáñame.

—Moco no va a ninguna parte —se negó Manu, sin dejar de clavar los ojos en la profesora.

—Tengo que buscar las cosas —argumenté—. ¿Voy a revolver la casa yo solo?

—Pringlin —dijo Manu—. ¿Dónde hay cuerda y trapo?

—¿Ahora pretende que lo ayude, Battaglia? Jovencito, no cuente conmigo.

—Habla de una vez.

—¿Y qué va a hacer? ¿Matarme?

Manu titubeó un instante. Fue apenas perceptible, pero yo lo vi. Trataba de proyectar hombría y liderazgo, pero por dentro temblaba como un pollo mojado. Eso sí, conseguía reponerse rápido. Miró a Moco y le hizo un gesto con la cabeza para que se acercase a la señorita Pringlin.

Moco obedeció lentamente, arrastrándose como un gusano hasta la pared. También estaba tratando de doblegar su propio miedo, y para mí notarlo fue un alivio. Sospeché que, si esperábamos lo suficiente, esos dos reconsiderarían la situación y se echarían atrás.

—Responde, Pringlin —dijo Moco, tratando de sonar como un interrogador de las películas.

Mirándolo todo desde ahora, comprendo que la adolescencia es ese periodo de la vida en que tu única experiencia, tu única referencia, proviene de las películas. Especialmente si eres Moco.

—No me haga reír, Risueño —respondió ella—. Si quiere darle órdenes a alguien, empiece por su propio padre, que necesita disciplina.

Vieja terca.

Para salvar a la Pringlin, mi mayor obstáculo iba a ser la misma Pringlin y su orgullo.

La mención de su padre produjo una mutación en el rostro de Moco. Se puso tan rojo que era imposible distinguirlo a él de sus propios granos. Vaciló unos instantes.

Primero levantó el dedo, como si fuese a darle un sermón.

Luego cerró los dedos en un puño, que contuvo en el aire.

Finalmente, levantó el pie y le soltó un pisotón con su zapato ortopédico sobre la pantufla de lana, un golpe tan fuerte que me dolió hasta a mí.

Como si hubiese metido la mano en un hormiguero, Moco saltó hacia atrás, temeroso de la reacción de la profesora. Ella se mantuvo inalterable. El dolor cruzó su rostro. La rabia tiñó sus mejillas. Pero no dejó escapar ni un grito. Estaba decidida a no dar ninguna señal de debilidad. Aunque, ahora que lo pienso, quizá simplemente quería mantener a su hija al margen de todo eso.

—¿Vas a decirnos dónde hay cuerda y trapos, Pringlin? —preguntó Manu, ya con la situación bajo control—. El próximo golpe no será en el pie.

—Quiero que detengan de una vez esta estupidez —insistió ella—. Eso es lo único que voy a decirles.

A mis amigos se les encendieron los ojos de rabia. Las cuerdas y los trapos eran lo de menos. Les molestaba que ella siguiese mandando, que llevase las riendas del juego incluso encerrada bajo tierra, vestida para dormir y con un arma apuntándole a la cabeza, que los humillase.

Miré a todas partes en busca de una solución. Entre los sacos de cemento y las herramientas vi un rollo de cinta de embalar. Eso bastaría para callarla, y por tanto para salvarla. Lo recogí.

—¡Manu! —dije, y le tiré el rollo. Manu lo recibió con interés, quise creer que con alivio.

—Moco, tápale la boca —ordenó—. Y tú, Beto, trae una silla. Vamos a necesitarla.

Subí las escaleras y abandoné el sótano de puntillas, redoblando las precauciones. Caminé sobre las alfombras, donde el sonido de mis pasos quedaba amortiguado. Intenté levantar las sillas, para que no se arrastrasen contra el suelo. Las de la sala eran de madera, grandes y pesadas. Podían hacer ruido, y resultaban difíciles de mover. Decidí buscar alguna en la cocina, donde posiblemente las habría más pequeñas y de plástico.

Empezó a gustarme mi misión logística. Pensé que era capaz de calcular detalles que los otros no habrían tomado en cuenta. Moco probablemente habría pateado un sillón escaleras abajo. En cambio yo podía planear la utilidad de cualquier movimiento y considerar sus ventajas y desventajas. Tenía capacidad analítica. Y eso me daba un valor en ese equipo con exceso de testosterona. Por una vez, mis talentos podían servir para algo más que para encerrarme en la biblioteca durante el recreo.

Al menos hasta que todos entrasen en razón y esta tontería terminase.

Efectivamente, en la cocina había sillas de plástico, más manejables. Las vi desde la sala, a través de la puerta abierta.

Pero cuando estaba a punto de cruzar el umbral, orgulloso de mi inteligencia, se encendió la luz. Alguien entró en la sala y me descubrió.

—¿Quién carajo eres tú? —preguntó.

Y yo sentí que acababa de arruinar toda la misión.

Carlos

—¿Quién carajo eres tú? —gruñó Pamela.

Yo bajaba las escaleras detrás de ella, tartamudeando. Traté de decir algo antes que Beto, aunque no sabía qué.

—Pa... Pamela... No te precipites... Él...

—Me llamo Beto —dijo Beto, paralizado al lado de la puerta de la cocina.

Al fin, me iluminé y conseguí articular:

—Me ha ayudado a entrar. Es... un amigo.

A nuestro lado, en la sala, los trozos de un jarrón roto pedían a gritos una explicación. Pamela desvió la vista hacia ellos, y luego la devolvió hacia Beto:

—Lo siento —dijo él—. No fui yo. Es que tu mamá bajó y...

Se interrumpió. Ya estaba pálido desde el principio, pero ahora parecía una pared: blanco y plano.

—¿Mi mamá bajó? —se asustó Pamela. Traté de abrazarla, pero se zafó de mi mano—. ¿Y te encontró aquí?

Beto la miró. Me miró a mí. Miró el jarrón, el suelo, la puerta. Finalmente, bajó la cabeza y susurró:

—No...

—¿Qué hizo entonces?

—Yo me escondí en el baño. Ella se tropezó con el jarrón. Dijo: «Mierda». Y luego volvió a subir.

Mi amigo recitó todo eso con el pulso de una máquina de escribir. Por esos tiempos aún se usaban máquinas de escribir. De las que suenan como una calavera riendo. Pero Beto no reía.

—¿Qué está pasando aquí? —preguntó Pamela.

Algo sonó. En algún lugar. Un golpe o una caída. Beto miró a un lado. Luego al otro. Parecía querer decir algo, pero se le atoraron las palabras en la garganta, como la soga de un ahorcado. Iba a tener que hablar yo:

—Pamela, ¿tú... confías en mí?

Ella clavó sus ojos en los míos. Por un momento pensé que temía por sí misma. Como si yo fuese a hacerle daño. Como si yo pudiese hacerle daño a alguien.

—Aquí pasa algo muy raro —dijo—. Y tú no me lo estás diciendo.

Una puerta se cerró en algún lugar. ¿Arriba?

Me convencí de que no era culpa nuestra.

Era sólo una puerta, cerrándose por voluntad propia.

—¿Tú quieres estar conmigo, Pamela? ¿A pesar de todo? ¿A cualquier precio?

Ahora los dos teníamos la piel de gallina. Ella me tomó de las manos. Abrió la boca para hablar, pero volvió a cerrarla de inmediato. Quizá sospechó que las palabras, fuesen cuales fueran las circunstancias, sólo nos iban a causar problemas.

Se dio vuelta hacia mí e hizo lo que yo menos esperaba: me besó.

No fue un beso con lengua, pero fue intenso, en la boca. Un beso que dice: «No importa lo que pase conmigo. Me preocupas tú».

—Por favor, váyanse de una vez —añadió.

—Sube —le dije—. Y distrae a tu mamá si vuelve a salir de su cuarto.

Ella asintió con la cabeza. Antes de que se encaramase a la escalera, volví a besarla. Esta vez sí metí un poco de lengua en su boca. El corazón me latía como una batidora.

Nos mantuvimos tomados de las manos hasta que ya estaba a media escalera, y entonces la dejé ir. En cuanto desapareció en el piso de arriba, Beto y yo dejamos escapar el aire de nuestros pulmones. Pero era demasiado pronto para creernos a salvo. Nuestros problemas recién comenzaban.

Le pregunté a Beto con la cabeza dónde estaban los demás. Él señaló hacia la puerta al lado de la cocina. Ni se me ocurría qué podía haber ahí.

Antes me acerqué a la puerta de salida. La abrí y la volví a cerrar. Sin portazos, pero con claridad, para hacer notar que habíamos salido. Luego, de puntillas, nos dirigimos al sótano. Beto hizo una escala en la cocina para recoger una silla. Yo hice otra, al lado del teléfono, para recoger el lapicero y el cuaderno de notas.

Acababa de tener una idea, no tanto para salvar nuestra operación como para salvar a Pamela.

Mientras descendía por las escaleras, no recuerdo haber pensado qué esperaba ver ahí abajo. Quizá ya no esperaba nada. La noche me había deparado tantas sorpresas que mi mente funcionaba en automático, por estímulo-respuesta. Me habría dado igual encontrar un cadáver o al monstruo del pantano. En cualquiera de los casos, habría problemas.

Y quizá habría sido mejor toparme con el monstruo del pantano que lo que había ahí abajo.

Arrodillada de cara a la pared, la señorita Pringlin semejaba castigada por su mal comportamiento en clase. Pero en vez de parecer dos profesores, Moco y Manu se veían como perros guardianes. El primero estaba claramente excitado, nervioso, y reaccionaba con la cabeza a cada sonido del exterior. El segundo tenía los brazos en jarras y la pistola metida en el cinturón, por delante. Apenas movía los ojos siguiendo nuestros movimientos.

—¿Dónde chucha estabas? —preguntó Manu.

—¿Dónde está mi hija? —alzó la voz una contundente Pringlin.

—Cállate, vieja —amenazó Manu.

—¿Quieres que le pegue, Manu? —preguntó Moco.

Manu lo consideró, pero negó con la cabeza.

Ayudé a Beto a bajar la silla sin chocar contra los escalones ni los costales. Luego, él y Moco sentaron en ella a nuestra rehén, la amordazaron con la cinta de embalar y comenzaron a atarle los pies.

—Pamela está bien —dije, un poco para mis compañeros, un poco para su madre, y otro, muy especial, para mí.

—¿«Pamela»? —se sorprendió Manu—. ¿La conoces?

—Creo que es la chica que se iba a tirar —dijo Beto entre unas risitas que ahí, en medio de un secuestro tipificado en el Código Penal, sonaron aún más estúpidas de lo normal. De hecho, la Pringlin dio una violenta sacudida que obligó a Manu a llevarse la mano a la culata.

—¿Tienes una amiguita aquí arriba, imbécil? —preguntó—. ¿No podías chifarte a cualquiera que no fuese la hija de la vieja?

—Es largo de explicar... —quise decir.

—Deberíamos bajarla aquí también —propuso Moco—. Al amanecer, a más tardar, acabará dándose cuenta de esto y jodiéndolo todo.

La profesora protestó, o al menos hizo ruidos con su boca inmóvil. Moco acababa de amarrarle cada pie a una pata de la silla, mientras Beto le sostenía las manos. Pero si no se revolvía y nos largaba a todos de una patada, era sobre todo por Manu y su juguete del cinturón.

—Dos rehenes es demasiado arriesgado —dijo Beto—. Ni siquiera sabemos qué hacer con una.

—Yo sí sé qué hacer —dije—. Ya tengo un plan.

Y por primera vez en esa noche, todos me miraron con interés. Supongo que en ese momento aún no había un jefe claro. Cualquiera que ofreciese una buena idea era líder durante cinco minutos.

Manu

—«Pamela: estoy furiosa contigo. Lo que has hecho no tiene nombre. Es una mierda.»

Carlos dejó de dictar. Frunció el ceño. Movió la cabeza. Estaba inseguro, el huevón. Para una vez que tenía una idea, el cojudo no sabía ponerla en práctica. Se corrigió:

—No ponga «mierda». ¿Qué diría usted? ¿Cuáles serían sus palabras?

Con la cinta adhesiva en la boca, la señorita Pringlin soltó unos gorgoteos. Parecían protestas. La vieja tenía en la mano el lapicero, pero todavía no comenzaba a copiar el dictado.

—¿Le arranco la cinta? —preguntó Moco—. De paso le depilo el bigote gratis.

—No le arranques nada —dije yo, con los dedos apretando la Browning—. Y que se apure a escribir. Quiero esas manos amarradas cuanto antes.

Carlos miró al horizonte, que en ese sótano enano se situaba a medio metro de su propia nariz. Respiró hondo, como si atrapase las palabras en los pulmones. Y volvió a su dictado:

—«Pamela: estoy furiosa contigo. Lo que has hecho no tiene nombre. Ese chico no te conviene y te has burlado de mí. Los he visto juntos esta noche, en mi propia casa, en mis propias narices. Si te crees tan grande como para tomar tus decisiones sola, será mejor que vivas sola. Yo me aparto de tu camino y me voy por una temporada.»

Esta vez, la Pringlin copió todo obedientemente.

Moco se excitó. Tenía una idea:

—Pon: «La casa se ha vuelto demasiado pequeña para las dos».

—¿De dónde has sacado esa frase? —pregunté.

—Película del Oeste.

—Ah.

—¡Hey! —advirtió Beto—. La vieja está escribiendo con faltas de ortografía. ¡Quiere que se note que no quiere hacerlo!

Al toque, Moco comenzó a resoplar y a balancearse como un simio. Pero como necesitábamos calma y precisión, yo hice algo mejor: saqué el arma de mi cinturón y se la pegué en la sien a nuestra rehén. Jalé el martillo, que produjo un chasquido en el metal. Un estornudo habría disparado el arma.

Puta, huevón, qué momento.

—Vieja —le dije bajito, cerca de la oreja, cerca del gatillo—, estás viva de milagro. Pero a la primera payasada que se te ocurra, dejarás de estarlo. Y no sólo te juegas tu cabeza. También te juegas la de tu hija. Estoy dispuesto a todo. Estoy muy loco. ¿Comprendes? Muy muy loco.

Una gota se deslizó por su mejilla. Quizá sudor. Quizá una lágrima. Dejó escapar un suave lamento por las comisuras de la cinta adhesiva. Asintió. Arrancó la hoja de la libreta. Volvió a escribir el texto en la siguiente.

—Qué gracioso, Pringlin —dijo Moco—. Ahora nosotros te decimos lo que tienes que escribir. Je je.

A nadie más le pareció divertida esa huevada. Ella terminó de escribir en medio de un silencio fúnebre, y a una señal mía Moco procedió a atarle las manos. Beto y Carlos examinaron la nota, para cerciorarse de que no tuviese nada raro. Ellos eran los que sabían de escribir y esas cosas.

—¿Y ahora qué? —pregunté.

Tenía claro que cualquier plan de Carlos sería una mierda. Nada personal. Simplemente, él no tenía una mente criminal. Su idea sonaba bien para un curso de taquigrafía, no para una acción violenta.

Como para certificar mis temores, Beto meneó la cabeza:

—No se lo va a creer.

—Lo creerá —insistió Carlos.

—He sabido de padres que echan de casa a sus hijos, pero nunca de padres que se vayan ellos de casa.

—Siempre hay una primera vez. Además, yo ayudaré. Tenemos que sacar a Pamela de aquí. Si no, pondrá en riesgo todo. Sólo si se va podremos... podremos...

Todos nos miramos unos a otros, buscando en nuestros rostros la continuación de esa frase. Como no la encontramos, el mismo Carlos la cambió por una pregunta:

—¿Qué chucha vamos a hacer?

—¿Por qué no jugamos un poco con tu amiguita? Je je —se rio Moco, pero otra vez a nadie le hizo gracia.

—Tengo que pensar —dije—. De momento, hay que deshacerse de la chica.

Al escuchar la palabra «deshacerse», la Pringlin se revolvió en su asiento.

Hacía falta cuidar tantos detalles que a veces se me olvidaba que seguía ahí.

Me volví hacia ella y señalé de nuevo mi arma, que ahora llevaba metida por la parte de delante del cinturón. Eso bastó para calmarla. O al menos para callarla. Y yo empecé a dar vueltas por el sótano, a un lado y a otro, tratando de verme seguro, resuelto. Las posibilidades me pasaban por la cabeza como balas en un tiroteo, todas demasiado rápidas, demasiado peligrosas.

Y entonces, para agravar las cosas, surgió otro detalle imprevisto, otra cosa que había que resolver.

—El carro —dijo Beto.

Moco

—¿El qué?

Nos habíamos olvidado de eso. A cada rato aparecían cosas nuevas en que pensar. Demasiadas cosas. Incluso para cuatro cabezas.

—El carro —repitió Beto—. Le hemos rayado la carrocería. Y le hemos pintado pingas en las ventanas.

—Sí, pingas, je je —celebré.

Era divertido pintar pingas.

—Mierda —dijo Carlos.

—Mierda —confirmó Manu.

—No podemos dejar la nota en la mesa y el carro en el garaje —advirtió Beto—. Será muy raro.

—¿Por qué? —dije—. Quizá la Pringlin se desahogó con el carro antes de largarse. O tal vez vinieron unos vándalos, pintaron el carro, y luego la Pringlin se fugó con uno de ellos. O probablemente...

Comprendí que nadie me estaba escuchando, excepto quizá la propia Pringlin, atrincherada detrás de su mordaza. Y cerré la boca. Era como darles perlas a los cerdos. Si mis amigos no tenían la imaginación suficiente para valorar mis planes, allá ellos. Podían joderse solos.

El más tenso era Manu. Ir armado y dando órdenes le permitía disimularlo, pero él mismo se había erigido como el líder de todo esto, y ahora tenía que justificar su papel. Con sus dientes apretados, sus pasos vacilantes a lo largo de las paredes, su gesto de preocupación, estaba más angustiado que un actor porno sin Viagra. Titubeó:

—Quizá podemos empujar el carro hasta otra esquina...

—Pero entonces lo verá Pamela —dijo Beto—. A menos que lo empujemos kilómetros. Y entonces nos verán todos los vecinos.

Manu tenía mucha tensión acumulada. Y toda esa tensión explotó contra Beto:

—¿Por qué eres tan negativo, carajo? Ayuda en vez de quejarte todo el tiempo, cojudo. No haces más que estorbar. ¡Eres un maricón de mierda! ¡Una niña! ¡No tienes huevos!

Me pregunté si Manu lo decía con intención. «Maricón» y «niña» podían significar muchas cosas, como «conchatumadre» o «huevón». Podían incluso ser palabras amables, dependiendo del tono. Pero éstas no habían sonado especialmente amables.

Beto no respondió. Se desenchufó. Se desinfló.

Como si hubiese recibido un latigazo en la cara.

Como si se le hubiese caído la cara.

Retrocedió unos pasos y desapareció de nuestros pensamientos. De todos modos, teníamos demasiadas cosas en la cabeza. En pocas horas amanecería. Aún no sabíamos dónde estaríamos para entonces. Y nuestro principal problema seguía ahí, haciendo ruidos y mirándonos con odio desde la pared.

Supongo que por la mente de todos pasó la misma idea.

Pero sólo Carlos, que era el aguafiestas del grupo, se atrevió a pronunciarla:

—¿Y si abandonamos todo?

Sus palabras rebotaron en los rincones, tragándose el tictac de los relojes y nuestros dudosos orgullos. Nadie le respondió. Y él interpretó eso como un apoyo:

—¿Y si simplemente nos vamos a casa? —continuó—. Dejaremos ir a la señorita Pringlin y olvidaremos lo que ha ocurrido esta noche. Ella también lo olvidará, ¿verdad, señorita Pringlin? Todo volverá a ser como antes.

La señorita Pringlin abrió mucho los ojos, pero si queríamos una respuesta por su parte tendríamos que quitarle la mordaza. Y ninguno de nosotros se atrevía a hacerlo en ese momento. Intercambiábamos miradas tratando de saber qué pensaban los demás, para no decir nada que luego tuviésemos que tragarnos. Además, en ese preciso instante sólo hacía falta que hablase uno de nosotros.

Y Manu lo sabía:

—¿Como antes? —sonrió sarcástico—. ¿Antes de qué? ¿Antes de que Pringlin nos jodiese la vida? ¿Has olvidado por qué estamos acá? No hemos venido porque hayamos querido. ¡Ella nos ha traído! Y si la dejamos ir, yo no volveré a ver a mi viejo, tú te quedarás virgen para siempre... ¡Y todos acabaremos presos! Ella nos denunciará en cuanto pueda, como ha hecho siempre. Ya no hay antes, huevón. Las alternativas son terminar en el reformatorio o no. Y mi elección es no.

—Estoy seguro de que podemos negociar —insistió Carlos—. Pringlin ya sabe lo que somos capaces de hacer. No se arriesgará a...

—¡No se tiene que arriesgar! Llamará a la policía y punto. No correrá ningún riesgo con mandarnos a todos a la mierda.

—¿Entonces qué vamos a hacer?

Un nuevo silencio cayó sobre nosotros como una lápida. Manu y Carlos esperaban más opiniones. Beto mantenía la mirada en el suelo. Se veía humillado, sin ganas de participar. Hablé yo:

—Podemos guardar el carro en mi casa —propuse—. Le diré a mi viejito cualquier cosa. Es posible que ni siquiera se dé cuenta.

Yo no quería soltar a la Pringlin. Era por mi familia. Mi única familia. Era por una buena causa.

—Claro —se burló Carlos—. ¿Por qué no le pides a tu «viejito» un helicóptero para cargar el carro hasta allá? Hay que cruzar la avenida Benavides. Y Circunvalación.

Ni siquiera podríamos empujarlo. Chicos, no nos volvamos locos. Beto tiene razón. Ésta es nuestra última oportunidad de salvar el pellejo. Por lo menos, podemos intentar arreglarnos con la Pringlin.

Desde su asiento, la profesora soltó un bufido.

Pensé que si Carlos quería abandonar, Beto lo secundaría. Si la Pringlin hacía una propuesta amable, todo se iría a la mierda. Y Manu tenía razón: la Pringlin no dudaría en mandarnos al infierno en cuanto estuviese libre. Todo parecía hundido y jodido. Frente a mí se extendía un horizonte de tías amargadas, reformatorios y un padre abandonado a sí mismo.

Pero entonces alguien dijo lo que nadie esperaba, las únicas palabras que podían salvarlo todo. Cuando ya íbamos a rendirnos. Cuando no había salida. Cuando estábamos perdidos y condenados al fracaso.

Fue Beto. Por sorpresa. Se adelantó de su rincón, volvió a la vida de repente y dijo:

—Yo puedo llevar el carro.

Beto

Me había llamado «maricón». «Niña.» «Sin huevos.»
¿Cómo se atrevía a decirme eso?

Yo había sido el impulsor de nuestro acto escolar, el de «Pringlin chúpame el pipilín» y todo eso. Había sido idea mía defender a Manu. Y él ni siquiera se había enterado.

Haría falta algo más. Algo que lo obligase a respetarme.

Y resultó que había algo. Algo que yo podía hacer.

Un padre como el mío tenía muchos inconvenientes, pero una gran ventaja: me había enseñado a conducir. Para él, eso formaba parte del pack «cosas que un hombre debe hacer»: beber cerveza, contar chistes de machos y sentarse tras el volante. Al principio me había llevado por las vías desiertas de los cerros. Más adelante, por La Capullana y otras urbanizaciones con poco tráfico. Y finalmente, incluso por la Benavides. Un par de veces nos había detenido algún policía, y mi padre había aprovechado la ocasión para enseñarme otra gran lección masculina: cómo sobornar a un guardia.

Y ahora, gracias a sus sabias lecciones, yo iba a salvar la misión.

Yo iba a salvar *a Manu*.

Claro que todo esto era una locura, y lo más probable era que saliese mal. Horriblemente mal.

Pero ésta era mi oportunidad de ser importante. De marcar la diferencia entre el éxito y el fracaso.

De que Manu me quisiera.

Me había rebelado contra la Pringlin en el despacho del director, y sólo había conseguido empeorarlo todo con la película de los marines. Me había sumado a la expedición, y casi la había arruinado con mi borrachera. Me había dejado descubrir por Pamela. No era más que un peso muerto.

Les debía a todos un aporte. Una contribución. Especialmente a Manu. Tenía que demostrarle que yo también era un hombre, porque él nunca admiraría a un «maricón de mierda». Tenía que hacer algo que él no pudiese ignorar.

Y funcionó.

—Yo puedo llevar el carro —dije.

Y todos voltearon hacia mí.

Como si el mundo a mi alrededor desapareciese por un instante, como si todo el planeta se borrase fuera de él y de mí, Manu sólo tenía ojos para verme. Y me vio. Por primera vez me vio a mí, no a un medio hombre, sino a mí mismo y por entero. Se me acercó. Me puso la mano en el hombro.

—¿De verdad sabes hacerlo? —preguntó.

Asentí con la cabeza. Le sonreí.

Él me sonrió de vuelta, con una mirada que aún llevo tatuada en la piel.

Carlos

No. Beto, no.

Él era el civilizado. El razonable. El sensato. El testigo perfecto para un juicio, comedido y lleno de sentido común. Era el hombre con quien yo contaba para detener la animalada que estábamos haciendo. Al menos hasta ese momento.

Traté de hacerle recapacitar:

—Beto, ¿qué haces? Tú eres de los que piensan.

—Y pienso que la Pringlin se merece pudrirse en el infierno.

Algo había cambiado en su mirada. Siempre había sido huidiza y tímida. Ahora estaba exaltada. Tenía el semblante de un fanático, como los terroristas que la policía capturaba y sacaba por televisión con la mirada endurecida y vacía. Pero yo creía que aún había margen para hacerle entrar en razón:

—¿Y nosotros con ella? ¿Nosotros también merecemos pudrirnos en el infierno?

—Sí, si hace falta.

—¿Soy el único al que todo esto le suena delirante? ¿Soy el único que cree que la vamos a cagar bien cagada?

La señorita Pringlin dejó escapar algo así como un suspiro. Pero ella se había convertido en un objeto más del mobiliario, un detalle del decorado.

Busqué complicidad en la mirada de los demás. Pero en esos ojos sólo había venganza y rabia. Era como buscar comprensión en un perro que suelta espuma por la boca.

—De verdad quieren seguir adelante, ¿no?

Beto y Moco flanqueaban al líder, con el aspecto de guardaespaldas de un mafioso. De pie entre ellos, Manu tenía la mano apoyada en su pistola y la pistola metida en el cinturón, por la parte de delante. Si se le llegaba a escapar un tiro, lo castraría. Pero hasta que eso ocurriese, era una especie de extensión de su virilidad, una prótesis metálica y llena de pólvora.

Con la cara de un alguacil a punto de ejecutar a un reo, Manu me puso entre la espada y la pared:

—¿Qué dices, Carlos? ¿Estás con nosotros?

—Estamos cometiendo un error.

—No te hemos preguntado eso.

«Hemos.» Por la boca de Manu ya hablaban todos. Y si no estabas en su «nosotros», estabas muerto.

Sopesé las opciones. Es algo que hago con frecuencia hoy en día, como abogado: «Si usamos esta estrategia, pasará esto y esto. Si usamos esta otra, ocurrirá lo otro y lo de más allá». Si yo me negaba a ayudarlos..., ¿qué podía ocurrir?

Podían odiarme. Eso era feo aunque soportable. Pero las probabilidades de salir de ahí sin consecuencias eran mínimas.

Podían dejarme ir a cambio de mi silencio. Pero en ese caso, si todo se descubría, yo sería cómplice de todos modos.

Podía ir a denunciarlos a la policía, pero en venganza ellos me arrastrarían en su caída.

Podían dejarme ahí, encerrado junto a la Pringlin, atado a su destino.

Definitivamente, la única manera de cancelar toda esta tontería era seguir con ellos. Aún era posible que Beto entrase en razón, y entonces seríamos dos contra dos. Y quizá, si yo era el «policía bueno», la señorita Pringlin aceptaría pactar conmigo.

Todo altamente improbable también.

Pero era la única improbabilidad a la que podía aferrarme.

—Claro que estoy con ustedes —escupí al fin—,
pero dejaremos abierta la opción de pararlo todo.

—Todas las opciones están abiertas —sonrió Manu.

El desprecio había abandonado su gesto, barrido
por una expresión triunfal.

Manu

Puta, huevón, éramos un ejército.

Parecíamos la infantería que sacó a patadas a los monos del cuartel de Falso Paquisha.

O mejor todavía: la del demonio de los Andes Andrés Avelino Cáceres, que peleó contra los chilenos (perdimos, pero Cáceres era un maestro).

Ojalá mi viejo nos hubiera visto. Se habría sentido orgulloso.

Ahí mismo, los cuatro hicimos un juramento. Nos escupimos todos en las manos y las juntamos. Carlos tardó un poco más que el resto, pero al fin sumó la suya. Yo pronuncié más o menos las frases que recordaba de las ceremonias militares:

—¿Juráis por Dios y por la patria defender nuestra honra, combatir al enemigo aun a riesgo de vuestra vida y llevar a cabo nuestra misión con pundonor?

No sé qué chucha significa «pundonor», pero esa palabra siempre salía cuando se entregaban medallas.

—¡Juramos! —dijeron todos.

La Pringlin balbuceó algunas cosas, pero ya nadie le hacía caso. Ella era el enemigo, pues carajo.

—¡Cállate, vieja! Los prisioneros no opinan.

Con la moral de la tropa alta, la disciplina rodó sola. Moco fue a buscar el bolso de la profesora, con las llaves del carro y algo de dinero que usaríamos para emergencias. Beto trajo algo de ropa y una maleta de su habitación, para fingir que ella se había ido de casa por su propio pie. Carlos se ocupó de dejar la nota de despedida en un lugar visible. Aún teníamos que actuar en máximo silencio, pero mis hombres parecían entrenados en la mismísima Escuela de las Américas.

Al salir al garaje, la vieja Lada me pareció un tanque soviético. Sus neumánticos me recordaban las orugas metálicas de una máquina de combate. Las tetas, los culos y los insultos que habíamos dejado en la carrocería se veían como pintura de camuflaje urbano. Y hubo algo de marcial en nuestra pequeña ceremonia, cuando Moco y Beto subieron al vehículo y los otros dos los despedimos y deseamos suerte.

—Vayan con cuidado, y no se detengan. Si algún vigilante les pita, sigan nomás. Los guachimanes no tienen carros. No podrán perseguirlos.

—¡Sí, señor!

Mi viejo habría querido verme. Ya se lo contaría algún día. Y él me condecoraría.

La puerta del garaje se abrió lentamente doblándose hacia arriba. Tuve que reprimirme para no hacer el saludo militar, con la mano en el pecho o en la visera, mientras Beto arrancaba el motor. Carlos miraba a todos lados con cautela, especialmente hacia el interior de la casa. Moco iba en el asiento del copiloto, y se podía advertir su emoción ante todo lo que ocurría.

Y entonces, justo entonces, porque los problemas sólo aparecen cuando más joden, se fue la luz.

El alumbrado público se oscureció.

Los focos en las casas de los alrededores se apagaron.

En un instante, la noche cayó sobre todos nosotros como una gigantesca frazada de lana negra. En algunas casas de los alrededores, oímos el encendido de los motores de los grupos electrógenos.

Pero lo único que alcanzábamos a ver eran nuestras narices frías, apuntando hacia la nada y la negrura.

Moco

Apagones.

Los primeros que recuerdo son los de Navidad. Los terroristas siempre volaban torres eléctricas y fastidiaban la Nochebuena. Como los gremlins o el señor Scrooge.

Cuando mi viejita vivía, en Nochebuena se organizaban en casa «veladas». Las llamaban así porque había que iluminarlas con velas, y llevar pilas para poner música. Las veladas comenzaban a medianoche, cuando los invitados salían de cenar en familia. Y me gustaban. Mis viejitos me dejaban acostarme tarde y yo, por lo general, me dormía en algún sillón mientras la fiesta continuaba a mi alrededor. Me despertaba al amanecer, mientras se servía el caldo de gallina del desayuno y todavía quedaban un par de borrachos cantando villancicos en el jardín.

Cuando mi viejita empezó a enfermar, dijo que la Navidad era para pasarla en familia. Para su última Nochebuena no montó una velada sino que invitó a sus hermanas, esas brujas. Mis tías jamás habían ido a visitarnos. Mi viejito decía que ellas no lo querían, y lo culpaban de todas las cosas que no les gustaban de nuestra familia. Pero mi viejita insistió en verlas.

Quizá ya sabía que iba a morirse, no lo sé.

Quizá planeaba que mis parientes se uniesen un poco para ocuparse de mí cuando ella no estuviese.

El caso es que, la noche del 24 de diciembre, esas dos se presentaron en la casa con una corbata para mi viejito y una calculadora para mí. Unos regalos de mierda.

Fue la Nochebuena más aburrida de mi vida. Mis viejitos trataban de encontrar un tema de conversación con sus visitas. Pero eran unas sosas. Unas beatas solteronas. Y ni siquiera chupaban cerveza. Recuerdo la cena como un largo silencio, interrumpido por el ruido de los tenedores al chocar con los platos. Durante los postres, para no dormirse, mi viejito tuvo que apoyar la cabeza en las manos. Mis tías le explicaron que no debía poner los codos en la mesa.

A las doce de la noche, como siempre puntual, se fue la luz. Esta vez no escuchamos las bombas volando las torres eléctricas, pero tampoco nos extrañó. A veces las torres de un extremo de la ciudad fundían la corriente en el otro. El caso es que la oscuridad cayó sobre nuestra cena y ya nadie dijo nada más. A nuestra familia se le habían fundido los plomos.

No sólo había apagones en Navidad. También en Año Nuevo y en algunas otras fechas importantes, o a veces en fechas que no tenían ninguna importancia. Los terroristas volaban las torres sólo para demostrar que podían hacerlo.

También hubo apagón cuando murió mi viejita. Un apagón *mató* a mi viejita.

Recordé sus últimos meses, los que pasó enchufada a la corriente eléctrica, como una refrigeradora —o como Frankenstein—, entre tubos para la respiración, tubos para la alimentación, cables para medir constantes vitales. La pobre tenía corriente alterna en vez de sangre.

Pensé en su última noche. Por mi cabeza pasó toda la escena: yo durmiendo en mi cama y mi viejito en su sillón, junto a sus botellas vacías como ositos de peluche. Pensé en cosas que no había visto personalmente, pero que habían ocurrido ahí, a pocos metros de mí: mi viejito despertando de madrugada para ver cómo estaba la enferma. Encontrando apagadas todas las luces de los aparatos médicos. Tratando —primero con calma, luego con desesperación— de encender la luz de la lámpara. Llegando a tientas hasta la cama de mi viejita, sólo para encontrar su cuerpo vacío, como una cáscara hueca.

Gritando hasta despertarme.

Gritando él, digo, porque ella ya nunca iba a gritar, ni a reír, ni a decirme lo guapo que yo era mientras me asfixiaba con sus rizos.

La siguiente Navidad también se fue la luz, pero en nuestra casa daba igual: ya no quedaba nada que apagar. No hubo fiesta ni tías. Mi viejito y yo comimos puré de manzana de lata, y luego él bebió y recordó a mi viejita, y todo era tan triste que el apagón fue un alivio, porque la Navidad de todos modos estaba destrozada, pero al menos yo tuve una excusa para irme a dormir.

Apagones. Siempre llegan en los momentos difíciles.

—¡Mierda! —se lamentó Manu ahora, en nuestro triste presente, en la noche de los alfileres, cuando las luces se fundieron en negro mientras tratábamos de salir del garaje de la señorita Pringlin. Primero lo gritó, pero luego recordó que debía hablar bajo, y lo dijo en susurros—: ¡Mierda! ¡Mierda!

Creo que dijo mierda como veinte veces, hasta que lo interrumpió Carlos:

—Es demasiado. Será mejor que acabemos con esto. Los chicos podrían tener un accidente en el carro. O la policía podría pararlos.

—¡Mierda! ¡Mierda! ¡Mierda!

—Lo hemos intentado —continuó Carlos—. Hemos hecho todo lo posible. Pero a veces las cosas no salen, pues. Normal.

Manu daba vueltas en círculos en su sitio. A cada paso, la pistola temblaba en su cinturón. Nosotros seguíamos dentro del carro. La luz de la cabina era la única que iluminaba el garaje.

—¿Puedes manejar a oscuras? —le pregunté a Beto.

—Puedo poner las luces, pero no sé el camino. Lo conozco caminando, pero no en carro. No tengo idea de dónde doblar o en qué sentido va el tráfico.

—¡Mierda! ¡Mierda! —seguía Manu ahí afuera.

—Si el carro sale ahora —explicó Carlos—, además de descubrir todo lo que hemos hecho, nos acusarán de robo de vehículo.

—¡Mierda! ¡Mierda!

—Piénsalo, Manu —lo calmaba Carlos—. Hemos llegado hasta donde hemos podido.

—¡Mierda! —seguía el otro—. ¡País de mierda!

Mientras esos dos discutían, yo pensé en todas las Navidades a oscuras. En todas las cenas a la luz de las velas. En todas las noches en que mi viejito andaba por ahí, quién sabe dónde, mientras yo lo esperaba en las tinieblas de la casa. En todas las películas no vistas por falta de corriente. En todas las madres muertas porque sus máquinas de vivir dejaron de funcionar. En todas las fiestas interrumpidas, los coches chocados, las refrigeradoras estropeadas, los caminos perdidos, los vigilantes nerviosos, los focos fundidos, los planes frustrados, las citas canceladas, los presupuestos sin cumplir, las familias en silencio, los bebés con pesadillas, los guardias civiles muertos, las fábricas paradas, los tiroteos nocturnos, los cadáveres en las cunetas. En todas las cosas que no se podían hacer porque te caía encima todo este país y te las jodía. Ya estaba cansado de que todo fuese así. Ya estaba cansado de que todo fuese imposible.

—Arranca, Beto —dije.

—¿No me has oído? He dicho que no sé llegar.

—Yo sí sé. Es mi casa, ¿no? Yo te diré dónde doblar.

—¿Y si nos agarra un guardia? ¿Y si chocamos?

—Arranca, Beto.

—¿Estás seguro?

—Nunca he estado tan seguro de algo en mi vida.

Al lado de la Lada, en el garaje, Manu y Carlos seguían discutiendo.

O más bien, Carlos seguía argumentando y Manu seguía diciendo «mierda».

Me acomodé en el asiento. Beto giró la llave. Los faros del carro marcaron dos haces de luz frente a nosotros, como dos pequeñas linternas encendidas dentro de las fauces del lobo.

Nuestros compañeros, sorprendidos, guardaron silencio.

Nosotros nos pusimos en marcha, hacia la oscuridad.

4. El sótano

Beto

—Jóvenes, debo comunicarles con pesar que la señorita Pringlin ha sufrido un... percance. Un problema de salud.

Entre los gruesos lentes redondos y el cuello de clérigo del director se extendió una sombra roja, un rubor, como el de un actor que no se sabe bien sus líneas. Titubeó, trastabilló, tragó saliva. Deseó que la tierra se abriese a sus pies.

Las últimas doce horas pasaron ante mis ojos confusas, sin un orden lógico, como una novela de Proust o de Joyce. La travesía en carro junto a Moco a través de la boca del lobo. El rostro de la Pringlin contraído de furia. El miedo escondido de Manu, disfrazado de autoridad. Los esfuerzos de Carlos por detenerlo todo, por salvarnos de nosotros mismos. En sólo una noche habían ocurrido tantas cosas que resultaba difícil rememorarlas todas, o siquiera atribuirles un sentido.

—¿Vendrá más tarde la profesora? —preguntó un compañero.

—La señorita no vendrá al colegio... hoy —informó el director.

Ante el anuncio, la clase entera estalló en una oleada de alegría. Los estudiantes gritaron, arrojaron sus cuadernos hacia el cielo, se abrazaron, patearon el suelo con sus zapatos ortopédicos, sonrieron con sus fierros dentales y sus granos rojos y brillantes de acné.

—¡No toleraré ninguna muestra de júbilo, jóvenes! —trató de alzar la voz el director—. ¡Ningún comportamiento irreverente, jóvenes!

Él podía ser el director, pero no emanaba la autoridad natural de la Pringlin, su sed de sangre ni su olfato para el delito. El pobre era un oso de peluche reemplazando a un dragón. Aunque el oso ostente un cargo importante, no tiene la menor oportunidad.

Nosotros, en nuestro rincón de las filas de atrás, intercambiamos miradas de orgullo. Éramos unos héroes. Unos héroes anónimos. Los soldados desconocidos de la educación secundaria.

—¿Cuánto tiempo tardará la señorita en volver? —preguntó Moco, sólo por fastidiar, mientras se rascaba una oreja.

—Eeeh... Bueno... —el director trató de hilvanar una respuesta convincente, al menos una frase como las del horóscopo, que siempre resultan ciertas—. Su enfermedad es... de pronóstico reservado.

—¿Tiene cáncer? —preguntó Ryan Barrameda, sonando quizá demasiado contento.

—¿Pulmonía? —dijo otro.

—¿Diarrea?

El festejo se deshizo en un coro de rumores, especulaciones y chismes. Cada alumno tenía una teoría más terrible que el anterior. El director decidió cortar por lo sano:

—No vamos a estar discutiendo los temas personales de la profesora Pringlin. Vamos a retomar el curso donde ella lo había dejado.

—¿Qué pasará con el examen mensual? —pregunté. Y lo hice con la genuina tristeza del buen estudiante. Quizá odiaba a la Pringlin y necesitaba desaparecerla del mapa, como todo el mundo, pero yo sí había estudiado para el examen.

El cura se enfrentó a un nuevo dilema:

—Eeh... No tengo claro hasta dónde llegó ella en el curso, de modo que..., de momento, toda evaluación queda suspendida.

Una nueva explosión de felicidad inundó el aula. Un servicio a la comunidad por parte del Comando Justiciero Chúpame el Pipilín.

Aunque apenas habíamos dormido, mis amigos y yo estábamos frescos como lechugas. Sentíamos el alivio de haber descargado de nuestros hombros todo el peso de los castigos, las denuncias y las verdades. Volvíamos a ser ligeros, inocentes. Volvíamos a ser niños. Eso descansa mucho.

Mientras el director trataba de detener la fiesta, Moco susurró:

—Lo único jodido es no poder contárselo a todo el mundo.

—La historia nos consagrará —respondí. Y lo creía de verdad.

La noche anterior, después de desaparecer el auto, Manu se había quedado a cuidar a la presa y los demás habíamos regresado a nuestras casas a dormir —o a intentarlo—. Yo había tenido una noche llena de sueños intensos y absurdos: marines de vacaciones cuidaban a la señorita Pringlin desnudos, mientras mi padre bailaba un tango junto al jarrón roto. Manu y Moco pintaban grafitis en las paredes y luego ponían bombas en las torres eléctricas para causar un apagón. La señorita Pringlin jugaba al tiro al blanco con pistola, y el blanco eran nuestros traseros adolescentes. Los sueños y la realidad se confundían entre sí sin solución de continuidad.

Una noche de delirios.

Aún no amanecía cuando se me abrieron los ojos. Sentía la boca pastosa por el whisky. Bajé a buscar un vaso de agua. Mi madre estaba en la cocina, como todas las madrugadas, redactando listas de la compra, revisando el refrigerador, preparando loncheras, mientras mi padre roncaba a pierna suelta en su cama.

Mi madre siempre era la primera en despertar y la última en acostarse.

—Te has levantado muy temprano, Beto. ¿Te sientes bien?

Me dolía la cabeza. El whisky seguía hirviendo en algún lugar de mi nuca. Pero dije que sí. Y expliqué:

—Hoy iré al colegio antes. Voy a ayudar a Manu con sus tareas.

—Así me gusta, Beto. Que seas buen compañero.

—Tenemos un trabajo de grupo en estos días. Pasaré mucho tiempo fuera.

Mi madre asintió. Ella siempre asentía a lo que decían los hombres. Cualquier hombre. Por idiota que fuese, para ella todo argumento masculino era verdad por el solo hecho de salir de una boca con bigote. Pero por una vez eso estaba bien. Yo ya tenía demasiadas cosas en que pensar. Me tomé la leche, me embutí un pan francés con mantequilla y, tras una ducha caliente, me puse en marcha.

Manu aún estaba en casa de la Pringlin, pero necesitaba pasar por su departamento una hora al menos, para fingir que se despertaba e iba al colegio. Total, su madre —su vieja, como la llamaba él— no sabía que en teoría estaba castigado. Él bostezaría, daría los buenos días, se bañaría y volvería a casa de la Pringlin mientras yo le tomaba la posta.

—¿Pasaste la noche bien? —le pregunté al bajar al sótano.

Él asintió y señaló a un revuelto de mantas y frazadas en la esquina de la habitación.

—¿Y la chica? —pregunté.

—No será un problema si hablas bajito —respondió.

Tenía buen aspecto y el pelo largo elegantemente revuelto, como si lo hubiera despeinado a propósito. Se veía hermoso. Nuestra rehén seguía sentada y amordazada en su sitio, pero tan agotada que ya apenas se movía. A veces se le sacudía un pie, o le temblaba un brazo, pero nada más. Yo ni siquiera la saludé. Como si ella fuera un gato que te dejan para darle de comer durante las vacaciones.

—No hay moros en la costa —le dije a mi amigo antes de dejarlo ir.

—¿No hay qué, cojudo? ¿Quién? ¿Dónde?

—Que todo está tranquilo en la calle.

—Ah, ya... Qué raro hablas, cojudo...

La Pringlin levantó un poco la cabeza. Me miró con cierta indiferencia, como si no me reconociese. Y volvió a bajarla.

—Ya vete —le dije a Manu—. No puedo quedarme toda la mañana.

Él no se movió. Entre dudas y murmullos, con la cabeza gacha, dijo:

—Beto...

—¿Sí?

—Ayer lo salvaste todo, huevón. Gracias.

—No hay nada que agradecer. Me salvé a mí también.

—Yo pensaba que serías un...

Cerré los ojos. Ahí venía la maldita palabrita. Pero la palabrita no salió. En lugar de eso, Manu se me acercó y me dio un abrazo. Sentí sus brazos apretando mi espalda y sus manos frotándome suavemente, como un masaje en el corazón.

—Gracias —repitió antes de irse corriendo.

Cuando abrió la puerta del sótano, las primeras luces del amanecer se colaron hasta mi rostro y lo bañaron, como agua bendita.

Carlos

Todos nuestros compañeros de clase eran felices. Como los ratones de una casa con el gato muerto.

Sin Pringlin, sin examen mensual, sin profesora de verdad por tiempo indefinido... El paraíso. El director apenas podía contener la euforia general, los cuadernos arrojados al aire, los bailes entre las carpetas.

Lástima que no pudiéramos cobrar los derechos de autor. O salir a la tarima y decir: «Fuimos nosotros. Ya pueden agradecernos. Y levantarnos una estatua en el estadio».

Pero había un cabo suelto. Mientras mis compañeros celebraban, mientras Moco y Beto intercambiaban miradas cómplices, yo no dejaba de pensar en ello. Todo abogado —incluso un futuro abogado, como era yo entonces— sabe lo que significa un cabo sin atar. Puedes preparar la defensa más sólida, el alegato más conmovedor, la documentación más rigurosa, y que a pesar de eso todo se venga abajo de repente. Cualquier pequeñez puede dar un giro total. Un detalle irrelevante que se vuelve crucial. Un testigo sin importancia que cambia el enfoque de todo el caso. Un cliente idiota que se va de la lengua frente al juez.

Una hija suspicaz que empieza a hacer preguntas.

Una niña —o adolescente— que ha visto a los autores en el lugar de los hechos a la hora del crimen y que puede identificarlos. En algún caso, con nombre y apellidos.

Pensé en Pamela todo el día. En cómo decirle. O no decirle. O explicarle. O no explicarle. Ensayé miles de discursos, palabra por palabra, sin convencerme a mí mismo. Imaginé sus respuestas, y un abanico de acusaciones: secuestradores, canallas, criminales. Le respondí en mi mente, sin lograr convencerla en ningún escenario.

Sólo interrumpieron mis pensamientos el timbre de la salida y el aullido salvaje de los escolares, celebrando como todos los días, como si saliesen de la cárcel cada tarde.

—¿Vamos a ver a nuestra prisionera? —propuso Moco en la puerta de salida, con una sonrisa sádica—. Deberíamos hacer una fiestita. Podemos tirarle comida a la Pringlin, a ver si la atrapa con la boca. Como las focas.

—También tenemos que ayudar a Manu —dijo Beto—. Debe estar agotado después de haberse pasado con ella toda la mañana.

Raspé el suelo con los pies. Bajé la mirada.

—Yo... tengo que ir a otro sitio.

—A ver a tu amiguita, ¿no? —por primera vez, Moco habló de una mujer sin hacer gestos obscenos, más bien con seriedad, como un tema táctico—. ¿Qué vamos a hacer con ella?

—¿Qué vamos a hacer de qué? —preguntó Beto.

—Ya sabes. Para cerrarle la boca.

Moco hizo un gesto con el pulgar, atravesándose el cuello, como si fuese a degollarla. Era broma, o eso creía yo, pero de todos modos sentí escalofríos. La defendí:

—No sabe nada. Habrá encontrado la carta esta mañana. Debe estar confundida. Lo importante es sacarla de la casa.

—O mudarla al sótano —insistió un macabro Moco.

—¡Moco!

—¿Qué? Podemos tirarles comida a las dos.

—Calla, conchatumadre.

—Tu vieja en vinagre.

—Tu vieja lavándose el culo con...

—Por Dios, basta —interrumpió Beto—. Me llevo a Moco. Tú ocúpate de tu novia.

Moco se alejó con él, haciendo muecas. Resultaba difícil distinguir si eran gestos de sexo o de tortura, aunque en su caso ambas cosas no eran muy diferentes. Yo emprendí el camino hacia el otro lado. Tenía mi propia misión que cumplir.

Pamela estaba en el McRonald's, pero no trabajando. Ni siquiera llevaba el uniforme. Bebía un milkshake junto a una ventana, con el rostro congestionado de tanto llorar y un cementerio de kleenex usados en la mesa. Al verla así, gris contra el gris del cielo, se me encogió el corazón. Casi me arrepentí de lo que estábamos haciendo. Masculté:

—Hola...

Ella no contestó. Ni siquiera dio muestras de haberme visto. Me senté, y después de dudar cómo continuar durante varios minutos logré decir:

—Tu... mamá no vino a clase.

Una cascada de lágrimas inundó sus esfuerzos por explicarse. Me enseñó la carta que había encontrado en el salón, aquella en que su madre explicaba su huida de la casa, y yo me sorprendí convincentemente al leerla. Quise creer que todas esas palabras eran de verdad de quien las firmaba. Lo que has hecho no tiene nombre. Me aparto de tu camino. Todo parecía tan real que traté de olvidar que eran un dictado. Estuve a punto de conseguirlo.

—¿Se ha ido? —pregunté, haciendo de tripas corazón—. ¿No está enferma?

—Es tan raro... —musitó ella tras otro largo silencio.

—Tranquila. Todo se resolverá. Ya lo verás.

Eso está bien, pensé. Lugares comunes. Mientras me limite a repetir clichés como «todo se resolverá», la conversación irá bien.

Pamela aferró mi mano entre las suyas. Había ternura en su mirada. Pero la bajó de repente, y volvió a soltarme.

—Es culpa mía —se lamentó, con la voz temblando y los ojos anegados.

Tenía que decir algo. Y rápido. Dije:

—Tu madre piensa que me dejarás si ella desaparece. Pero ¿sabes qué? Mientras ella falte, me tendrás a mí. Y cuando vuelva —me costó pronunciar esas palabras sin que se me enredase la lengua—, no le quedará más remedio que aceptarme. Habremos ganado.

—¿A qué precio?

—Pamela, ni que yo fuera un delincuente —otra vez mi lengua intentó traicionarme—. Sólo somos enamorados. Todo el mundo tiene un enamorado. Ella no tiene que ponerse así.

Volvió a tomar mis manos. Eso era un paso adelante. Dijo:

—¿Vas a estar conmigo siempre?

Y yo, por primera vez, pude responder con seguridad y aplomo:

—Por supuesto que sí.

Ella apretó mis dedos entre los suyos, tanto que dolía.

—¿Carlos?

—¿Mmh?

De repente, ella parecía un conejito tembloroso, o un pájaro herido y desplumado. No era lástima lo que su rostro reflejaba. Era remordimiento.

—¿Está muy mal si no quiero que mamá vuelva?

No. Está perfecto. Es justo lo que necesitamos. Pero, cariño, yo no puedo decirte eso.

—No pienses así. Estás confundida. Trata de no pensar en nada.

—Quiero pensar de otro modo... Pero no puedo.

—No pienses.

—Es como una venganza. Como justicia. Por lo de papá.

Me puse alerta. Recordé sus palabras en los juegos del piso de arriba: sangre por todas partes.

—¿Qué pasó con tu papá?

Pamela sacudió la cabeza, como ahuyentando un mal sueño.

—Qué bueno que estés conmigo —se limitó a responder.

Sorbió de su vaso, y luego sorbió sus mocos. Incluso haciendo eso podía verse sexy, y disfruté en silencio de su contemplación. Luego volví a concentrarme en los detalles prácticos:

—No te puedes quedar sola en tu casa.

—Mi tío dice lo mismo. Me quedaré con él. Ya he recogido mis cosas. El pobre dice que mamá debe estar muy alterada por todo lo que hemos vivido en el último año. Pero cree que dará noticias en un par de días. Dice que una madre no puede abandonar a su hija, y menos *mi* madre, con lo rigurosa que es.

Miré hacia la barra. El tío Ronaldo nos observaba de lejos, con preocupación. Aunque supuse que esta vez no estaba preocupado por mí. Al contrario, a sus ojos yo debía ser el buen amigo, el apoyo moral de su sobrina. Traté de verme cercano a ella, pero no demasiado pegajoso. Como diciendo: «Sólo me preocupo por su bienestar. No hemos tenido sexo en las pelotas de colores ni nada de eso».

—¿Qué más dice tu tío? —pregunté.

—Dice que ella es una exagerada, pero que esto demuestra cuánto se preocupa por mí... a su manera.

—No deberías volver a tu casa hasta que ella regrese —dije sin que viniera a cuento—. Te podrías poner triste. Si tienes que ir, llámame y te acompañaré, ¿ok? No quiero que estés sola ahí.

Ella suspiró. Yo cambié de tema:

—El director del colegio nos dijo que tu mamá se había reportado enferma.

—Está igual de sorprendido que yo. Esta mañana, llamé por teléfono para ver si mamá había ido a trabajar. Cuando el director me dijo que no, me eché a llorar y se lo solté todo.

—Eres muy valiente, Pamela.

—¿Tú crees? —un amago de tranquilidad cruzó por sus mejillas enrojecidas—. Eso no fue lo más difícil. Lo peor fue con los obreros.

—¿Los qué?

—Los obreros. Estamos reformando el sótano en casa. Vienen todas las mañanas a trabajar. Hoy también vinieron.

Obreros. Más gente pasando por el lugar de los hechos. Un cabo suelto cada minuto. Un cabo suelto cada veinte segundos. Tenía que hablar con Manu. Tenía que saber qué había ocurrido en la mañana. Pero no podía salir corriendo del McRonald's.

Pamela se sorbió los mocos profundamente, y a falta de más kleenex se limpió las lágrimas con la manga.

—¿Sabes qué? Al despertarme, sentí que ella estaba ahí.

Ahora fui yo quien apretó sus dedos. Casi hasta la gangrena.

—¿Cómo?

—No sé explicarlo. Sentí una presencia en la casa. ¿Me entiendes? Incluso después de ver la nota. Como si algo de ella aún anduviese por la casa. Qué raro, ¿no?

Se elevaron las comisuras de sus labios. Era difícil de creer, pero parecía una sonrisa. Me la ofreció, y yo se la devolví convertida en un rictus de dolor, en la rígida mueca de una calavera.

—Muy raro. Debe ser su aura o algo así.

Ella asintió.

—Sí —admitió lentamente—. Quizá sea eso.

Pasamos unos segundos en silencio, mirando por la ventana hacia los peatones. Una ligera garúa chispeó contra el cristal. Pamela suspiró y añadió:

—O quizá sea que tú y tus amigos la tienen presa en el sótano.

Uno tiene alarmas en el cuerpo. Avisos de peligro. Sudoración. Pulso. Temblores. Señales de que hay una crisis, una alerta roja. En ese momento, en mi anatomía, todas se activaron a la vez. Intenté mover la lengua, pero se había convertido en un nudo dentro de mi boca. Quise emitir algún sonido, pero mi garganta se secó como un pozo ciego. Sentí un latido en el cuello, y otro en las axilas, mientras mi estómago se contraía.

—Oye, te has puesto pálido —constató Pamela, que de repente se veía serena y segura—. ¿Quieres un milkshake?

Manu

Mierda. Los obreros, huevón.

Todo había salido bien hasta entonces. Todo iba de la puta madre, como un reloj. Durante toda la noche que pasamos a solas, la señorita Pringlin y yo nos habíamos entendido de lo más bien.

O sea, yo entendía que ella estaba aterrada. Y ella entendía que si hacía cualquier cosa rara, yo me vería obligado a pegarle un tiro. Era la mejor comunicación que habíamos tenido nunca.

—Ya ves, Pringlin —le comentaba yo, pavoneándome por la habitación con el arma en el cinturón, como un vaquero o un ranger—. Estas cosas no te pasarían si fueses más amigable.

Y luego escupía en el suelo. Escupir en el suelo es una de esas cosas que no sirven para nada pero que se ven de la puta madre.

Ella respondía con sordos gemidos desde su silla y su mordaza. Todo estaba bajo control. Bajo *mi* control. Todo ese sótano era mi reino. Mi viejo habría estado orgulloso. Y lo estaría cuando yo se lo contase, algún día.

Antes del amanecer llegó Beto. Estaba medio palteado, el cojudo. Me preguntó:

—Manu, ¿estás seguro de que esto saldrá bien?

—Claro pues, huevón. ¿Quién soy yo? Papá. ¿Con quién estás? Con papá.

Era un chiste de la tele de esa época. De *Risas y Salsa,* creo. Beto sonrió un poquito, pero seguía asustado.

—Ok —dijo.

—Tengo que irme. En una hora estoy de vuelta.

Y entonces, sin dejarme reaccionar, me saltó al cuello y me abrazó.

Yo ya sabía que Beto era medio raro, ¿no? Un poquito chivatito. Pero le devolví el abrazo. Total, éramos compañeros, ¿no? Era un abrazo de cómplices. Sin mariconadas. Como los que me daba mi viejo antes de desaparecer. Eso sí, Beto se me pegó bastante. Casi tuve que sacármelo de encima con la espátula del cemento.

Llegué a mi casa. Me duché. El agua caliente me cayó del carajo. Me relajó. Luego fui a la cocina y robé una linterna. Les había dicho a los demás que hiciesen lo mismo, para casos de apagones.

Desayuné con mi vieja, fingiendo que escuchaba lo que ella decía. Algo sobre mi actitud y cómo debía cambiarla. Respondí a todo que sí. Habló de mi viejo. Tuvo la concha de sermonearme diciendo lo que él querría de mí, lo que a él le habría parecido mal de mi conducta.

¿Qué chucha sabrás tú de lo que mi viejo quiere?, pensé. Tú que lo traicionaste, lo mandaste al culo del mundo y le impides hablar conmigo, ¿qué mierda puedes saber?

Todo eso pensé. Pero no se le dije. Sólo le di un beso, y le avisé que iría a estudiar a casa de Beto. Mi vieja dijo que quería conocer a Beto.

Como si no tuviese yo ya bastantes problemas. Como si todos esos problemas no fuesen culpa de ella.

De vuelta en el sótano, no le dije nada a Beto. Y lo mejor de todo, conseguí despedirme de él con un viril apretón de manos. Sin cosas raras.

Todo estaba saliendo bien. Más que bien: estaba saliendo perfecto.

Hasta que llegaron los obreros.

Eran las ocho de la mañana en punto.

Esos cabrones sólo son puntuales cuando hay un secuestro en curso.

Lo primero que sonó fue el timbre, claro. Pero tuvo que sonar varias veces hasta que Pamela abriese.

Yo me pegué a la puerta del sótano, con el arma alzada, listo para repeler cualquier ataque. Escuché a la huevona bajar las escaleras. Debió haber encontrado entonces la nota de su madre, porque de inmediato volvió a subirlas. Tardó un buen rato en regresar. Y cuando lo hizo, sus pasos habían perdido el ritmo. Ya no sonaban como un caballito atolondrándose por las escaleras, sino como la batería de un ciego que tantea el aire en busca de los tambores.

Pamela se quedó varios minutos en medio de la sala mientras el timbre insistía. Creo que fue al baño, para comprobar si la bruja de su vieja estaba ahí o para peinarse un poco antes de abrir. Finalmente, abrió la puerta y salió al jardín.

Regresó segundos después, y con ella entraron en la casa varias voces más, voces masculinas pero serviles. Obreros, en suma. Sólo unos secuestradores inútiles de mierda como nosotros éramos capaces de ver los sacos de cemento, las paredes sin revestimiento, la escalera sin baranda, y no prever que llegarían.

—Señorita, ¿está usted bien? —escuché allá afuera.

Imaginé lo que estaba pasando en la sala: los trabajadores —posiblemente ya borrachos a esa hora— frente a una Pamela desencajada y pálida que aún no sabía exactamente cómo reaccionar. Su voz de muñeca chillona confirmó mis sospechas:

—Yo... yo... no sé.

—¿Su mamá está?

—Ella... Bueno, ella...

No pudo más y rompió a llorar. Era una cosita tan frágil, tan desprotegida, que daban ganas de encerrarla a ella también en el sótano y amarrarla junto a su madre, para que no se sintiese sola.

—Señorita, ¿qué le pasa?

En la vida adulta he lidiado frecuentemente con obreros. Y he aprendido una cosa: no les importa qué te pasa. Tus problemas les parecen de otro planeta. Pero si te ven deprimido, siempre tienen la cortesía de preguntar.

—Nada —respondió Pamela, tragándose las lágrimas y los mocos—. No me hagan caso. Ya pasó.

Y aunque ninguno le creyó, supongo, después de mirarla un rato sin saber qué hacer, el jefe, o el hermano mayor, o quienquiera que fuese el obrero que hablaba, dijo:

—Si nos necesita, estaremos abajo.

Del otro lado de la puerta del sótano, la frase sonó como un cataclismo. Todo estaba a punto de irse a la mierda. Miré a la Pringlin allá abajo. A esas alturas ya se la notaba un poco catatónica. Y estaba demasiado lejos como para escuchar lo que ocurría allá afuera, pero parecía olerlo. Y desearlo.

Pensé en todas las posibilidades: dispararle primero a ella y luego a mí. Dispararles a los obreros y luego a Pamela. Rendirme. Arrojarme desde la cúspide de la escalera y anhelar que la caída de dos metros bastase para romperme el cuello. Allá afuera, los pasos de los obreros comenzaron a acercarse lentamente, sin decidirse a proceder. Retrocedí, saqué la pistola y la dirigí hacia la puerta. Por un estúpido reflejo, cerré los ojos mientras apuntaba. No sé qué pensaba hacer, pero lo haría en cuanto se abriese la puerta, y sin dudar. O quizá no. Quizá sólo lloraría y correría.

Y entonces la voz de Pamela sonó de nuevo:

—¡No! Por favor, hoy no trabajen. Es un día complicado. Mamá los llamará dentro de unos días, cuando podamos reiniciar las obras.

—Señorita, teníamos esta semana reservada... Si volvemos otro día, saldrá todo más caro.

Ésa es otra de los obreros: las cosas siempre terminan siendo más caras.

—Está bien —dijo Pamela, tratando de que su voz no se quebrase en llanto.

—¿Está bien?

—Está bien.

—¿Entonces quiere que nos vayamos?

Pamela no respondió, pero supongo que asintió con la cabeza, porque segundos más tarde, con la misma lentitud con que esos tarados hacían todo, y sin duda después de numerosos encogimientos de hombros y reverencias, los pasos de nuestros visitantes comenzaron a largarse al otro lado, hacia el exterior.

Mi cuerpo resbaló por la pared, hasta el suelo. Mi corazón regresó a su lugar en medio de mi pecho. Pero aún no podía darme por seguro. Volví a pegar la oreja a la puerta, para saber qué chucha hacía Pamela.

Ella llamó por teléfono a alguien:

—¡Mamá se ha ido!... No entiendo nada... Ha dejado una nota... Es horrible...

Después de colgar hizo otra llamada:

—¿Mi mamá está ahí?... ¿No?... ¡Oh, no!... Ha pasado algo muy raro... Es increíble, pero... creo que se ha fugado...

Y bla, bla, bla, bla. Qué dramáticas son las mujeres.

Pero qué chucha. A mediodía, Pamela ya estaba fuera de la casa, y todos nosotros —y de paso su vieja— estábamos a salvo.

Moco

Por la tarde, planeamos una fiestecita.

Como en *Porky's,* ese clásico de los ochenta sobre la amistad y las tetas.

O en *Despedida de soltero,* la única vez que Tom Hanks hizo una película divertida.

Teníamos razones para celebrar. Incluso una casa donde hacerlo. No podíamos desaprovechar una oportunidad así.

Antes de llegar a casa de la Pringlin, pasamos por la mía a buscar provisiones. Beto esperó afuera mientras yo entraba a revolver la cocina. Era gracioso. Como de costumbre, no teníamos pan, ni queso, ni tallarines. Pero en casa nunca faltaba una buena botella de gin. El gin tiene gracia. Huele a colonia. Eso es elegante.

Mientras rebuscaba, mi viejito me llamó. O más bien gimió. Ni siquiera dijo mi nombre. Él siempre me llamaba por mi título:

—Hijo...

Seguí su voz hasta su habitación. Él estaba en su cama, en calzoncillo y camiseta. Tenía bolsas moradas alrededor de los ojos y temblaba un poco. Sus piernas lampiñas y blancas parecían a punto de quebrarse. Como Nicolas Cage en *Leaving Las Vegas*.

—Papá, ¿estás bien?

No había ninguna botella en ese lugar, así que estaba tan bien y tan sano como podía llegar a estar.

—Hijo...

Me miró, y luego su mirada desconcertada se perdió en algún punto de la pared.

—Estoy aquí, para lo que necesites...

—Tu madre...

Mi viejita. A veces la recordaba. A veces la recordaba yo también.

—¿Sí?

—¿Te acuerdas cuando bailaba?

Aún me acuerdo. Movía las caderas al ritmo de la salsa, un ritmo que mi viejito no era capaz ni de tararear. Pero ella lo sacaba a bailar. Casi lo obligaba, entre las risas de todos sus amigos y la de él mismo. Ella bailaba y él hacía el ridículo y todos éramos felices.

—No me olvidaré nunca.

—La extraño. ¿Tú no la extrañas?

Asentí con la cabeza. A él aún se le desviaba la mirada. Creo que se estaba concentrando para decir lo que realmente iba a decir:

—Esa mujer...

—La señorita Pringlin.

—Ésa. Quizá tiene razón. Yo... no he sido el mejor padre, ¿verdad? No he... estado a la altura.

—No le hagas caso a esa vieja. No te preocupes por nada, papá. Yo me ocuparé de ella, ¿ok? Tú olvídala.

—Ella quiere denunciarme —se lamentó con un hilo de voz—. Quiere separarnos.

—Nadie va a separarnos, papá.

Él se movió un poco en la cama. La penumbra de la habitación apenas estaba atravesada por los hilillos de luz de la persiana.

—Ya perdí a tu madre. Y ahora voy a perderte a ti...

Mi viejito era tierno. Siempre me conmovía. Era el único que podía hacerlo. Me habría gustado abrazarlo, pero la habitación apestaba a alcohol. Como he dicho, ni siquiera estaba bebiendo en ese momento. Era el olor habitual de su cuerpo y de su vida.

—Papá...

—Voy a cambiar, hijo, ¿ok? Te prometo que voy a ser mejor. Dile a esa mujer que me dé una oportunidad. Si no te lleva, todo será diferente. Pero pídele por favor que me dé la oportunidad.

Yo había escuchado esa promesa miles de veces, antes y después de la muerte de mi viejita. Pero siempre quería creerla. Estaba dispuesto a dejarme engañar todos los días de ser necesario, porque siempre podía ser, al fin, verdad.

—¿Lo dices en serio?

—Claro que sí. Haré todo lo que sea necesario. Seré... un padre de verdad. Te quiero, hijo.

—Yo también, papá. No debes preocuparte por nada.

A pesar de todo, subí a la cama y lo abracé, muy fuerte. Pasé los dedos por sus pelos revueltos y casposos. Lo besé en la mejilla rasposa por la falta de afeitado, cerca de su aliento etílico. Supongo que la emoción me había tapado las fosas nasales.

Y luego, con más razón, llegó la hora de celebrar.

Antes de salir de casa, recogí mi cámara de video. Porque los grandes momentos deben quedar registrados. Je je.

Beto

Estábamos excitados. Estábamos acelerados. Estábamos... ¿cómo decirlo?

Enloquecidos. Como si acabásemos de ganar una guerra.

O como si aprovecháramos nuestros últimos minutos antes de perderla.

Ni siquiera habría hecho falta pasar por casa de Moco. Revolviendo la de la Pringlin, descubrimos un mueble bar con un par de botellas de ron y whisky. Y un equipo de música. Manu tenía un casete de Los Violadores y nos pusimos a bailar *Uno, dos, ultraviolento* mientras jugábamos tiro al blanco con los cuchillos y los sillones. Carlos estaba reacio al principio, pero acabó sumándose a la fiesta. Y yo...

Ahora me sonrojo de pensarlo, pero yo...

Fui la Pringlin.

No pude evitarlo. Nunca me he travestido. Ni siquiera soy de los mariquitas que se ponían la ropa de sus madres. Pero esta vez, animado por el alcohol, subí al armario de la vieja a buscar con qué jugar.

Debo decir que Pringlin se vestía fatal. Su guardarropa era la pesadilla de un diseñador. Su ropa interior tenía aspecto de cinturón de castidad. Sus zapatos eran todos iguales, negros, como el uniforme de una funeraria. Sus trajes —indefectiblemente grises— parecían diseñados para destacar su presencia huesuda y ocultar a la vista cualquier sugerencia de curvas en su anatomía. La ropa que uno lleva es un mensaje para el mundo, y el suyo era: «La vida es mala, evítala».

El safari entre sus prendas también me deparó otra sorpresa: en esa casa había habido un hombre. Y por cierto, un hombre más alegre que ella, lleno de camisas de colores y extravagancias como unos zapatos blancos y una corbata del monstruo de Tasmania. Era raro pensar que la Pringlin hubiese dormido con alguien en una cama, pero supongo que su hija tenía que haber salido de alguna parte. A lo mejor sólo había probado el sexo una vez, quedó embarazada y decidió evitarlo en adelante. Y sin embargo, la ropa de hombre se veía más nueva. No podía llevar ahí quince años.

Después de la habitación, pasé al baño de la señorita Pringlin y me puse a esculcar entre sus cosméticos. Poca cosa, como cabía esperar. Esa mujer no tenía idea de sensualidad. Lo justo para asistir a alguna boda y un par de funerales. Pero suficiente para pasarla bien un rato. De hecho, creo que escogí lo mejor que tenía, y que la hice quedar mucho mejor de como era en realidad.

Cuando bajé de nuevo, los chicos me aplaudieron y me silbaron. Carlos intentó aguar la fiesta un rato, pero ya nadie le hacía caso al pobre. Yo me estaba descubriendo. Me atrevía a hacer cosas que nunca había hecho.

Me puse de pie en la mesa y comencé a imitar a la profesora:

—Ahora, chicos, vamos a hablar de lo que no tienen que hacer nunca en la vida: sexo, sexo y sexo. Si quieren sexo, tomen una ducha fría. Si su pinga se levanta, córtenla.

Era muy divertido.

—Señorita, ¿podemos hacernos pajas? —preguntaba Moco—. Eso no cuenta como sexo.

—Señorita Pringlin, señorita Pringlin, ¿puedo ir al baño a fumar? —se carcajeaba Manu.

—Nada de cigarrillos —continuaba mi remedo—. Ni de alcohol. Ni de pelis porno. Nada de diversión.

—¡No se preocupe! —gritaba Carlos—. Trataré de que su hija no se divierta. ¡Pero será difícil!

Carlos puso una balada lacrimógena de Air Supply. Yo acompañé la música con un ukelele que había encontrado husmeando en los cuartos de arriba. No sabía tocar el ukelele, pero hacía el tonto. Carlos bailó conmigo hasta hacernos llorar de risa. Luego Manu nos casó, como si fuese un cura, y todos brindamos.

No sé si suena muy gracioso hoy en día.

Pero lo era entonces. Y entonces no sabíamos que habría un futuro.

Carlos

Yo traté de imponer cierta moderación. Al menos durante unos minutos.

Pero con Beto entregado al lado oscuro, mi opinión no tenía mucha fuerza.

Intenté que Beto no se vistiese de mujer. Intenté impedir que Manu destrozase los muebles. Por último, me esforcé por que Moco no filmara. Era una completa estupidez. Esa película podía meternos en problemas. Pero nadie me escuchaba. Habíamos entrado en un bucle eufórico.

Aún no sabía qué pensar de las palabras de Pamela en el McRonald's. ¿Ella sabía lo que ocurría? ¿O era una especie de broma macabra? ¿Debía contarles a los demás nuestra conversación? La mayoría de mis preguntas —sobre Pamela, sobre nuestro porvenir inmediato, sobre lo que estábamos haciendo— no tenía respuesta.

Alguien me dio un cigarrillo.

Y luego una copa.

Al final, yo mismo me sumé a la juerga. Total, no sabíamos por cuánto tiempo podríamos ser felices. En el último rincón de nuestras cabezas, éramos conscientes de estar volando en un planeador. Cuando el viento cambiase de dirección, nos estrellaríamos.

Bebí whisky y gin. Fumé. Bailé. Me «casé» con Beto-Pringlin. Me sumí en esa espiral de humo, bebida y esperpento. Y olvidé por un rato dónde nos habíamos metido.

Hasta que oímos el golpe.

Manu

Yo lo oí. El golpe.

Apenas fue perceptible, y menos con toda la música y el humo y Moco filmando y el rosquetazo de Beto haciendo el payaso en la mesa.

Pero yo estaba atento, pues huevón. Alguien debía tener los cinco sentidos puestos en la huevada. Y yo era el jefe, ¿no? ¿Para qué está el jefe si no?

Vino del sótano. Un ¡pum! seco bajo nuestros pies, como cuando se cae un armario. El sonido de algo grande que pega contra el suelo.

—¿Qué fue eso?

—¿Qué?

—Baja el volumen.

—Manu, no seas pesad...

—¡Baja el volumen, carajo!

Volvimos a ponernos en modo ejército por un momento. Agazapados en una trinchera, esperando el sonido de los obuses. Carlos apagó la música. Yo agarré la Browning, que descansaba junto a las botellas en el mueble bar. Esperamos.

—Yo no oigo nada —dijo Moco.

—Vamos abajo —ordené.

—¿Por qué? ¿Porque lo dices tú?

—Vamos, mierda.

Y bajamos. Puta madre, por suerte bajamos.

Moco

La vieja no estaba en su sitio.

Por una fracción de segundo, amontonados todos en la puerta del sótano, temblamos. Parecía que había escapado milagrosamente. Como Batman o Linterna Verde. Los villanos siempre dejan a los superhéroes presas de trampas mortales. Pero cuando vuelven a buscarlos, ellos ya se han escapado.

Nos miramos uno a otro, buscando a quien echarle la culpa. Hasta que oímos un bufido, como un manatí en celo a nuestras espaldas. Carlos gritó:

—¡Ahí está!

La Pringlin había arrastrado su silla hasta una caja de herramientas que reposaba en la esquina opuesta del sótano. Y al llegar hasta ella, por error o por voluntad propia, la silla se había volcado hacia un lado. Ahora yacía en el suelo, a diez centímetros de la caja, pataleando en el suelo como un pez fuera del agua.

—Levántenla —ordenó Manu.

Carlos y Beto alzaron a la profesora y la devolvieron a su sitio. Ella parecía agotada por el esfuerzo. Se había golpeado la frente al caer, y una pequeña rajadura le sangraba por encima de una ceja.

—Moco, abre la caja de herramientas —dijo Manu, y aunque su tono de jefe me empezaba a sacar de quicio, obedecí. Era imposible negarse.

Revolví la caja sin saber bien qué buscaba. Al final, entre destornilladores, tenazas y trozos de cable, hallé un cúter. Se lo mostré a mis compañeros. Ellos lo recibieron con un suspiro de alivio, como cuando el delantero rival patea un tiro contra el palo. En verdad, el filo de esa cosa podía atravesar un hueso y, por supuesto, una tira de cinta de embalar. Manu tomó el cúter en la mano, como si midiese su peso. Y se acercó a la Pringlin, que alzaba la mirada debajo de su herida:

—¿Qué estabas haciendo, vieja? ¿Qué pensabas hacer?

—Mnñññmhnnggg... —trató de decir ella. Era imposible saber si se estaba disculpando o lo estaba insultando.

—¡¿Qué hacías?! —gritó Manu, y ahora le cruzó la cara de una bofetada, enrojeciendo el otro lado de su frente.

No había sido una bofetada especialmente fuerte. Fue de las que suenan, no de las que duelen. Pero dejó una onda expansiva entre nosotros. A la Pringlin, los ojos se le llenaron de lágrimas. A Beto y Carlos, de incertidumbre. A Manu y a mí, de pura adrenalina. Algo acababa de cambiar. Estaba abriendo una puerta. Más que una puerta: una válvula. El muro de contención de una represa. La noche anterior yo le había dado un pisotón. Pero esto era distinto.

Estábamos dando un nuevo paso hacia el infierno.

—No se te ocurra volver a intentarlo —le dijo Manu a la Pringlin, agachándose hasta echarle el aliento en la cara y señalándola fijamente con el dedo. Ahora sus rostros estaban muy cerca, como si fueran a besarse—. Porque la próxima vez te arranco la piel con este mismo cúter. ¿Lo oyes? ¡¿Lo oyes?!

Esto último lo dijo como un grito. Parecía que iba a golpearla de nuevo. Y durante unos segundos, nadie lo detuvo. Como chacales, nosotros merodeábamos a su alrededor, esperando nuestras sobras de carroña.

—¿Crees que sigues mandando? ¿Eh? ¿Todavía crees que mandas, vieja?

Ahora sostenía el cúter con la mano alzada. Parecía que la siguiente cachetada llegaría con un corte en la cara. Que la rajaría de un lado a otro, como quien abre un melón. Durante unos segundos, el aire se congeló a nuestro alrededor.

—Tranquilo, Manu —dijo Beto al fin, acercándose por atrás y tomándolo de la cintura—. Mantén la calma.

Beto no perdía oportunidad de andar toqueteando a Manu. Aunque creo que todos nos habíamos asustado un poco ante la escena. Necesitábamos una pausa.

Manu no mejoró su humor. Al contrario, echaba espuma por la boca.

—¡Se acabaron las tonterías y las fiestecitas! —gritó—. Estableceremos guardias cada cuatro horas.

—¿No deberíamos antes...?

—¡Cállense! Beto, tú serás el primero. Los demás, arriba. Tenemos que hacer planes.

—¿Me quedaré solo aquí abajo? —se quejó Beto.

—Solo no. Te quedarás con la Pringlin —respondió Manu mientras todos los demás subíamos las escaleras—. Pero no le quites la mordaza, ¿ok? Nada de conversación de viejas. No le dirijas la palabra bajo ningún concepto. ¿Está claro?

Beto habría querido protestar, pero eso era algo sencillamente imposible. No había nada que decir. Ningún espacio para discutir. Nos habíamos convertido en sombras arrastradas por la autoridad de Manu.

Beto

No debería confesar lo que voy a confesar.

En realidad, no debería decir nada de lo que estoy diciendo. Contar toda esta historia. Desenterrar secretos que llevan tiempo sepultados. Romper silencios que han resistido décadas.

Aún creo que esta grabación es un enorme error.

Además de un chantaje, por supuesto.

Pero ya que estoy, lo diré todo. Me lo he guardado durante demasiado tiempo. Qué más da decirlo ahora. Manu ya no puede hacerme daño. Soy un adulto. Nadie más que yo mismo puede hacerme daño. Si tengo que contarlo, lo contaré todo:

Hablé con la vieja. Con la Pringlin.

La escuché, y le respondí.

Rompí la única regla, el único deber que había contraído: la obligación del silencio.

¿Qué más podía hacer?

Durante los primeros minutos de mi guardia, conseguí tratarla como si fuera una cosa. Como si no tuviese emociones. Ni sentimientos. Incluso me mofé. Bailé frente a ella *I will survive* de Gloria Gaynor, sacudiendo unas lentejuelas imaginarias, poniéndome divina, sacando la lengua. Aún llevaba puesta su ropa, con el maquillaje un poco corrido, como un espejo deformante y grotesco. Ella se mantuvo cabizbaja y silenciosa. Ya no era una mujer prepotente. La noche sentada, la mordaza y la bofetada de Manu la habían ablandado. Ésa era nuestra victoria.

Cuando me aburrí del bailecito, me dediqué a atormentarla un rato:

—¿Qué pasa, Pringlin? ¿Desde aquí no puedes llamar a mi padre? No, desde aquí no eres nadie. No puedes joder la vida de los demás como te gustaría. ¡Cuánto lo siento!

Ella ni siquiera me miraba. Tenía pegada la barbilla al pecho, y fingía no escuchar. Pero yo sabía que mis palabras le llegaban. Y lo más importante: que le dolían.

—¿Te sientes mal por no arruinarnos la vida? No salieron bien tus planes. ¡Pero sonríe! Hoy, gracias a ti, el mundo es mejor que ayer. Bueno, gracias a ti y a este sótano.

Me desahogué un buen rato con ella. La insulté, me burlé a mi gusto, despotriqué.

Al final, cuando ya no se me ocurría qué más decir, aún me quedaban tres horas y media de guardia.

Gasté una hora y media aburriéndome en silencio. «Secuestro» suena a aventura, hechos criminales, persecuciones policiales. Pero en la práctica el tiempo transcurría lentamente, paralítico, mientras yo pensaba en las musarañas y miraba la cara de alguien que no podía hablar. Seguí con pasión la ruta de una hormiga en dirección a los sacos de cemento. Me comí las uñas. Al final, deseaba estar en mi casa, leyendo una novela de Hermann Hesse, haciendo mis tareas y soportando al pesado de mi padre.

Ahí abajo ni siquiera había música o televisión. Y yo necesitaba escuchar algo, lo que fuera: una canción, un jingle publicitario...

Una voz.

—Hey, Pringlin, ¿en qué estás pensando? ¿Ah?

Ella produjo algunos sonidos guturales, como los ronquidos de un hurón.

—¿Pringlin?

Quizá ella también se aburría. Quizá no haría daño a nadie si le quitaba la mordaza y nos dábamos un poco de conversación.

—Te voy a liberar la boca —le advertí—. Pero todos mis amigos están ahí arriba. Si haces cualquier cosa rara, será la última que hagas.

La cinta estaba muy pegada, y ella hizo grandes gestos de dolor mientras yo la arrancaba centímetro a centímetro. Aun así, no gritó. Tampoco me dio las gracias. Ni siquiera levantó la barbilla.

—Bueno, habla —le exigí mientras me despegaba la cinta de los dedos—. Ya puedes hablar. ¿No quieres decir nada?

Tardó un rato en contestar, pero cuando su voz surgió, ni siquiera sonaba débil. Esa vieja era más orgullosa que una estatua de los libertadores.

—No he comido nada desde ayer —informó—. Y necesito ir al baño.

Estuve a punto de contestarle que se muriese de hambre y se cagase ahí mismo. Hasta que recordé que sería yo quien se pasaría las siguientes horas con ella. El olor de eso me acompañaría durante toda la guardia.

—Voy a pedir que le bajen comida... —cedí, volviendo a hablarle de usted, como si el tratamiento fuese un reflejo condicionado por su voz—. Y preguntaré si puedo subirla al baño. Pero entonces tengo que volver a ponerle la mordaza.

—No... Por favor... Guardaré silencio. De todos modos, nadie me escucharía.

En eso tenía razón. Además, algo nuevo brilló en sus ojos cuando me acerqué. No era resignación, ni súplica. Supongo que era algo cuyo nombre yo no conocía entonces, y que ahora definiría como «dignidad». Fuese lo que fuese, me produjo remordimientos, y decidí confiar en ella.

Eso sí, antes de subir le advertí:

—Si le dice a alguien que la dejé sin amordazar, la próxima vez se cagará encima.

Cinco minutos después, estaba de vuelta en el sótano con el compromiso de una comida caliente. Fiel a su promesa, la Pringlin no había abierto la boca. Fiel a la mía, yo había hecho todo lo posible por aliviar sus necesidades, y llevaba en la mano una olla de tamaño mediano.

—No me dejan subirla al baño, pero puede usar esto como bacinica. Tome.

Los dos contemplamos la olla, como midiendo sus posibilidades de cumplir su función. El hecho de que fuese un utensilio de cocina nos provocaba todo tipo de asociaciones desagradables.

—La dejo aquí en el suelo —le dije.

—¿Y qué se supone que tengo que hacer? —preguntó—. ¿Levantarme y sentarme ahí?

—Si está esperando que la libere, aunque sea por un segundo, olvídelo.

Por sus ojos atravesó un destello de rabia, pero se aplacó rápidamente. Aunque no dejaba de mirarme, ahora su rostro carecía de expresión.

—Creo —dijo lentamente— que será peor si no me sueltas.

Di vueltas sobre mí mismo, tratando de pensar qué hacer. A lo mejor debía llamar a alguno de mis compañeros. El problema era que podía ser tarde cuando regresase. Después de pensarlo mucho, y de hacer algunos cálculos espaciales, tomé una decisión.

—Levante la barriga.

—¿Qué?

—Levante la barriga. Voy a abrirle el pijama y voy a ponerle la olla abajo, en la silla.

—¿Cómo se te ocurre...?

—¿Quiere que la ayude o no?

Reprimiendo su furia, ella bajó la cabeza. Durante unos segundos no hizo nada. Finalmente arqueó el cuerpo, dejando espacio suficiente para colocar la olla. Podía ser una vieja reseca, pero aún era flexible.

Le abrí la bata y se la pasé por detrás del respaldo. Su pijama tenía forma de vestido y eso era una ventaja, porque podía subirlo desde arriba, ahorrándome el contacto con sus partes íntimas. De todos modos, el proceso resultó muy complicado, y mientras lo hacía no dejaba de preguntarme si no sería mejor que se hiciese todo encima.

—¿Ya está? —pregunté, conteniendo la respiración.

—¿Podrías apartarte? No puedo hacerlo contigo encima.

—Sí. Lo siento.

Tomé nota mental de no volver a decirle «lo siento». No debía dar imagen de debilidad. Retrocedí unos pasos y esperé. Arqueada, con la bata como una capa roja y el pijama sobre el cuerpo, esa mujer parecía un extraterrestre.

—¿Te importaría darte vuelta? —pidió—. Estoy amarrada, por Dios, no voy a escaparme.

Tras una vacilación, obedecí. Cerré los ojos. Y además de contener la respiración, me tapé las orejas. Cuando consideré que había pasado suficiente tiempo, las destapé y pregunté:

—¿Ya?

—Sí. Ahora necesito limpiarme.

—Mierda. No se mueva de aquí.

Subí la olla al baño, tiré el contenido al wáter y bajé papel higiénico y un basurero.

—¿Y ahora qué?

—¿Vas a hacerlo tú?

—Mierda.

Accedí a soltarle una mano para que pudiese asearse, y aunque no la vigilé, sí me quedé observando por el rabillo del ojo. Cuando al fin terminó, volví a ponerlo todo en su sitio.

Apenas había llegado a la mitad de mi guardia, y ya estaba agotado.

—La próxima vez la subiremos al baño —concedí.

—Creo que será lo mejor —dijo ella. Las dificultades prácticas habían desaparecido de nuestras voces toda intención, toda rabia o escarnio. De repente, sólo éramos dos colegas tratando de hacer el mismo trabajo.

—No parecía tan difícil —dije—. Cuidar a un bebé debe ser algo así, ¿no?

—¿Cómo está Pamela?

La mención a Pamela obró un cambio en el ambiente. De repente, ella dejó de ser una rehén quejumbrosa e incómoda. Se convirtió en una madre.

Como *mi* madre. Temerosa. Abnegada.

Incluso su voz se torció. Tenía un nudo en la garganta. Tenía lo que nunca creí ver en ella: miedo.

—Bien —respondí—. Pamela está bien. Está con su tío.

—No le harán daño, ¿verdad?

—No, claro que no. No tenemos nada contra ella. Nuestro único problema es usted.

—Dios mío —suplicó. ¡Estaba suplicando!—. Tienes que detener esta locura, Beto. Los demás son unos salvajes, pero tú eres un buen muchacho.

—Claro que no lo haremos. Y claro que NO soy un buen muchacho, vieja de mierda. No me hagas demostrarte lo malo que soy.

Volví a tratarla de tú, como se trata a una mascota o a un empleado. Era un mecanismo de defensa. Soné tan viril como podía estando vestido y maquillado, pero la respuesta de ella fue escalofriante. Bajo sus magulladuras, en esa boca que sólo usaba para maltratarnos, inesperadamente se dibujó un gesto maternal.

—No, cariño, tú no eres malo —dijo—. Lo sé. Tú estás aquí por amor.

Sólo eso faltaba: sesión de psicoanálisis con el monstruo del lago Ness.

—¿De qué chucha estás hablando?

—No lo he dicho yo. Lo ha dicho tu amigo Manu.

—¿Eh?

—Anoche. Después de que tú y Risueño se marcharan. Carlos le dijo a Manu que cualquiera de los dos podría traicionarlos. Y Manu le respondió: «Moco está encantado de la vida. Y Beto... Ése está enamorado de mí. Hará lo que yo le diga».

Hará lo que yo le diga.

Sí. Sonaba como el cabrón de Manu.

Esas palabras eran un torpedo contra mi línea de flotación.

—No dijo eso —respondí.

—Sí que lo dijo. Ya te he dicho que ellos son unos brutos. Pero en ti puedo confiar. Tú sólo eres un buen chico enamorado. Piensa bien lo que haces, porque tú sabes lo que es querer a alguien...

Se le quebró la voz. De repente parecía pequeña y débil, como un pajarito hambriento.

—Piensa bien lo que haces —repitió—, porque quiero volver a ver a mi hija... Por favor.

Entonces se rompió. Se le congestionó el rostro por el dolor. Estuve a punto de abrazarla y llorar con ella.

Pero hice otra cosa: la volví a amarrar y amordazar, esta vez más fuerte que antes. Y por si acaso, escupí cerca de ella.

Justo a tiempo, porque los demás estaban a punto de entrar.

Carlos

Se lo iba a decir todo a mamá.

Lo que estábamos haciendo. Lo que ya habíamos hecho. Todo.

Quizá era una cobardía, o una traición. Pero era lo único razonable.

La presión de la situación me asustaba. La tensión añadida por Pamela agravaba las cosas. Pero la bofetada de Manu había cruzado todos los límites. No podía dejar de ver su mano atravesando el rostro de una Pringlin indefensa, derrotada, humillada.

Nos estábamos convirtiendo en torturadores. Mejor una delación a tiempo que continuar en esa vía. Mejor para todos.

Mientras Beto cuidaba a la Pringlin, me tocó volver a casa a pasar tiempo en familia. En el camino decidí que le contaría a mamá toda la verdad.

La verdad colgaba de mi cuello como un yunque. Tenía que desanudarla.

Un tirón de la cuerda. Un tirón de la lengua. Y todo habría quedado atrás.

Mientras caminaba hacia casa, traté de verme como si no tuviese encerrada y amenazada con un revólver a una profesora. ¿Cómo se hace eso? ¿Cómo pone la gente cara de no estar cometiendo ningún delito? Aún hoy, que veo hacerlo todos los días, no lo tengo claro. Hay quien lleva escritos en la cara crímenes que no ha cometido. Y verderas fieras con aspecto de no haber matado nunca una mosca.

Pensaba en todo eso cuando entré en mi casa.

—¿Mamá?

No iba a esperar más. Tenía que hacerlo en ese instante. Dejarlo salir.

—¡Cariño!

Mamá salió de la cocina, de notable buen humor. Mientras se acercaba por el pasillo, quise soltarlo todo y liberarme de una vez.

—Mamá, tengo que hablar cont...

Y hasta ahí llegué.

De la sala me llegó una voz inesperada, una voz de vida normal, fuese lo que fuese eso, una voz que sonaba a tardes deportivas, fiestas y domingos con helados, una voz que lo volvía todo imposible:

—¡Buenas tardes, campeón!

Papá había vuelto. Sentado frente a una taza de café en la sala, tenía cara de no haberse ido nunca. Esa cara sí que sé cómo se pone.

—¿Quieres unas tostadas con mermelada? —canturreó la voz de mamá.

De la mujer que yo había dejado arrasada y dolida la noche anterior no quedaba nada. Esta mamá era una castañuela luminosa, un sol de cálida alegría familiar. Me dio rabia verla ahí, y verlo a él, repitiendo el guion de la tragedia.

Pero dije: «Sí». Era lo normal.

—¿Cómo te va en el colegio, tigre? —preguntó papá. Había preguntas que sólo hacían los padres, cuestiones que sólo planteaban los adultos varones, como: «¿Qué quieres ser de grande?», «¿De qué equipo eres hincha?» o «¿Cómo te va en el colegio?».

Dije: «Bien». Es lo que responde alguien que no está haciendo nada en especial, ni tiene rehenes ni nada.

—Me han dicho que la señorita Pringlin no ha ido hoy a clases —dijo mamá. Había otras cosas que sólo las madres sabían, como los chismes del colegio.

Dije: «No». Era todo lo que se me ocurría.

—Estarás encantado —comentó papá metiendo la tostada con mantequilla en el café con leche, una costumbre que todavía hoy me resulta desagradable—. Seguro que les dan a todos horas libres.

—No está bien alegrarse —replicó mamá, más alegre que nunca, pasándole la mano a papá por el hombro para quitarle pelusas de la camisa—. Parece que está muy enferma. Me han dicho que está hospitalizada. Que ni siquiera en el colegio conocen su verdadero estado de salud.

—Al final aparecerá y todo habrá sido un simple resfriado —cerró la conversación un desinteresado papá—. Ustedes son todas unas chismosas.

Esto último lo dijo con un gesto de irónica simpatía que mamá le devolvió. Se sentó sobre sus piernas y le plantó un beso en la nariz.

—Al final veremos quién tiene razón —dijo, juguetona. No parecía haber estado triste jamás en la vida.

Y mientras ellos me restregaban por el rostro sus quince minutos de amor, yo sólo me quedé con las palabras «al final».

¿Qué iba a pasar «al final»? ¿Cuánto tiempo podíamos mantener la versión de la enfermedad? ¿Cuándo iba a explotar todo?

En suma, ¿qué carajo íbamos a hacer?

Me levanté de la mesa y me dirigí hacia la puerta.

—¡Carlos! —se sobresaltó papá—. ¿Adónde vas?

—Tengo cosas que hacer.

—¡Pero Carlos! ¿Estás bien? ¿Quieres hablar?

—No.

—¡Carlos!

Seguí andando sin responderle. Pero a mis espaldas escuché a mamá aplacándolo:

—Déjalo ir. Es normal. Está confuso por esta situación.

Confuso, sí. No se imaginaban cuánto.

Manu

—Tenemos que matarla, huevones.

Yo había encendido la tele, y los tres mirábamos las noticias: una bomba se había llevado de encuentro un banco. En la pantalla, entre sollozos y gritos, una fila de muertos y heridos esperaba a ser atendida por las ambulancias. Todo hecho mierda. Fuego. Escombros. Un día normal en la capital.

—¿Quieres meterle un balazo? —dijo Moco mientras se escarbaba la nariz—. Por mí, bien.

—No, eso no puede ser. Será mejor que parezca un accidente. Necesitamos un cadáver limpio.

—¡Cómo hablas huevadas, Manu! —dijo Carlos. Había salido a su casa a tomar lonche, pero estaba de vuelta media hora después. Porque, al final, lo que nadie quiere es estar en familia.

—No son huevadas. Cada segundo con la Pringlin acá es un nuevo riesgo. La próxima vez que lo intente, podría escaparse. Y ya no podemos dar marcha atrás. Hay que pensar cómo hacerlo sin violencia, ¿ok?

Carlos iba a replicar, pero en ese momento emergió del sótano Beto. Aún llevaba la ropa de la Pringlin, y parecía una copia de la vieja en dibujos animados. Se interpuso entre la pantalla y nosotros y empezó a regañarnos, como si no tuviéramos nuestras propias viejas para hacer ese trabajo:

—¡Eh! ¿Alguien se acuerda de que la gente come? ¡La vieja se muere de hambre!

—¡Eso es! —dijo Moco, como si se le hubiese prendido el foco—. Podemos matarla de hambre.

Carlos hundió la cabeza entre las manos. Yo respondí:

—No seas cojudo, Moco. Eso tarda mucho tiempo. Pero tengo una idea mejor. Le daremos de comer. Dile que vamos en un rato.

—Genial —dijo Beto—. Otra cosa: ¿alguien tiene una bacinica?

—¿Cuál es tu idea? —dijo Moco.

—¿Cómo va a haber una bacinica aquí? —preguntó Carlos.

—¿Y yo qué sé? Quiere ir al baño. No va a hacerlo ahí mismo, ¿no?

—Llévale una olla.

—¿Cuál es tu idea? —volvió a preguntar Moco.

—Una olla estará bien.

Beto fue a revolver a la cocina. Moco aún me miraba con curiosidad. En la televisión hablaban ahora de un accidente de tráfico. Dos autobuses aparecían volcados en una carretera. Y yo respondí:

—Vamos a envenenarla.

—Guau —dijo Moco.

—Te has vuelto loco —dijo Carlos.

—La envenenamos y dejamos su cuerpo en medio del cerro —insistí—. Creerán que fue un robo.

—Le harán una autopsia, ignorante —volvió a joder Carlos—, y sabrán lo que fue. ¿De cuándo acá los ladrones te envenenan para robarte?

—Quizá era un ladrón muy lento —aportó Moco.

—¿Por qué no ayudas un poco, Carlos chuchatumadre, para variar? —me enfurecí.

—¿Te parece poca ayuda salvarte de un plan estúpido? Eso habría sido un suicidio.

En el televisor cambiaron de noticia: ahora aparecía un hotel donde alguien había matado a una mujer arrojándola desde un décimo piso. Nada de motivaciones políticas. Un tema personal. La idea del asesino era fingir que su víctima se había arrojado sola.

—Eso es —dije.

—¿Qué?

—Un suicidio.

Carlos y Moco intercambiaron una mirada. Era la primera vez que Moco apartaba los ojos del televisor.

—¿Te quieres suicidar? —me preguntó.

—No, idiota. Se va a suicidar la Pringlin. Más bien la vamos a suicidar nosotros. ¡Vengan, rápido!

Subimos al baño a buscar el botiquín. Revisamos todo lo que contenía: aspirinas, analgésicos, Tylenol, Lexotan, Diazepam. Luego bajamos a la cocina, a prepararle a la Pringlin su última cena.

—¿Alguien sabe cocinar? —pregunté mientras revolvíamos los cajones.

—No puede ser muy difícil —dijo Carlos—. Se ponen cosas en una olla y se enciende el fuego...

Encontré un mortero en el segundo cajón, debajo de los cuchillos y los tenedores. Se lo pasé a Moco.

—Tú machaca las pastillas.

—¿Cuántas se necesitan para paralizarle el corazón?

—Tú machácalas todas.

Encontramos muchas cosas verdes y un par de pescados en la refrigeradora, y metimos todo con aceite en una olla. En otra, por sugerencia de Carlos, pusimos agua y arroz. Después de veinte minutos teníamos una especie de roca de arroz pegado y un pescado crudo por dentro y quemado por fuera, todo espolvoreado con pastillas molidas, como si fuera queso parmesano.

Moco

—¿Crees que se quiera comer esto?

—¿Y qué va a pedir? ¿Caviar? Esto es lo que hay. *Bon appétit!*

—No está tan mal. Hasta tiene estilo. Podemos llamarlo «pescado a la bella durmiente».

Realmente, el plato tenía una pinta asquerosa, je je. Pero viviendo con mi viejito yo había comido cosas peores. Tallarines con salsa de sopa de sobre. Chanfainita del día anterior. Mondongo de apagón, cuando la refri no mantiene la comida fría. Si sobrevives a un mondongo de apagón, nada puede matarte.

Además, mientras bajábamos nuestra creación al sótano, montada en una bandeja, junto a un vaso de agua para la Pringlin y la botella de whisky para nosotros, apenas teníamos tiempo de pensar en refinamientos culinarios. Era nuestro primer envenenamiento. Teníamos otras preocupaciones en mente.

La profesora nos miraba en silencio, pero no nos quitaba los ojos de encima. Manu tomó la delantera y se puso a su lado para revisar sus ataduras. Verificó las de los pies y las manos y, finalmente, la de la boca.

—La mordaza está floja —sentenció—. ¿Se la ha quitado?

—¡No! —reaccionó Beto de un salto—. ¿Cómo se la va a haber quitado? Ja ja. ¡Qué cosas dices! He estado aquí cada minuto y en ningún momento, ni por un segundo, se ha movido. Eso sí, creo que a veces se desplazan las cintas adhesivas por el propio sudor y el movimiento corporal. Es una reacción biológica natural. Una vez leí una novela sobre eso precisamente, decía que... Bueno, es complicado de explicar pero...

Beto estaba raro. Comenzó a hacer comentarios sin ton ni son y a moverse de un modo ridículo. Aunque en ese momento lo atribuí a las consecuencias de haberse vestido como una señora de mediana edad. Y de todos modos no tenía ganas de ponerme a escuchar sus explicaciones. Me acerqué a nuestra rehén, le arranqué de un tirón la cinta adhesiva y le pregunté directamente:

—¿Te has quitado la mordaza, vieja?

Entonces llegó el segundo destello: Beto y la vieja intercambiaron una mirada. No sé qué decía esa mirada exactamente, pero sin duda se miraron a los ojos. Y algo de información cruzó entre ellos, algo que los demás no éramos capaces de descifrar.

Lo he visto en miles de películas. Cuando dos personajes se miran de manera especial. Eso quiere decir algo. Pero sólo el público sabe qué.

—No diga tonterías, Risueño —respondió ella con voz débil. Tenía el pelo grasiento y rizado, como el alambre de púas en el muro de un cuartel.

—Le hemos traído la comida —anunció Carlos, que llevaba la bandeja. El muy idiota había tapado el pescado con un plato, como si fuese un camarero de hotel. Colocó la bandeja sobre las piernas de la mujer. Ella suplicó:

—Agua, por favor... Agua...

Carlos le puso el vaso en la boca. Ella se lo bebió casi de un sorbo. Pidió más. Carlos subió a traer una botella mientras los demás revisábamos el sótano para asegurarnos de que no había sorpresas.

La Pringlin bebió cuatro vasos enteros y recuperó algo del brillo en la mirada y los colores en el rostro. Sólo después Carlos destapó su guiso. Quizá esperaba algún comentario sobre la presentación. Y lo consiguió. La Pringlin miró hacia abajo, frunció el ceño y protestó:

—¿Qué es esta porquería?

—No tiene que comerla si no quiere —dijo Carlos.

—¡Claro! —se burló Manu—. Siempre podemos llamar a un delivery, ¿no? Carlos, dale de comer.

Carlos nos dirigió a todos, uno por uno, su mejor mirada de odio. Pero no se resistió. Cortó un poco del pescado, que dejó ver en su interior una carne rosada y blanduzca, lo ensartó en el tenedor y lo acercó a la boca de la profesora. Incluso después de casi un día sin comer, ella recibió el ofrecimiento con una mueca de asco:

—¿Y qué es esto? Tiene como azúcar molida por encima.

—No es nada —dijo Carlos, quizá demasiado nervioso.

—Es veneno para ratas —dedujo ella.

—¡No! —insistió Carlos, con una voz que delataba que sí.

—Quieren matarme.

—¡Manu, di algo!

Manu, di algo.

Era como organizar un secuestro con el Gordo y el Flaco.

Pero Manu dijo algo. Más bien dio una orden, como era su costumbre:

—Moco, come un par de bocados de esto. Que la vieja vea que no le va a pasar nada.

La voz se me atascó en la garganta:

—Y... ¿Yo?

—¡Sí, tú, huevonazo!

Miré el plato. Miré a la Pringlin. Miré a todos mis compañeros. Ninguno respiraba. Manu me hizo una seña para que no armase un escándalo. La Pringlin nos estudiaba a todos con interés, como a un enjambre de insectos.

—Bueno —dijo ella desde su asiento, con el cuerpo magullado pero las ganas de hacer daño intactas—. Veo que nadie se anima a probar este manjar.

—¡Moco! —gritó Manu.

Ok, necesitaban un mártir, ¿verdad?

Como George Clooney en *Gravity*, cuando se suicida para no quitarle oxígeno a Sandra Bullock.

Como en *Las novatas se abren de patas*, cuando la monja se tiene que acostar con el gordo desagradable para salvar a sus amigas.

Pero yo estaba dispuesto. Si necesitaban un héroe, podían contar conmigo. Si algún día se hacía una película sobre nosotros, no iba a dejarle todo el protagonismo a Manu.

Me adelanté hacia el plato. Me costó un rato cortar el pescado, y también el arroz, que parecía una piedra. Tuve que disimular el temblor de mis manos. Pero al fin lo conseguí. Tomé un bocado con el tenedor y me lo llevé a los labios. Antes de introducirlo en mi boca, me aseguré de que todos estuviesen mirando. También aguardé un poco, por si llegaba una contraorden, que no llegó. El bocado continuó su camino, lentamente, hasta alcanzar mi lengua. Sabía a medicina. Cerré la boca y revolví la lengua de un lado a otro. Finalmente, con gran dificultad, tragué por partes, alzando el mentón, con la esperanza de que la comida bajase más rápido así. Una masa rígida y puntiaguda me raspó la garganta y descendió hacia mi estómago, pero yo permanecí rígido y silencioso, todo un soldado en posición de firmes.

—¿Lo ve usted? —le dijo Manu a la Pringlin—. No pasa nada.

La vieja no respondió. Sólo escupió en el plato. Dos veces.

Era lista esa vieja. Más que nosotros.

Beto

No fue así.

Eso lo recuerdo bien.

Manu dio la orden y Moco obedeció: dio un bocado. Se metió esa porquería entre los labios lentamente, y puso el gesto de chupar un limón.

Todos nos quedamos mirándolo, incluso la Pringlin. Especialmente la Pringlin.

Al principio, Moco ni siquiera se movió. Tragó con los ojos cerrados y el cuerpo rígido. Luego abrió los ojos. Parecía haber terminado. Durante un instante, hasta pareció que iba a sonreír.

Pero su cuerpo comenzó a temblar. Su mandíbula se sacudió de un lado a otro. Las lágrimas escaparon de sus ojos. Gritó:

—¡Voy a morir! ¡No quiero morir!

Y salió corriendo por la escalera, buscando un wáter donde devolver la comida.

Otra gran idea de Manu se iba por el wáter. Otra orden de nuestro supuesto «jefe» que no servía para nada. Otro más de nosotros usado por él.

Como yo.

Ése está enamorado de mí. Hará lo que yo diga.

A lo mejor decía lo mismo de Moco. Y de todos. A lo mejor su única manera de entenderse con la gente era rajándole la cara a golpes, como a la Pringlin.

Después de todo lo que ocurrió, he imaginado infinitas conversaciones con él. A veces se me pasa por la cabeza que lo encuentro por la calle y me atrevo a hacerle, años después, las preguntas que nunca le hice.

¿Ya estás contento, Manu?
¿Misión cumplida, jefe?
¿Te gustó cómo salió todo?
Porque a mí, no.

Carlos

Por esa época, en Lima, los terroristas secuestraban gente: empresarios, banqueros, personas con dinero para pagar rescates. Les hacían un «juicio popular» y a veces, si sus familias pagaban el rescate, los liberaban. Después, sus experiencias salían en la tele, con diagramas y explicaciones del encierro en zulos, baños y agujeros.

Era muy educativo. Cualquier peruano con una tele podía acceder a un manual de instrucciones para organizar un secuestro perfecto.

En las noticias de los domingos aprendí que, mientras tengas a un rehén, hay una regla que no debes violar: no hablarle al prisionero. Nunca hablarle al prisionero. Y si él habla, no escucharlo. Tratarlo como si fuese un perro sarnoso, o peor.

Nosotros no militábamos en un grupo terrorista. Éramos unos niños. Y lo nuestro no era un noticiero. Pero hasta un niño debería haber conocido esa regla. Olvidarla es condenarte al fracaso y al desastre.

Y eso hicimos.

Manu

Órdenes. Si quieres que algo se haga bien, no pidas opiniones. Da órdenes.

—Beto, anda a ayudar a Moco.

—¿Y yo?

—Tú trae una pizza. Mejor dos. Comeremos todos.

—¿Y tú?

—Yo me quedaré cuidando a la vieja.

Todos esos huevones estaban encantados con la orden de largarse de ahí.

Las órdenes son buenas, huevón. Te quitan la responsabilidad. Si las cumples y algo sale mal, no es tu culpa.

Las órdenes son para los borregos.

Me senté de espaldas a la vieja. Quería pensar. Beto había estado muy raro en los últimos minutos. No había hecho nada en particular, pero estaba un poco... raro.

Beto era como una mujer. Le dices a una mujer: «¿Qué te pasa?». Y ella responde: «Nada». Tiene cara de que te odia. Pero igual responde: «Nada». Y tú tienes que pensar qué le pasa. Temí que Beto quisiera desertar o delatarnos. Pero no sólo lo temí por el plan.

Temí por mí.

Me sentía más seguro cuando él estaba ahí.

—¿Por qué haces esto, Manuel?

La voz de la vieja me asustó. Di un salto y todo. En cierto modo, había olvidado que ella estaba ahí. Y por algún error imbécil, no le había puesto su mordaza. Además, odio que me llamen Manuel.

—Cállate, Pringlin.

—Sé que tenemos nuestras diferencias, Manuel. Pero soy tu profesora. Sólo quiero lo mejor para ti. Lo sabes, ¿verdad?

No respondí. Ni siquiera volteé. No hablarle al prisionero. Es la regla de oro.

Bebí un trago de mi botella y eructé. Pero la voz de esa vieja de mierda siguió zumbando a mis espaldas:

—Lo haces por tu padre, ¿verdad? Crees que así...

—No te importa. ¡Hago esto porque te odio, simplemente!

—No deberías hacerlo por él, no lo merece.

¿Qué sabía ella de mi viejo? ¿Qué podía saber de nada?

—¡Cállate!

Me acerqué a ella. Estuve a punto de pegarle de nuevo, para que se le grabase quién mandaba ahí, pero sólo le volví a poner la mordaza. Me senté con las piernas cruzadas en el suelo y le di la espalda. Miré el reloj. Apenas llevaba doce minutos de guardia.

No pasó mucho rato antes de que volviese Carlos con la pizza.

—Jamón y queso —anunció el cojudo, como si fuese un vendedor ambulante.

Yo pensé que era mi oportunidad de salir de ahí.

—Bien, dale de comer a la vieja y yo subiré a...

—¿Qué has dicho?

—Que le des de comer a la viej...

—Ni hablar. Éste es tu turno. Tú le das de comer. Si en mi turno le toca comer, le daré yo. Pero ahora no.

Órdenes. También el jefe se vuelve prisionero de ellas. Pero yo tenía recursos. Un arma, por ejemplo.

—¿Quién te has creído que eres, imbécil? —dije.

—El que ha traído la pizza. Y la ha pagado. ¿Vas a pagar tú la pizza al menos?

—Mierda.

—Adiositooo...

—Mierda.

Volví a quedarme solo con la Pringlin. Y ahora fue peor, porque tuve que quitarle la mordaza y darle de comer. Habría preferido la compañía de un buitre, o de un gallinazo. Al menos, esos bichos no hablan.

—Extrañas mucho a tu papá, ¿verdad? —dijo, melosa.

—No me hables...

—No creas que no te entiendo, Manuel. Eres tú el que no me entiende a mí.

—¿Ah, sí? No me digas.

—Yo conocí a alguien como tú. Lo quería mucho. Pero él era un rebelde.

—¿Crees que me importa lo que digas?

—Entonces no te importará escucharlo tampoco.

—Vete a la mierda. Mastica.

Mordió un buen pedazo de masa con queso. Estaba hambrienta. Y yo también. No podía callarla porque yo también estaba comiendo. Mientras yo trataba de tragar un trozo demasiado grande, ella continuó:

—Yo lo dejé ser. Hasta me gustaba su inconformismo. Quería que él volase. Era tan creativo. Era músico. Pero él pedía demasiado del mundo. Esperaba más de lo que la vida podía darle. Nunca estaba satisfecho, ¿sabes? Y por eso estaba condenado a sufrir.

—Si sigues hablando, cierro la pizza y tendrás que comerte tus mocos.

Ella calló, obediente. Yo seguí acercándole la comida. Un bocado ella, uno yo. Pero qué carajo, me había picado la curiosidad:

—¿Y entonces qué pasó? —pregunté, seguro de que me iba a arrepentir de haberlo hecho—. Sólo dime eso, y luego te callas.

—No es largo de contar: se suicidó.

—Mierda.

—Yo debería haberlo reconducido. Debería haberlo corregido. Pero fallé. No supe cambiarlo.

Ella cerró la boca cuando yo le acercaba la mano. Dos gruesas lágrimas cayeron de sus ojos, se descolgaron de su rostro y siguieron su camino hasta el suelo. Pero no gimió ni lloriqueó. Sólo añadió:

—Lo encontré en la tina del baño una tarde, al volver de clases. Se había abierto las venas. Y el agua a su alrededor estaba toda teñida de rojo. No pude evitar que entrase mi hija. Fue... el momento más horrible de mi vida... hasta éste.

—Mierda.

Tuve un instante de lucidez y comprendí que me estaba manipulando. El truco de las lágrimas era bueno, pero no me iba a engañar. Y decidí dejárselo claro:

—Si esperas que te suelte, Pringlin, puedes olvidarte. ¿Quieres seguir comiendo o me vas a dejar la pizza a mí?

Ella asintió. Ahora tenía el rostro mojado por ese llanto mudo que hacía. Pero yo, como si nada.

Trata a tu rehén como un objeto. Como un mueble. Es la regla de oro.

¡Carajo! ¿Por qué era tan difícil?

—Todo eso no tiene nada que ver conmigo —expliqué, como si hiciese falta—. Yo no voy a matarme. Y tampoco soy un rebelde o algo así.

—Soy tu tutora, Manuel —dijo después de pasar un trozo—. Colaboro en tu educación. Tu madre me lo cuenta todo...

—Qué suerte.

Le limpié un poco la salsa de tomate de la barbilla y continué dándole de comer. Ahora, después de embutirle cada bocado, yo daba tragos de la botella mientras la oía sin remedio alguno:

—Me ha hablado de las cartas navideñas que tu padre te manda.

—¿Qué tienen? Sólo son postales y papeles.

—¿Nunca te ha extrañado que tu padre te escriba por Navidad pero que nunca responda tus cartas?

—Él sabrá.

Ella se atoró con un bocado. Tosió. Le acerqué el vaso de agua. No debí hacerlo, porque estaba resuelta a no dejarme en paz.

—¿Y nunca has comparado la letra de esas cartas con la de tu madre?

—Cállate.

—Es tu madre quien escribe esas cartas, Manu, para mantener tu ilusión. Tu padre hace años que no tiene ningún interés en ti...

—¡Mentira!

Quise beber más, pero la botella estaba vacía. La Pringlin no paraba de hablar:

—Comprendo a tu madre. Como ella, yo he tenido que criar sola a mi hija. Sé cómo se siente. Y sé cómo te sientes tú. Sólo tienes que abrirte un poco a...

—¡Basta!

—... Tu padre recibe tus cartas y las quema sin leerlas, no quiere saber nada de su vida anterior, ya tiene otra familia a la que quiere y con la que sí vive, ya tiene otro hijo al que lleva al colegio...

—¡Silencio, Pringlin de mierda!

Tiré la comida al suelo, listo para demostrarle que iba en serio. El vaso de agua aún descansaba a un lado de la silla. Lo pateé contra la pared, igual que la botella.

Saqué la pistola.

Apoyé el cañón contra su sien.

—Por favor, no... —susurró ella—. Sólo lo digo por ti... De verdad...

Y luego enmudeció.

Pensé en apretar el gatillo.

Acabar de una vez con toda esa cojudez.

Bien mirado, no había muchas más salidas.

Pero no me atreví. No es fácil disparar un arma contra otra persona. O yo no era capaz de hacerlo. Algo tan fácil. El movimiento de un dedo. Hacia atrás. Y yo ni siquiera era capaz de eso. Mi viejo había desalojado soldados de un fuerte y disparado a enemigos a pecho descubierto. Yo tenía a una mujer amarrada, y me faltaba el coraje para ejecutarla.

—¡Aaaaaaah! —grité, lleno de rabia.

Tiré la Browning al suelo. Rebotó y cayó con el cañón mirando hacia nosotros, como un dedo acusador.

Me acerqué a la vieja y traté de colocarle la mordaza. No dejaba de hablar, la muy puta, y todo lo que decía sonaba como un pitido dentro de mi cabeza.

—Te estás engañando, Manuel. No a mí, ni a tus compañeros, sino a ti mismo. Eres tú el que acabará en una bañera pintada de rojo. Pero aún puedes pensar con calma. Yo sólo quiero que pienses. Eso es todo lo que te pido.

La cinta adhesiva había perdido el pegamento, así que tuve que ir al otro lado del sótano a buscar un trozo más. Tuve que revolver un buen rato en la caja de herramientas. Mis manos me respondían mal, se tropezaban con los metales y las tenazas, se desviaban de su camino. Mientras encontraba el rollo y cortaba una tira, esa voz seguía sonando, como un cuchillo de hielo atravesándome el tímpano.

—No hace falta que seas un héroe, ¿sabes? No necesitas demostrar nada. Ni a tus compañeros ni a nadie. Ellos tienen tanto miedo como tú.

—¡He dicho que te calles!

Volví corriendo para cerrarle la boca de una vez. Le pegué la cinta con fuerza, tratando de que le doliese. Logré silenciarla.

Qué momento de mierda, huevón.

Tenía el pulso acelerado. La adrenalina a mil. Y el líquido que corría por mi cara podía ser sudor o lágrimas.

Corrí escaleras arriba. Abrí la puerta de la sala. Y grité:

—¡Se acabaron las guardias! Hoy vamos a dormir cada uno en su casa.

—¿Pero qu...?

—Manu, ¿no crees que es...?

—Carajo, yo...

—¡He dicho que nos vamos! —repetí—. ¿Algún problema?

Nadie puso ninguna objeción.

Al fin y al cabo, era una orden.

Moco

—En este momento, alguien debería estar cuidando a la vieja —dije.

Carlos bostezó. Manu se sacó crujidos del cuello. Beto se pasó la mano por el pelo. Ninguno dijo nada. Por algún milagro había salido el sol en julio, y sus rayos nos caían encima suavemente.

Como a los amigos de Leonardo DiCaprio en *La playa*.

O a los bañistas de Steven Spielberg en *Tiburón*, justo antes de ser brutalmente despedazados por la bestia.

Habíamos dejado a la vieja sola en su sótano toda la noche, habíamos asistido a clases, y ahora estábamos sentados, o más bien desparramados, junto al campo de fútbol, como en cualquier recreo, en la banca de suplentes, mirando cómo otros corrían y otros hacían goles, seguros de que ningún equipo nos querría en su alineación.

Mejor así. Aunque habíamos dormido todos en nuestras camas, estábamos agotados. O como habría dicho Beto, «exhaustos».

—Por favor —rumió Beto tras un largo silencio—. ¿Podemos pensar en otra cosa en algún momento del día?

Beto estaba raro. Desde su guardia con la Pringlin la tarde anterior, andaba desconfiado y malhumorado. El único momento en que me había dicho algo más que un monosílabo había sido por la mañana, al entrar a clase, cuando Manu y Carlos estaban bien lejos. Se aseguró de que nadie nos oía y me dijo, casi al oído:

—Moco, ¿Manu ha dicho algo sobre mí?

—¿Algo de qué?

—Algo... Ya sabes... Sobre él y yo.

La gente se pone muy idiota cuando se enamora. Y hay que ser idiota para enamorarse de Manu. Manu jamás había dicho una palabra sobre Beto, y era tan egoísta que a lo mejor ni siquiera se le había pasado por la cabeza lo que él sentía. Debía ser el único al que no se le pasaba por la cabeza. Precisamente él.

Yo, por mi parte, estaba harto de los dos. Bueno, estaba harto de Manu, y de que Beto anduviese pendiente todo el día de Manu. Así que no pude contenerme y dije una mentirita:

—Algo ha dicho, sí.

—¿Ajá?

—Dice que si le pides mamársela, te dejará hacerlo. Y si quieres, hasta te la mete por detrás.

Quizá debí haber especificado que era una broma, je je.

Quizá el mal humor de Beto, al menos durante esa mañana, era culpa mía.

En todo caso, no era el único. Todo el mundo estaba raro ese día. En el colegio, los profesores y los curas cuchicheaban entre sí y se callaban cuando los alumnos nos acercábamos. Si les preguntábamos por la señorita Pringlin, se encogían de hombros, cambiaban de tema, se escabullían.

Nuestros compañeros tampoco estaban relajados. La tensión flotaba en el ambiente, aunque nadie supiese bien por qué. Durante el partido, las entradas habían sido más agresivas que nunca. Ahora mismo, frente a nosotros, en la cancha, el Chino Pajares barrió de una patada a Bubu Martínez, que se levantó del suelo y fue a sacarle la mugre al Chino. Tuvieron que acercarse otros cinco para separarlos, y casi empiezan a pegarse entre ellos también.

Durante la trifulca, la pelota se escapó de la cancha y se acercó mansamente hasta nuestra posición. Manu la pateó de vuelta.

—A lo mejor la vieja se escapa sola y la atropella un carro en la calle —murmuró—. Y así nos libramos del problema.

Manu estaba aún más raro que Beto. Y el comienzo de su rareza también había coincidido con su turno de vigilancia. Luego había subido desencajado, pálido, y había dado la orden más rara de la historia. ¿Se acabaron las guardias? ¿A dormir a nuestra casa? Ése no era el verdadero Manu. El verdadero Manu podía ser un pesado, pero no un idiota que pone todo el proyecto en riesgo porque le da flojera cuidar a la presa.

Evidentemente, la Pringlin estaba haciéndoles a mis amigos algún tipo de lavado de cerebro. Los estaba manipulando. Como Cruella de Vil cuando quiere comprar los cachorros dálmatas. Justo antes de decidir secuestrarlos y despellejarlos.

—¿Por qué no la soltamos de una vez? —propuso Carlos. Era una idea típica de Carlos.

—¿Por qué no mejor te arrancamos los huevos? —me enojé.

—No te mariconees, Carlos —dijo Manu sin energía, casi por obligación.

—¿Por qué? —se rebeló Beto enfadado, como si le hubiesen pinchado el trasero—. ¿Te molestan los maricones, Manu? ¿No quieres tenerlos cerca?

—Oye, estamos hablando de Carlos —desvié la conversación.

Carlos retomó su rollo:

—Lo que le hacemos a la Pringlin no tiene sentido. Y no sólo la estamos dañando a ella. Hoy acompañé al colegio a Pamela. Está destrozada. No entiende nada. Y quiere ir a su casa esta tarde.

—¡Oh, lo siento! —dije—. No habíamos pensado en tu noviecita. ¿Por qué no terminamos todos presos para que ella pueda tomar el té en su casa?

Claro que a mí nadie me escuchaba.

Carlos estaba mirando a Manu, que se repuso de toda su pereza para declarar:

—Ni se te ocurra, es demasiado peligroso.

En la cancha, Ryan Barrameda hizo un gol. Siempre era igual. Amenazaba con patear un cañonazo y los defensas se apartaban para evitar el golpe. Y él seguía corriendo hasta el arco.

—La invitaré a la fiesta de fin de año —anunció Carlos, o quizá sólo soñaba en voz alta—. Tengo que comprarle una flor.

—Primero tíratela —sugerí—. No vayas a desperdiciar el dinero en un polvo imposible.

—Ya lo hice, imbécil. Pero no tiramos, ¿ok? Hicimos el amor.

—Supongo que la diferencia es el color de las sábanas.

—Eres un cojudo.

El otro equipo contraatacó y emparejó el marcador rápidamente. En ese momento, ante el paisaje de varios hombres corriendo y sudando para meter una pelota en un agujero, no pude evitar pensar que había algo muy sexual en el fútbol. Como en el billar. O en comer donuts. En el fondo, todo tiene que ver con tirar.

Carlos debe haber pensado lo mismo, porque de repente dijo:

—La próxima vez que lo haga con Pamela, compraré condones de sabores.

—¿Te la chupa con condón? Qué porquería. No se siente nada.

—¿Y tú qué sabes? —protestó un Beto altamente sensible con el sexo oral.

—No más que tú, supongo, en este tema —respondió un Manu más inoportuno que nunca.

—Ustedes no tienen ni puta idea de lo que es el romanticismo, ¿no? —dijo Carlos, volviendo a salvar la conversación de una deriva peligrosa.

El cansancio estaba haciendo mella en los ánimos y en nuestra relación. Como en el primer número de *Los Vengadores,* cuando Loki hace que todos los superhéroes odien a Hulk. O en el documental sobre Metallica, cuando todos empiezan a detestarse entre ellos y no pueden grabar un nuevo disco.

Necesitábamos algo que volviese a unirnos, como los superpoderes o el speed metal. Una inyección de adrenalina.

Y a mí se me ocurrió qué:

—¿Qué tal si te llevas a Pamela a su casa y te la cachas?

—¿Qué? —dijo Carlos.

—Será divertido. Tenemos una casa para nosotros solos, ¿no? Deberíamos aprovecharla.

—Ni hablar —dijo Manu.

—Con su madre ahí abajo —añadió Beto—. Eso puede salir muy mal.

—¿Qué puede salir mal? —dijo inesperadamente Carlos, el cobarde Carlos, el que quería soltar a la Pringlin, porque la perspectiva de un polvo hace cambiar a los hombres, incluso a los más decididos—. La Pringlin está amordazada. Moco estará con ella. Yo creo que es una idea excelente.

—Sí —traté de animarlos—. ¿Qué sentido tiene secuestrar a alguien si no puedes acostarte con su hija?

—Fingiré que no he escuchado eso —dijo Carlos.

Beto y Manu no tenían cara de aprobar la idea en ningún caso, pero precisamente entonces el recreo terminó y los jugadores abandonaron la cancha. Al pasar por nuestro lado, Ryan Barrameda y sus gorilas se detuvieron a saludar:

—¡Hola, niñas! ¿Están jugando a la casita?

—Lárgate, imbécil —dijo Manu.

—¡Hey, la señorita Manuela tiene mal humor! ¿Qué pasa? ¿Se te quitó lo valiente cuando te castigó la Pringlin?

—¿Quieres que te parta la cara?

Nuestro periodo como héroes había sido un titular del diario, y ahora no era más que un periódico viejo. Todos habían olvidado ya aquel valeroso enfrentamiento con las autoridades. Por inercia, habíamos vuelto a ser los tarados, los lornas, los mequetrefes del colegio.

Manu intentó hacerse un poco el valiente y se puso de pie, pero Ryan estaba prevenido. Le tomó un brazo y se lo torció sin el menor esfuerzo. Como sus dos matones pesaban en conjunto más que nosotros tres, ninguno de nosotros se atrevió a intervenir. Ryan hizo caer a Manu hasta el suelo. Cuando lo tuvo ahí, apretando los dientes de rabia, lo empujó con el pie y le dijo:

—¡Adiós, mamacita! Si te portas bien, te dejaré darme un besito en la pinga.

Manu estaba rojo de rabia, pero debido a su brazo adolorido tardó un rato en volver a levantarse. Los alumnos que seguían llegando de las canchas pasaban a nuestro lado rodeándonos, como si fuésemos un pedregal en el camino. No nos atrevimos a ofrecerle ayuda a Manu. Podría haberse sentido más humillado. Así que, cuando al fin pudo hablar, sólo dijo:

—Ok. Carlos, dile a tu novia que vaya a las cinco. Eso nos dará tiempo de almorzar.

—¡Gracias! —se iluminó Carlos.

—Nada de gracias —respondió Manu, aún sin levantarse, con la mirada fija en el suelo—. Es lo normal. Somos lo más macho que ha tenido este colegio en su puta historia. Y lo seguiremos siendo, aunque toda esta pandilla de estúpidos no sea capaz de darse cuenta.

Beto

Los más machos.

Manu quería ser un «macho» de verdad.

Y en ese momento yo lo odiaba, lo detestaba, como sólo puede hacerlo una mujer despechada.

Al salir del colegio, mientras volvía a casa para almorzar, las palabras de la Pringlin resonaban en mi cabeza.

Las palabras de Manu, repetidas por la Pringlin. Y confirmadas por Moco.

Ése está enamorado de mí.

Hará lo que yo le diga.

Y si me lo pide, le dejo mamármela.

¿Cómo podía haber dicho eso? ¿Cómo podía ser semejante hijo de perra?

Y sin embargo, ahí estaba. Fijo en mi mente.

La mejor venganza habría sido sencillamente dejar de pensar en él. Y yo no conseguía hacerlo.

Ese día almorcé en casa. Durante toda la comida, me fijé en mi padre. Lo observé con cuidado. Sus movimientos torpes. Su costumbre de llevarse la mano a la entrepierna. Su manía de beber la cerveza directamente de la botella. Decidí ser más como él. No parecía un trabajo difícil. Y haría mi vida más sencilla.

Mientras mamá lavaba los platos, eructé.

Papá se rio. Se llevó el dedo a los labios. Que no te escuche tu madre, quiso decir. Pero él sí. Nada mío le había inspirado tanto orgullo como ese eructo.

—¿Sabes qué, papá? —cuchicheé. Mi madre aún estaba lejos, y el grifo de la cocina hacía mucho ruido.

—¿Qué pasa?

—Esta tarde, un amigo mío va a perder la virginidad. Vamos a ir... a echarle una mano.

—¿En serio? —me miró con cierta curiosidad, como si le hubiesen cambiado al chico por otro de mejor nivel, aunque sí se preocupó un poco. Había ciertos límites. Y se aseguró de que yo no los sobrepasase:

—No lo van a hacer en grupo, ¿no?

—No, no... Sólo vamos a dejarlo donde debe estar. Y luego nos vamos. Si encontramos cómo mirar, a lo mejor miramos.

—¡Ja ja! —soltó la carcajada—. Deja a tu amiguito en paz. Cuando quieras, ya sabes que yo te llevo a donde hay que ir.

—Quizá un día te lo pida.

—¿Para qué tienes un padre si no?

—Claro. ¿Para qué?

Mi padre cerró el puño y chocó sus nudillos contra los míos en señal de camaradería. Quizá no era tan difícil. Quizá, después de todo, yo podía ser el más macho de todos.

—Y... papá...

—¿Ah?

—Sobre eso de ir a pegarles a los maricones...

—De eso olvídate. Tu madre dice que no te ande metiendo ideas violentas en la cabeza. Tendrás que hacerlo tú solo.

—Yo solo.

—Ya tienes edad para hacer las cosas por ti mismo. Bueno, las que puedas hacer.

—Claro, papá.

Luego eructé de nuevo, y él eructó más fuerte. Esta vez, mi madre nos escuchó:

—Por favor, ¿podrían ser menos asquerosos?

Y eso nos dio mucha risa. Quizá mi padre y yo podíamos pasarla bien. Ser buenos amigos. Quizá yo sólo debía darme una oportunidad para ser como él. Quizá así no me habría metido en el lío de la Pringlin. ¿Qué necesidad hay de ser diferente? ¿Cuál es la gracia? ¿No te ahorras problemas si sigues la corriente? O por lo menos, ¿no tienes problemas más pequeños e inocuos?

Cuando llegó la hora de marcharme, mi madre dijo que estaba saliendo mucho.

—¿Adónde vas todo el tiempo? ¿Ya no estudias, tú?

—Mamá, es que he quedado con unos amigos... Para hacer las tareas.

Mi padre, que también se preparaba para volver al trabajo, intervino:

—Déjalo, mujer. Beto ya es un chico grande. Y sabe cuidarse. ¿Verdad, Beto?

Me guiñó el ojo. Se lo guiñé yo también. Mamá cedió. Y cada uno de nosotros salió por su lado.

Mientras me acercaba a la casa de la Pringlin, pensé que sí podría ser lo que mi padre deseaba. Lo que todos querían y admiraban. Sólo era cuestión de ponerle voluntad. Y jugos gástricos. Y a cambio podría librarme de la furia, la decepción, la mentira y la humillación.

Antes del último parque, me detuve. Cerré los ojos y me concentré. Quise que mi padre fuese feliz, y que mis amigos no se burlasen de mí. Quise ser el más macho de todos.

Pero cuando los abrí, seguía siendo yo.

Carlos

Había probado el sexo. Estaba perdido.

Desde la noche entre las bolas de colores del McRonald's, no paraba de recordar el olor de Pamela prendido entre mis piernas, y el movimiento de su pelo al jadear. A pesar de todas nuestras calamidades y peligros, en el fondo, mi mayor duda era: ¿cuándo volveremos a hacerlo?

Y ahora podíamos. En su casa. En una cama de verdad.

¿Dónde más podríamos tener intimidad Pamela y yo? ¿Dónde más podríamos estar a nuestras anchas? Es verdad que yo quería abortar toda esta tontería del secuestro. Yo quería imponer la razón en nuestra carrera hacia el abismo. Pero una cosa no quitaba la otra. Daba igual soltar a esa mujer al día siguiente o por la noche, ¿verdad? Quizá incluso por la tarde, al anochecer, pero en todo caso después de tener a Pamela. Después de quererla un rato. A solas.

Por supuesto, no estaba pensando con la cabeza. Al menos, no con la de arriba.

En ese momento, mis movimientos, deseos y acciones estaban controlados por un órgano situado más abajo y cubierto por menos pelo.

Por la tarde, los chicos y yo preparamos el escenario. Volvimos a formar un equipo. Recuperamos la sensación de aventura juvenil, esa irresponsabilidad divertida y fresca que nos unía.

Eso sí, tuvimos que contener a Moco, que quería poner una cámara en el armario:

—¡No, no y no, de ninguna manera! —me negué yo.

—La ponemos aquí, mira, en el clóset. Fíjate que ni siquiera se prende una luz cuando filma y...

—Moco, saca tus porquerías, no me vas a filmar.

—Sí, Moco, no seas cerdo —me apoyó Beto, que acababa de llegar.

—¡No soy un cerdo, soy un artista! Pero ustedes no son capaces de comprenderlo.

—Eres un enfermo, Moco —matizó Manu—, eso es lo que eres.

—Lo mismo le dijeron al Marqués de Sade.

—Tú no sabes quién era el Marqués de Sade —dijo Beto, aunque supongo que ninguno de nosotros lo sabía.

A esas alturas, todo lo que hacíamos oscilaba entre el desastre y el caos. Habíamos discutido durante tres cuartos de hora quién asumiría la desagradable tarea de llevar a la Pringlin al baño. Y habíamos perdido media hora más peleando por el sabor del sándwich que le compraríamos. Como era de esperar, se nos echó el tiempo encima. Y cuando miré el reloj, ya eran las cinco.

—¡Vamos, fuera, largo de aquí todos! —dije.

—¿Cómo que fuera? —respondió Manu—. ¿Quién dice que nos tenemos que ir?

Pero por suerte era una broma.

—¡Eeeeh! ¡Caíste! —rio Manu.

Aún éramos capaces de reír. Aún había un halo de gracia en torno a todo eso.

Bajamos las escaleras a empellones. Era tarde para salir por la puerta. Pamela podía descubrirme. Así que Moco, al que le tocaba guardia, nos ayudó a los demás a salir saltando el muro, igual que habíamos hecho dos noches antes, pero al revés.

La verdad, todas esas precauciones eran innecesarias. En el barrio, las casas tenían muros de dos metros rematados por alambres de púas. Los más adinerados colocaban cercos eléctricos. Nadie miraba la casa de su vecino. Nadie quería saber lo que hacían los demás. Cada vivienda era una fortaleza. Meses después, por las noticias, descubriríamos que los líderes terroristas más importantes se escondían en casas cercanas. Llevaban años metidos en el barrio y nadie se había fijado.

Pamela llegó con veinte minutos de retraso y me encontró esperándola inocentemente en su puerta. Por primera vez en mi vida, la impuntualidad limeña no me enfureció.

—Hola, Carlos —sonrió al llegar—. Hola, casa.

—¿La extrañas?

Ella asintió y abrió la puerta. Hasta entonces, aquel inmueble de dos pisos, con techos a dos aguas y paredes carcomidas, me había parecido una guarida de brujas. Pero ahora, al verlo desde el jardín con Pamela, me acogió con la amabilidad de una casita de muñecas. Hasta las manchas de humedad parecían de caramelo.

Entramos. Pamela se detuvo en la sala, dando vueltas por ahí, frunciendo el ceño ante las pequeñas y no tan pequeñas imperfecciones que encontraba. El televisor estaba fuera de su sitio. Había una montaña de platos sin lavar en el fregadero de la cocina. Y todavía olía a tabaco, lo que era bastante notorio en una casa donde nadie fumaba.

Yo sólo rogaba que la señorita Pringlin no volcase su silla o se zafase la mordaza. Y que, si lo hacía, Moco la silenciase a tiempo.

—Qué raro —dijo Pamela deteniéndose ante la puerta del sótano—, juraría que...

—¿Vamos arriba? Es la primera vez que estamos solos en tu casa.

Traté de sonar insinuante, pero supongo que mi voz temblaba. Por suerte, ella no estaba pensando en nada de eso. Señaló el ukelele que Beto había estado tocando, y que ahora descansaba en un rincón.

—¿Qué hace eso ahí?

—¿Eso? Bueno, es... Debes haberlo dejado tú ahí. O tu madre antes de irse. Quizá estuvo tocando el ukelele...

—Era de mi papá.

Su papá. Ese fantasma.

—Creo que mejor subimos —dije.

Pero ella no se movió.

—A veces, cuando yo era chica, papá se ponía a tocarlo. Era una broma. Una broma para mí. Improvisaba canciones sobre vacas gigantes o extraterrestres que se habían perdido o dragones que no escupían fuego. Me hacía reír.

—Lo extrañas, ¿verdad?

Pamela se sentó en un escalón. Se abrazó a sus rodillas. Una nube negra atravesó su cuerpo y su mirada.

—Era el hombre más divertido del mundo... cuando quería. Pintaba. Me hacía juguetes con madera y papel... Antes de...

Por un momento pensé que estaba a punto de llorar. Pero no eran lágrimas lo que brillaba en sus ojos. Era algo más extraño que yo no era capaz de reconocer.

—¿Quieres ir arriba? —me dijo de repente.

Por supuesto, dije que sí.

Hasta entonces, yo creía tener el control de la situación. Pero visto desde hoy, comprendo que Pamela se adueñó de mí, y del tiempo, y de todo lo que ocurrió en las horas siguientes. No lo noté entonces porque los hombres, ahora lo sé, somos más tontos que las mujeres.

En el cuarto de Pamela, no hablamos. Hicimos el amor con luz y sin prisas, reconociendo nuestros cuerpos centímetro a centímetro con la vista y luego con el tacto, tomándonos nuestro tiempo. Pamela se entregó como si no fuese la segunda vez. Como si llevásemos haciéndolo toda la vida, y no hubiese nada que temer. Y al terminar, a diferencia del día del McRonald's, pudimos quedarnos un buen rato abrazados en silencio, bajo los pósters de los peludos de Bon Jovi. El mundo allá afuera se estaba viniendo abajo, pero en su habitación todo era del color de Hello Kitty.

—Quiero que vayamos juntos a la fiesta de fin de año —dije—. ¿Quieres venir conmigo?

—Sí.

Tenía la voz ausente, pero dulce. Le prometí:

—Te regalaré una rosa. Pero el próximo año también vendrás conmigo a la fiesta de promoción, y entonces te daré una orquídea.

—Mmh.

Interpreté su respuesta como un sí. Hasta entonces, yo me había estado fijando en sus pechitos, pasando el dedo suavemente entre ellos. Pero en sus ojos había vuelto a brillar esa cosa extraña. Miraba al techo, pero parecía mirar más allá, como si tuviese visión de rayos X.

Pensé que era hora de preguntar lo que yo no quería preguntar.

—Pamela... Eso que dijiste en el McRonald's... Era una broma, ¿verdad?

—¿Qué?

—Lo de mis amigos y yo... y tu madre... y el sótano... Ya sabes.

Ella acarició mi mano con las yemas de sus dedos. Sentí el latido de su corazón bajo la piel desnuda. Respondió, si eso era una respuesta:

—¿Sabes? Aquí en mi cuarto había un mural. Lo pintó mi padre cuando yo era chiquita. Eran hadas. Un montón de hadas aladas con un bosque de fondo. Papá decía que había contratado a todas esas hadas para cuidar mi sueño. Y que si yo me portaba mal, ellas irían volando a contárselo.

—Qué bonito. ¿Por qué lo borraste?

—Mamá mandó pintar las paredes.

—¿Y tu padre se lo permitió?

—Él ya no estaba.

Otra vez la sombra. Otra vez la nube. Pero esta vez quise ver a través de ella:

—Nunca me dijiste qué le pasó.

Pamela se hizo un ovillo. Yo me coloqué a sus espaldas, haciéndole cucharita. Y cuando la erección brotó entre mis piernas, me aparté un poco para no incomodarla. Ella habló:

—Él... se fue de a pocos. Al principio, lloraba todo el tiempo. Sin saber por qué. Se levantaba de la mesa y se echaba a llorar. Las cosas más pequeñas (un comercial de televisión, la visita de un amigo, una palabra mal dicha) lo afectaban demasiado. Después comenzó a encerrarse en su habitación. Se quedaba ahí durante días. A oscuras. No se movía ni salía. A veces, por las tardes, yo me colaba en su cama y lo abrazaba. Él me dejaba hacerlo. De hecho, casi no reaccionaba a nada. El mundo... lo dejaba indiferente.

Agarró una esquina de la sábana entre sus dedos, como si fuera el trapito de un bebé. Se estaba convirtiendo en una niña, ahí, frente a mis ojos.

—¿Y qué hacía tu mamá?

—Al principio, ella era muy diferente. Me hacía reír. Trataba de distraerme. Me contaba cuentos. Se había inventado uno que llamaba *El conejo triste*. Era sobre un conejo, un conejo muy sensible que se ponía a llorar por todo. A veces lloraba porque no salía el sol. O porque el invierno era demasiado largo. O porque los pájaros no cantaban como él quería. Hasta que los otros conejos le hacían ver que su vida era buena, y con ellos él aprendía a ser feliz.

—¿Y tu papá aprendió?

Pamela se encogió entre mis brazos. Desde la pared, Bon Jovi me dirigió una mirada de reproche.

—Se fue hundiendo de a pocos en arenas movedizas —continuó—. Y mamá fue perdiendo la paciencia. Comenzó a *exigirle* que fuese feliz. Le dijo que debía hacerse responsable de nosotras. A veces lo arrancaba de la cama, lo sentaba en la mesa y le daba un periódico para que buscase trabajo. Cada día le gritaba y él ni siquiera respondía. Eso la sacaba de quicio aún más. Le dio varios ultimátums. Hasta que lo echó de la casa. Le dijo que, si iba a ser un lastre para nosotras, debía largarse. Que no íbamos a ser sus empleadas a tiempo completo.

La voz de Pamela tembló, y finalmente calló. Yo tuve miedo de preguntar lo que iba a preguntar. Pero pensé en todo lo que habíamos hecho en los últimos días. Y ya no tuve miedo a nada:

—¿Qué pasó entonces?

—Fue hace como seis meses. Yo había empezado a trabajar en el McRonald's, sobre todo para no estar en mi casa, porque el ambiente era insoportable. Al principio, mi tío me traía de vuelta a casa cuando cerrábamos. Una de esas noches (recuerdo que era un miércoles, no sé por qué, y aunque era verano, una niebla baja y espesa inundaba el barrio), al entrar oí ruidos raros en el segundo piso. Llamé a mamá. Y a papá. Nadie me contestó. Mientras subía las escaleras, reconocí esos ruidos: eran llantos. Yo estaba acostumbrada a los de mi papá, pero éstos eran diferentes. Y venían del baño. Poco antes de llegar a la puerta, entendí que eran de mi madre. Yo nunca la había escuchado llorar, ni volvería a hacerlo. Ella llora como un lobo aullando. Entonces pensé que se había lastimado, quizá se había roto una pierna al salir de la tina. Esas cosas suelen pasar. O eso he leído. Me apuré para ayudarla. Pero cuando entré en el baño...

Mientras hablaba, yo fui reconstruyendo su llegada a casa aquel día fatídico. La entrada por el patio, la sala del primer piso, las escaleras. Todo el camino que nosotros habíamos recorrido una y otra vez durante las últimas cuarenta y ocho horas. El camino de la desgracia. Cuando Pamela llegó al punto del baño, interrumpió su historia. Su cuerpo tiritaba, como si una corriente de aire gélido hubiese entrado en la habitación, y sus dientes castañeteaban. No le pregunté qué había visto. Aún recordaba esa frase suya, que lo decía todo.

Sangre por todas partes.

La abracé con toda la fuerza que pude. Le dije, por decir algo:

—Ya pasó. Todo eso ya pasó.

—¡No pasó! —dijo ella en una mezcla de llanto y grito, y luego repitió en voz más baja—: No pasó. Sigue pasando.

—¿De qué hablas?

—Desde la muerte de papá, mamá se puso horrible. Es como un monstruo. Controla mis pasos. Espía mi diario. Ahuyenta a mis amigos. Dice que es su deber imponerme disciplina total. Para que no me pase lo que... Para que no haga lo que hizo papá. Dice que debo dejarme de sueños y vivir en la realidad. Y que la realidad es dura.

—Es normal. ¡Todos los padres dicen eso!

Todos menos los míos, que se pasan la vida concentrados en sí mismos, discutiendo entre ellos, sin enterarse siquiera de si su hijo está torturando a una profesora. Eso pensé, pero no lo dije, porque la historia de Pamela era mucho peor que la mía. Y porque ella seguía hablando, desgranando su relato:

—En los últimos meses, hay días en que no me quiero levantar de la cama. A veces, ni siquiera puedo hablar. La cabeza se me pega a la almohada y se me llena de pensamientos horribles. No dejo de culpar a mi mamá de todo lo que me pasa. Pero no te puedes librar de tu cabeza. Siempre la llevas ahí, pegada a los hombros, y a veces pienso que la única solución es hacer... lo que hizo papá.

—No pienses eso, Pamela. Sólo estás triste...

—Mamá no piensa así. Me obliga a levantarme, me revisa las tareas al milímetro, me inscribe en actividades extracurriculares, me castiga... Y eso sólo me hace sentir peor. Ella cree que lo hago a propósito. Que quiero hacerla sentir mal por preocuparse de mí. Y yo... tengo miedo de que toda la historia se repita.

—No se repetirá. Yo estoy aquí para ayudarte.

—¿De verdad?

Fue casi imperceptible, pero su tono de voz cambió.

Había estado hundiéndose en la miseria, pero salió a flote.

Como una boya que salta a la superficie cuando se rompe su amarra.

—Claro que sí —le aseguré—. ¿Qué creías?

—¿No me vas a traicionar? ¿No me vas a engañar?

—Por supuesto que no.

—¿No vas a desaparecer?

—¡No!

Ahora, algo se me escapaba de nuestra conversación. De repente, ya no nos referíamos a lo mismo. Hablábamos de otra cosa, aunque yo no tenía claro de qué. Sólo debía dejar que ella lo aclarase.

Y eso hizo.

Se sorbió los mocos, se pasó la mano por la frente, se dio la vuelta y clavó en mis ojos una mirada entre desesperada y resuelta antes de decirme:

—Me haces muy feliz, Carlos... Gracias... Porque si mamá vuelve, no sé qué será de mí.

Luego me abrazó, y yo la abracé muy fuerte, y, consciente a medias de lo que decía, le prometí:

—Yo haré por ti todo lo que haga falta. Lo que sea.

Manu

—Hola... ¿Hay alguien?

Mi casa estaba vacía.

Oí a mi vieja en su habitación.

Pero igual, la casa estaba vacía. Siempre lo estaba.

—Manu —salió ella a la sala, ya con prisas por llegar al trabajo, revolviendo su bolso y ajustándose los zapatos, el peinado, las hombreras, todo a la vez—. ¿Cómo estás, hijo?

—Bien. La Pringlin se ha enfermado.

—No me digas.

Aunque nos habíamos visto la noche anterior, y por la mañana, apenas habíamos hablado. Yo no dejaba de darle vueltas a lo que me había dicho la profesora. Aquello de las cartas de mi viejo. Miraba a mi vieja y me preguntaba si podía ser todo falso. Si ella misma era una gran mentira. Pero no me atrevía a preguntarle.

Una mierda, huevón.

—He venido con Beto —anuncié—. Querías conocerlo.

—Buenas, señora —saludó mi invitado. Había tenido que llevarlo casi a rastras a mi casa. Se había pasado todo el día jodiendo y mandando indirectas, el muy cacanero. Todo el tiempo de mal humor y haciendo comentarios estúpidos. Yo tenía que hablar con él antes de que malograse la moral de la tropa. Pero ya que estaba ahí, me serviría para demostrar que él existía de verdad.

—Encantada, Beto —saludó mi vieja—. ¿Van a hacer juntos las tareas?

Los dos asentimos. A mí quizá no me creía. Pero Beto tenía una de esas caras de las que no puedes dudar.

Una cara de pastelito de manzana. No hacía falta ni preguntarle cosas. Sólo con verlo, sabías que tu hijo estaba en buenas manos.

—Muy bien. Ayuda un poco a Manu con las matemáticas, que se le atragantan. No volveré tarde.

Soltó unos besos en el aire y siguió su camino. Yo trataba de no pensar en las palabras de la Pringlin, en las cosas que me había dicho. Pero, por otro lado, recordaba la buena relación entre esa zorra y mi vieja.

Las dos formaban parte del mismo equipo.

¿En quién chucha podía confiar yo ahora?

—Mamá...

—Dime, cariño.

Se dio vuelta en el umbral de la puerta. Se veía impaciente.

Yo no podía preguntarle por las cartas. No quería escuchar la respuesta.

—¿Traerás algo de comer? ¿Chocolate o algo?

—Veré qué puedo hacer. Besitos, muamuá.

—Mamá.

—Dime.

Ya no podía más. Era como un volcán reventando en mi estómago. Todo lo que yo había hecho en los últimos días, en los últimos meses, tenía un objetivo: reencontrarme con mi viejo. Pero ¿mi viejo quería reencontrarse conmigo?

¿Era posible que todo fuese un error?

Y si lo era, ¿para qué mierda íbamos a seguir?

—¿Podemos hablar? —dije.

—¿Tiene que ser ahora? —se molestó un poco mi vieja.

—Sí.

—¿Qué has hecho?

—Nada.

Bueno, casi nada. Una cosita. O dos. Un delito en primer grado sin importancia.

—Está bien —aceptó. Volvió a cerrar la puerta. Dejamos a Beto con cara de incomodidad en la sala y nos metimos en el cuarto de mi vieja.

—Estoy apurada, ¿ok? —dijo ella, sentándose en la cama y encendiendo un cigarrillo. Ahora parece muy lejana la época en que la gente fumaba dentro de las casas. Entonces era lo normal. Yo mismo quería uno.

—No tardaré mucho.

Pero sí tardé en comenzar.

No sabía por dónde hacerlo.

—¿Entonces? —preguntó ella—. ¿Qué querías decirme?

Pensé en mi viejo, conquistando puestos enemigos y derrotando a ecuatorianos y terroristas, a monos y a rojos, y extrañándome desde su nuevo destino, y tratando de verme, y de atravesar el muro que mi vieja levantaba entre nosotros, aunque tuviese que hacerlo a cañonazos.

—Es... sobre las cartas. Las que me manda papá.

—¿Qué tienen?

Mi vieja se puso a la defensiva. Trató de disimular, pero yo podía olerlo en el humo de su cigarrillo.

—La señorita Pringlin me dijo algo.

Mi vieja abrió mucho los ojos pero de inmediato miró hacia un lado, tratando de esconder su gesto.

—¿Qué cosa?

—¿No prefieres decírmelo tú?

No quería pronunciarlo yo, cuñado. Porque no podía hacerlo con la voz firme.

Ahora, mi vieja apagó el cigarrillo. Había varias colillas en el cenicero de su mesa de noche: cadáveres de angustias a medio fumar.

—No sé de qué hablas.

—¿De verdad? ¿De verdad no sabes? Si comparo la letra de las cartas con la tuya..., ¿tampoco lo sabrás? Por favor, no me mientas.

No lo dije furioso. Lo dije como rogándole. En realidad, quería que me mintiera.

Mi vieja se quedó quieta. Hacía gestos de acomodar algo en su bolso, pero sólo quería ganar tiempo. Era triste leerla con tanta facilidad, igual que me leía ella a mí. No éramos capaces de engañarnos. Al final, después de forcejear con el bolso, lo colocó en la cama con un movimiento brusco, más bien un golpe.

Y confesó:

—No puedo creer que te lo haya dicho. ¿Por qué te lo ha dicho?

—¿Por qué lo has hecho?

—¿Tenemos que hablar de eso ahora?

—¡Sí!

Ella se puso de pie. Alzó las manos. Sacudió la cabeza. Sus rizos se columpiaron adelante y atrás.

—Tú extrañas tanto a tu padre... Y yo pensé... ¡Pensé que así lo sentirías más cerca! Y que te calmarías.

—¿Ah, sí? ¡¿Y cómo vas a calmarme ahora?!

Habíamos empezado la conversación con tranquilidad, pero ahora los dos estábamos chillando. Pensé en Beto allá afuera. Estaría escuchando todo ese griterío. No debería haberlo llevado. Aunque todo eso era una cojudez a esas alturas.

—¿Y qué querías que hiciera? —respondió mamá—. Siempre estás hablando de tu papá para arriba y tu papá para abajo...

—Si no lo hubieras botado de la casa, no hablaría tanto de él. Si le dejaras escribirme...

—¿Quién dice que lo boté? ¿Quién dice que no le dejo escribirte?

—¿Y por qué no lo hace?

—¡Por tu bien!

Se sentó de nuevo en la cama. O más bien se derrumbó en ella. Volvió a su bolso, que era como su salvavidas, y lo volcó sobre la sábana. Encontró sus cigarrillos de nuevo. Hizo gesto de encender uno, pero al final lo arrojó al suelo, lo pisoteó y tiró también el bolso. Hundió la cara entre las manos.

Yo estaba demasiado confundido para decir nada. No sabía si saltar sobre ella a jalarle el pelo o largarme de casa con un portazo. Así que no hice nada.

Y ella habló:

—Tu papá está enfermo.

Su voz sonó como un silbido.

—¿Se va a morir? —pregunté. A cada segundo entendía menos.

—No es esa clase de enfermedad. Es una enfermedad que le dejó la zona de emergencia.

—¿Como un cáncer? ¿Como una herida infectada?

—Sí, pero en el corazón.

—Hablas huevadas.

Mi vieja había posado la mirada en un rincón de la habitación, como un ratón escurriéndose. Se pasó la mano por el pelo. Explicó:

—Cuando combatía en zona roja, tuvo que rechazar varios ataques con morteros. Se atrincheraba con sus hombres detrás de sacos de arena mientras les llovían balas, bombas, hasta flechas con la punta de fuego.

—¡A él no le pasó nada!

Mi vieja ni siquiera pareció escucharme. Continuó:

—Los ataques podían durar horas. Y los refuerzos tardaban días en llegar. Si la munición se terminaba, todo estaba perdido. La mayoría de soldados disparaban a lo lejos y hacia arriba, donde se colocaban las ametralladoras y los morteros. La misión de tu padre era limpiar las cercanías. Tirar a quien se acercase a la trinchera.

Imaginé a mi viejo, a pecho descubierto contra el enemigo, barriéndolo cuando se acercaba. Sí. Esa imagen de él no estaba mal. Mejor que la que mi vieja estaba a punto de contarme:

—Entre los terroristas había niños. De trece años. De once. Hasta de nueve. Los chicos no llevaban armas. Las pocas que tenían, las reservaban para los mayores. Los chicos tenían... otra misión.

Ahora sí me miró. Y su mirada me lastimó. Pero no quise interrumpirla.

—Los niños tenían que llevar baldes llenos de gasolina y arrojarlos sobre las trincheras, en los sacos de arena. Si lo conseguían, las balas prenderían fuego a la trinchera. Los soldados tendrían que salir y quedarían expuestos, indefensos. Si alguno de esos niños llegaba a su destino, la batalla estaba perdida. En premio, el niño recibía el fusil de alguno de los muertos.

—Entonces..., la misión de papá...

—Era disparar a los niños.

Mi vieja dejó correr un silencio entre esas palabras y las siguientes:

—Era la única manera de salvar la vida. Mató a decenas, quizá a centenares de niños...

Una escena cobró forma en mi memoria. Traté de contenerla, pero mientras mi vieja hablaba se me venía encima, como un tren.

—Tu papá volvió del frente con un trastorno. Estrés postraumático. Por las noches, soñaba que seguía en la trinchera. Creía que debía defenderse. A veces atacaba a enemigos imaginarios, que sólo existían dentro de su cabeza...

Oí la voz de mi viejo ahora.

Quieto, terruco conchatumadre.

Si te mueves, te reviento la cabeza.

—A veces me atacaba a mí... —siguió mi vieja.

Recordé los gritos en su cuarto, en las noches de apagón.

Los silencios de mi viejo en el sofá de la casa.

Su campamento improvisado entre los muebles.

—Una vez te atacó a ti...

Y ese recuerdo brotó, como el agua de una presa abierta: el frío de la Browning en mi boca. Teniente, registre la casa. El peso de mi padre sobre mí, amenazándome. Quieto, terruco. Los fogonazos inexistentes a nuestro alrededor. Papá, soy yo. Los soldados invisibles que corrían junto a nosotros. Los niños que se acercaban con sus baldes de combustible, tratando de adelantarse a las balas. El fuego por todas partes, el olor del humo mezclado con el de la sangre. Papá, soy yo...

—Manu, tu papá se fue porque no quería hacernos daño. Y no sabía si podría evitarlo. Sí nos quiere, ¿comprendes? Pero es justo por eso que no nos puede ver. Tenemos que dejar que trate de volver a la vida. Y sólo puede hacerlo por sí mismo.

Entonces mi viejo se materializó frente a mí.

Primero desapareció mi vieja. Se desvaneció. Como hecha de aire. Luego, la habitación a nuestro alrededor se transformó. Todo se llenó de verde y azul, los colores de la selva.

Y ahí estaba mi viejo.

Me miraba desde una silla en el malecón de Iquitos, a orillas del río Amazonas. Estaba tranquilo, vestido de civil, con la mirada apacible que había abandonado su rostro mucho antes de su partida. Primero me hizo hola con la mano, y luego, cuando me acerqué, me acarició la cabeza. Me revolvió el pelo. Me dio un par de cariñosas cachetadas. Y se levantó para irse. Yo quería abrazarlo. Yo quería suplicarle que se quedase conmigo, que no me dejase nunca. Pero mientras se alejaba por el malecón lentamente, difuminándose en el aire húmedo de la selva, comprendí que lo estaba viendo por última vez.

—¿Querías saberlo, Manu? —ahí estaba otra vez mi vieja, y con ella la puta realidad—. ¿Querías saberlo? Ahora lo sabes.

Moco

Manu siempre fue un cobarde, ¿ok?

Cuando abandonó su guardia con la Pringlin.

Cuando nos hizo dejarla sola toda una noche.

Pero sobre todo el último día. Cuando volvimos a reunirnos. Ese día ya no era el mismo, era aún más cobarde que el cobarde que era normalmente.

Algo se había roto dentro de él.

Algo había muerto.

Beto

Si cierro los ojos, la escena se pone en marcha, como un disco de Bach.

Ahora Manu y su madre se gritan en la habitación.

No puedo escuchar lo que dicen. Tampoco quiero hacerlo. Estoy en medio de una discusión que no entiendo sobre cosas que no me incumben. Me pregunto si debo irme.

Ahora la madre de Manu sale del cuarto, llorosa. Ni siquiera me mira.

—Señora... —trato de ofrecerle ayuda. Pero es como si hablase desde otra dimensión. Ella no da muestras de notar mi presencia. Abandona la casa dando un portazo, mientras se limpia la cara con un kleenex.

Tenía planeado enojarme con Manu. Tenía previsto hacerle ver que era un tirano, un mentiroso y un sinvergüenza. Decirle que me sentía traicionado. ¿Él quería hablar? Pues hablaríamos.

Pero ahora ya no creo que toquemos ese tema.

Entonces termina el disco. Y comienza nuestro acto, un aria de amor y dolor.

Sentado en la sala de la casa de Manu, sentí que el aire se paralizaba a mi alrededor. En cierto modo, había resultado relajante estar en una casa en la que no tenía que cuidar de una rehén, ni recibir órdenes, ni tomar decisiones. Era como volver a ser niño.

Pero cuando comenzaron los gritos, todo cambió. La tensión se apoderó de la casa. Y en cuanto la madre de Manu abrió la puerta para irse, un vaho espeso invadió la sala. Era el olor del sótano de la Pringlin, que nos alcanzaba incluso ahí.

Manu tardó varios minutos en aparecer. Pensé en ir a buscarlo, pero me reprimí. Quería mantener mi aire ofendido. Aún tenía esperanzas de ser el protagonista. Pero cuando al fin emergió de la habitación, llegó al sofá y se sentó junto a mí, ni siquiera me miró a los ojos.

—¿Quieres jugar Atari? —ofreció.

Yo me negué.

—¿Puedo ayudarte? —le dije. Habría preferido hacer una pregunta menos servil, algo como: «¿Qué pasa?» o «¿La has cagado con tu vieja?», pero no me salió.

Él negó con la cabeza. Y dijo:

—Puta que Ryan Barrameda tiene razón. Sólo somos un montón de señoritas.

No supe cómo tomarme eso, así que callé. Él se explicó:

—Tenemos una rehén y ni siquiera sabemos qué hacer con ella. Podemos bailar un rato en casa o darle un cuarto a Carlos para que se desfogue, pero no podemos durar mucho, huevón. Estamos al borde de la cornisa, el edificio está temblando. Y yo no puedo hacer nada.

—No te flageles, Manu...

—Cojudo, somos un fracaso. Después de todo lo que hemos hecho, seguimos siendo los cuatro idiotas de siempre. Pronto seremos cuatro idiotas en un reformatorio.

De repente sentí frío. Frío e incertidumbre. Y como el silencio lo volvía todo peor, traté de llenarlo con palabras, aunque no tuviesen sentido:

—Has hecho lo que has podido...

—Lo he hecho mierda todo. Y además, lo he hecho por error. Soy el peor líder del mundo.

Manu se derrumbó. Sus labios temblaron mientras hablaba. Sus ojos enrojecieron. Su cuerpo se hundió en el asiento. Quise abrazarlo, pero ya no sabía qué era buena idea y qué no. Puse una mano en su hombro, porque me pareció una señal de apoyo masculina. Sentí que su torso se relajaba ante mi contacto. Quizá era la manera de decir gracias de ese cuerpo.

Suspiró hondamente y anunció:

—No sé si tenga ya sentido lo que estamos haciendo, Beto. Creo que vamos a tener que rendirnos y soltar a la vieja.

Eso sí era inesperado. Eso cambiaba todo. Incluso el pasado inmediato:

—¿Qué dices? Tú eres el jefe, ésta fue tu idea.

—Quizá fue una mala idea.

No era él. Su mirada huidiza. Su actitud derrotista. Su negrura interior. Alguien se había robado a nuestro Manu y nos había dejado un muñeco vacío.

Pero, más que sentir lástima por él, me empecé a llenar de rabia.

—¿Cómo que una mala idea? ¿Nos has metido en todo este lío para ahora decirnos que es una mala idea?

—Sí. No. No sé.

—¿QUÉ? ¿Nos has hecho quebrantar la ley para decirnos ahora que no sabes qué carajo hacer?

—Yo no les he hecho hacer nada —replicó, ahora a la defensiva—. Ustedes se han metido porque han querido.

—¡Nos hemos metido para ayudarte, porque tú lo pediste! ¡Porque somos amigos!

—¡No podemos seguir así! ¿Cuánto tiempo podremos hacer guardias día y noche sin que nuestras familias lo descubran? ¿Con qué dinero le compraremos comida a la Pringlin? Ni siquiera entiendo cómo lo hemos logrado hasta ahora.

—¡Eso yo ya lo sabía! Pero me metí en esto por ti. Te apoyé frente a Carlos. Conduje el carro de madrugada. ¡Me arriesgué!

Entonces salió la víbora que había dentro de Manu. Había estado unos minutos atontada, enroscada en sí misma, pero a la primera provocación despertó y saltó a morder mi yugular, porque su instinto primero era hacer daño:

—Tú buscabas otra cosa —dijo.

Me quedé lívido. Hasta entonces, la rabia había circulado por mis venas como una inyección de insulina. Ahora era un torrente:

—¿Cómo dices?

—No he dicho nada —trató de retroceder.

—¿Estás diciendo que lo he hecho por cabro? ¿Eso es lo que quieres decir?

—No...

—¡Este cabro se ha jugado el pellejo por ti, imbécil! Y tú, después de dar órdenes por todas partes y hacerte el macho con tu pistola, eres un conejo asustado. Sólo quieres correr. ¿Quién es el hombre aquí? ¿Quién es el macho?

—¡No lo sé! —gritó.

E hizo algo que le sorprendió a él más que a mí: se puso a gemir.

Fue muy repentino, como un vómito inesperado. Pero una vez que empezó, ya no podía detenerse. No era un llanto en sentido estricto. No le brotaron lágrimas. Pero sí mocos, y gorgoteos. También emociones, todas las que había estado reprimiendo desde hacía dos días:

—¡Yo sólo quería ver a mi viejo! —balbuceó, atragantándose al hablar como un niño pequeño y huérfano—. Yo sólo quería joder a la Pringlin. ¡Lo siento! ¡Lo siento! ¡Lo he hecho todo mal!

Subió las piernas al asiento, y se abrazó a sus rodillas. Hundió entre ellas la cabeza. Parecía querer hundirse entero en el suelo, tragado por la tierra, enviado por línea directa hasta el infierno.

Mientras se lamentaba, volví a poner la mano en su hombro, y luego la fui desplazando hasta que el brazo cubrió los dos hombros. Habíamos llegado a un punto en que las palabras ya no servían de nada. Me senté a su lado, ahora muy pegado a él. Y luego mis dedos ascendieron hacia su cabeza para despeinarlo un poco. Le susurré:

—No te preocupes. Yo te entiendo. Y te protegeré.

Lentamente, comenzó a calmarse. Sus ojos se secaron. Su respiración entrecortada se normalizó. Tragó saliva. Sorbió sus mocos. Sólo después de hacer todo eso, consiguió alzar la cabeza. Y ahí estaba yo, esperándole. No había dejado de abrazarlo en todo el tiempo, y ahora él entreabría los labios y se los mordía, como tratando de reprimir algo que deseaba decirme.

Durante los segundos siguientes, las cosas ocurrieron con una extraña naturalidad.

Primero acerqué mis labios a los suyos, que me recibieron cálidamente.

Después me echó encima los brazos, y yo lo estreché aún más. Él necesitaba un abrazo. El que fuera. De quien fuera.

Y finalmente, nuestras bocas se apretaron una contra otra.

Carlos

No eran los mismos. Beto y Manu. Cuando volvieron.

Nada era lo mismo. Yo tampoco. Pamela se había ido, pero había dejado a sus espaldas un mundo más complicado.

Todo estaba al revés. Arriba era abajo, derecha era izquierda, lo razonable se había vuelto una locura... Y viceversa.

Manu

Mierda. Mierda.

Moco

—Hola, Pringlin. Ahora te toca jugar conmigo. Tranquila, te gustará. ¿Sabes lo que vamos a hacer? Te voy a quitar la mordaza para ver bien tu cara de dolor. ¿Qué te parece? ¿No es encantador? Eso es, quiero sentir tu miedo, Pringlin, quiero que sudes frío.

A esas alturas, la Pringlin era un juguete que nos pasábamos entre los cuatro. Y en mi turno, yo quería ponerle un poco de glamur, je je.

Puse la banda sonora de *El padrino*. Era mi momento de gloria.

Arranqué la mordaza de un tirón, para que le doliese el pegamento. Aunque ella conservó la dignidad, yo supe que gritaba por dentro. Eso me bastaba.

—Quiero filmar una película snuff contigo. ¿Sabes de qué se trata el snuff? Yo te golpeo y tú gritas frente a la cámara. Luego lo vendo y gano mucho dinero. Pero tranquila. No necesariamente mueres en la primera escena.

El principal recurso de la vieja para sacarnos de quicio era esa mirada de piedra que ponía, la misma que en clases, como si pensase que acabaría saliendo de ahí y dándonos unos azotes. Ya que la tenía a mi disposición, ahora yo iba a darle un poco de expresión a esa cara.

—Traje mi cámara, para que podamos jug... —miré a un lado. Miré al otro. Y entonces recordé—. Mierda, la cámara. ¡La cámara!

La había dejado en la habitación de Pamela, oculta en el armario y enfocada hacia la cama. Al final quizá sí tendría mi escena de coito juvenil. Pero no era eso lo que quería. Pateé uno de los sacos de cemento, ciego de rabia.

Y por supuesto, en ese momento de desesperación, la Pringlin vio una rendija abierta. Dijo:

—No vas a poder hacer tu película, ¿verdad?

—¡Cállate!

Di vueltas por la habitación, como un gato enjaulado. Mierda de vieja. ¿Cómo hacía para ganar siempre?

—Moco, por favor —insistió—, tienes que pensar bien en lo que están haciendo...

Yo tenía la respiración agitada. Buscaba alguna manera de recuperar mi papel. Ser el malo de nuevo. Corrí hacia la caja de herramientas, pero antes de llegar encontré algo mejor: junto a las escaleras, sobre el suelo pelado de cemento, descansaba la botella de whisky vacía de Manu. La agarré y la blandí hacia la Pringlin.

—¡O te callas o te abro la cabeza!

—¿Seguro que Manu te dejará hacerlo?

Al escuchar el nombre de Manu bajé la mirada. A fin de cuentas, ella tenía razón. ¿Qué podía hacer yo, aparte de mirarla durante un turno de cuatro horas? ¿Qué iniciativa podía tomar sin que la aprobase el jefe?

Pero, por otro lado, ¿por qué chucha era él el jefe?

—No necesito que él me deje hacer nada, zorra —dije, y alcé en el aire la botella—. Durante las horas que vienen, tú eres mía.

—¿Por qué dejas que Manu te trate así? Te grita, te zamaquea, te mangonea...

Y entonces hice justo lo que no debía hacer: me encogí de hombros, pensé en lo que ella decía y, peor aún, le respondí:

—Qué más da. Ya estoy acostumbrado.

—Acostumbrado a que te trate como a un sirviente.

—No he dicho eso. Manu es de puta madre, sólo que a veces se pone de mal humor.

—¿Y eso le da derecho a hablarte tan mal, a hacerte sentir un inútil?

En apenas unos segundos, me estaba poniendo del lado de ella. Era la primera que entendía mi punto de vista. Aún empuñaba la botella, pero ahora abajo del todo, como si cargase un maletín.

—No... ¡Claro que no!

—Deberías quererte más, Risueño.

Mierda, ella tenía tanta razón... Como el científico alemán que hizo al Capitán América. Era malo, pero un sabio.

—Sí me quiero —dije débilmente—. Soy... de la puta madre.

—Manu te trata mal porque te tiene miedo.

—¿Eh?

—¿Quién más podría robarle el puesto de jefe? ¿Ah? ¿Quién más podría mandar?

—Eso es verdad. Pero somos un equipo...

—Claro. Siempre te has sentido inferior, pobrecillo.

—¡No me siento inferior!

—Claro.

Saboreé las palabras, primero mentalmente, luego en voz alta:

—Sonaría bien, ¿no? Jefe Moco. Je je.

—Manu no cree que suene tan bien. Por eso trató de envenenarte...

¡Sí, sí! No, no.

—No quiso envenenarme. Ya me explicó. Yo debí fingir que comía pero no comer.

—¿Y por qué no te dijo eso antes?

—Porque no podía, no estando usted al frente.

—¿Y por qué justo tú?

—No sé.

—Qué extraño, ¿no? Qué extraño.

Físicamente, habíamos ido evolucionando. Aunque ella seguía sentada, herida y atada, su presencia se había agrandado, y en ese momento parecía ocupar la mitad del sótano. En cambio yo me iba reduciendo, encogiendo, y la botella en mis manos dejaba de ser un arma para convertirse en un adorno, como un lacito de colores, como los accesorios de Alicia Silverstone en *Clueless*.

Pero yo no era idiota. Estaba cayendo en el hechizo de la bruja, y era capaz de contrarrestarlo.

—Lo está diciendo para ponerme nervioso —desperté.

Estaba volviendo a tratarla de usted. El tuteo había sido la expresión de un momento de superioridad, cuando le hablaba desde la cúspide, pero ahora un agujero se abría bajo mis pies. Y ella tenía la pala en sus manos.

—¿La verdad te pone nervioso?

Rompí la botella contra la pared. Acerqué a sus ojos las puntas de vidrio que habían quedado en mi mano.

—Créame —dije—. Si quiero, puedo hacerle mucho daño ahora. No necesito permiso de nadie. Y luego puedo subir y hacerle daño a su hija, que está arriba. ¿Le demostraría eso que Manu no me da órdenes?

Al principio, ni un músculo facial de la Pringlin cambió de lugar ante la mención de su hija. Se me quedó observando con la misma indiferencia de antes, la de siempre. Sólo después de largos segundos, su máscara de hielo comenzó a resquebrajarse. Sus ojos se humedecieron. Sus labios se torcieron.

Mi brazo volvió a caer. Olvidé que tenía un brazo.

—Risueño... —dijo ella ante mi estupor—. ¿Cómo puedes ser tan cruel? ¿Cómo puedes ignorar lo que una madre siente por su hija?

—Yo... —titubeé—, yo...

—No todo el mundo es como tu padre...

—¡Con mi familia no se meta! —reaccioné.

—Sólo he intentado ser la madre que te hacía falta, la figura que te educa y te enseña el camino correcto...

—Lávese la boca para hablar de mi madre...

Era muy raro. Yo tenía la botella y las manos libres. Pero ella parecía controlarlo todo. Me confundía. Me mareaba.

—¿De qué murió tu madre, Risueño?

—Fue el apagón. Las máquinas se apagaron.

—Siempre hay apagones. ¿No estaba previsto? ¿Por qué no la tenían en un hospital?

—¡En casa estaba bien! Papá la estaba cuidando.

—Claro. Pero papá tenía ese problema con la bebida...

¿Cómo hacía eso? Parecía que estábamos siempre donde ella quería llevarnos. Quise cerrar las orejas, como uno cierra los ojos. Las palabras de la Pringlin me pinchaban por dentro y exprimían mis lacrimales. Todo yo estaba húmedo: mi frente, mis manos. La botella, o lo que quedaba de ella, quiso deslizarse hacia el suelo. Tuve que aferrarme a ella. Y apretar los dientes. Y el cuerpo.

—Por eso él se siente tan culpable, ¿verdad?

—No sé de qué me habla.

—El balón de oxígeno estaba muy cerca de la cama. La alimentación y las medicinas sólo requerían que alguien prestase atención. Ella no dependía de la luz eléctrica. Pero el responsable de sus cuidados estaba abajo, entretenido con un vaso de pisco...

—No es verdad.

Seguro que había estado hablando con mis tías. Todas esas palabras no eran suyas, eran clones de las ideas de esas brujas. Clones que se colaban en mi cabeza como una plaga de insectos haciendo cada vez más ruido, rebotándome en el interior del cráneo. Y a todo esto, ella seguía:

—La dejó morir. Quizá sólo se durmió demasiado tiempo. Quizá, en su delirio alcohólico, pensó que era mejor para ella. Quizá ni él mismo lo sabe ya. Pero no se lo ha perdonado hasta ahora. Le duele a cada segundo. Por eso no ha podido ser el padre que mereces.

—No diga más...

Y ahora, de repente, dentro de mi mente sólo había silencio.

—Risueño —seguía la vieja—, yo sólo he querido ayudarlos. A los dos. Que tu padre tenga tiempo de recuperarse. Que tú estés bien atendido por tus tías. Todo lo que he hecho es por tu b...

No pude más. Di tres pasos adelante y le crucé la cara con el vidrio. A un lado de su boca se formó a gran velocidad una larga marca roja, y de ella manó un chorro de sangre. Alrededor de la marca, la piel se puso morada.

—Vuelve a mencionar a cualquier miembro de mi familia, Pringlin —advertí—, y no voy a dudar ni un segundo en meterte una bala por el culo.

Y de hecho, podía hacerlo. Nada me lo impedía.

Porque ahí, en un rincón del sótano, estaba tirada la Browning de Manu.

Beto

Quizá fue culpa mía lo que ocurrió después.

Tiendo a echarme la culpa de todo: de mi soledad, de los defectos de mis amantes, de la maldad en el mundo. Es como un deporte privado. También me siento culpable por mi familia. Especialmente por mi madre. Creo que, de no haber sido yo como soy, mi madre habría podido abandonar a mi padre y tener una vida feliz. Si se mantuvo al lado de ese mastodonte, fue únicamente por no dejarme solo con él. Ella siempre supo lo que yo era. Las madres siempre saben. Y su instinto de protegerme la convirtió en una esclava, o menos que eso, en un accesorio del hogar. Así que arruiné la vida de mi madre, y la de mi hermana, que creció creyendo que eso era lo normal. De paso, arruiné la mía.

También, por supuesto, arruiné nuestra aventura con la Pringlin. La única aventura digna de ese nombre en que he participado a lo largo de una vida aburrida, anodina y gris.

Y lo hice todo con un beso. Como Judas.

Eso es otra cosa que suelo hacer: arruinarlo todo, pero siempre sin querer, intentando hacer lo contrario. Como un elefante tratando de salir de una cristalería. Si lo hiciera a propósito, al menos sería un buen malo. Pero sólo soy un torpe.

Yo quería que Manu se sintiese mejor. Mi intención era confortarlo. Pero el Manu que salió de mi beso había envejecido cuarenta años, se veía pálido y tenía los labios azules, como si el contacto con mi piel le hubiese causado hematomas.

—Sólo esto me faltaba —susurró, con los ojos muy abiertos.

—No tienes que avergonzarte —le dije—. No hemos hecho nada malo.

Yo mismo trataba de convencerme de eso. Era mi primer beso. Quería que fuese romántico.

Traté de acariciarlo, pero me rechazó. Y sin levantar la cabeza, enumeró:

—Puta madre. Tenemos a una profesora secuestrada y la hemos dejado con el peor psicópata de los cuatro, mientras otro se tira a su hija y yo me vuelvo ñoco. Mierda, Beto. Esto no es malo: es una catástrofe.

No supe qué decir. Tan sólo me senté a su lado, esperando que me necesitara. Debería haber comprendido desde mucho antes que Manu no necesitaba a nadie. Tras lo que pareció una especie de meditación, se levantó y se dirigió a la calle. Yo lo seguí, porque no se me ocurría nada mejor que hacer.

—Manu, deberíamos hablar.

—Sht.

Él arrastró los pies hasta la casa de la Pringlin. Y yo arrastré los míos tras él. Cuando llegamos el sol comenzaba a ponerse, y nuestras sombras se alargaban hasta el otro lado de la calle. Manu ni siquiera trató de camuflarse. Se paró ante la puerta y tocó el timbre, como una visita que llega a tomar el té.

El Carlos que nos abrió no estaba de mejor humor.

—¿Qué tal?

—¿Y Pamela? —pregunté.

—Ya se fue.

—Fue rápido, ¿ah?

Lo dije con complicidad. Creo que incluso le di un pequeño codazo de hermano. Trataba de animarlos. Trataba de que volviésemos a ser una banda de ladrones, una cuadrilla de camaradas subversivos y no una triste caravana de perdedores.

—No fue rápido —respondió Carlos—. Fue peor que eso.

Sombríamente, nos hizo pasar hasta el salón, donde estaba sentado bebiendo de un vaso sin hielo ni agua.

—Ya no hay whisky —dijo—, pero queda un poco de ron. Después de eso, se acabó.

—Se acabó de todos modos —replicó Manu lentamente, con la voz teñida de negro.

Carlos ni siquiera respondió. Tenía la mirada hundida en su vaso, como si quisiese ahogarse en él. Yo ya no sabía qué chiste contar. Y entonces irrumpió Moco, fuera de sí, estrellando la puerta del sótano contra el marco y entrando como un huracán en la sala:

—¡Se acabó! ¡La matamos y a la mierda! ¿Por qué seguimos perdiendo el tiempo?

—Basta, Moco. Yo no he autorizado ningún...

—No he venido a pedir permiso, Manu. Busquen bolsas. Sacamos el cadáver esta noche y lo tiramos en el arenal. Y pienso filmarlo todo. Voy por mi cámara y me importa un carajo si tu hembra está dentro, Carlos. La matamos a ella también.

Todo iba demasiado rápido. Todo era demasiado fuerte.

Pensé que Manu impondría su autoridad y sentaría a Moco con un par de gritos. Pero Manu estaba enfurruñado en un sillón, derrotado. Sin apenas levantar la voz, dijo:

—Vamos a liberarla.

—¿¿¿Qué???

Una cosa buena había en todo esto: Manu estaba recobrando la razón. Y era mi deber ayudarlo. Dije:

—Es la mejor decisión, Moco. Esto es una locura y ha llegado a su fin. Nos darán una pena menor por secuestro que por asesinato. Si la liberamos y nos entregamos, a lo mejor la cosa se resuelve sin policías. Sólo nos expulsan y ya.

De verdad me creía eso. Me lo quería creer.

—De todos modos, estaremos mejor fuera del colegio —añadió Manu. Probablemente calculaba el color de la papeleta que le correspondía. Pero no calculaba el ímpetu de Moco:

—¿Se dan cuenta de lo que están diciendo? ¿Hemos llegado hasta aquí para soltarla? ¡Pues se van a la mierda!

—¡Tú te vas a la mierda! —trató de imponerse Manu, quizá sorprendido por la rebelión.

—¿Y quién me va a mandar?

—Basta de cojudeces, Moco —intervine, tratando de emplear una voz calmada y adulta—. Somos tres contra uno.

Al menos, ésos eran los números. La matemática es fría y expeditiva. Ahorra discusiones.

Pero Carlos, desde su vaso de ron y su sofá, hizo trizas la matemática:

—No somos tres contra uno, Beto —dijo con una voz metálica y cansina—. Somos dos contra dos.

Manu dio un salto:

—¿Tú?

—Hicimos esto con un objetivo y vamos a cumplirlo —proclamó Carlos, un Carlos inesperadamente radical, salido de quién sabía dónde—. No tendría sentido si no.

—Es un suicidio —dije.

—No, es un homicidio —respondió él.

—Están huevones —dijo Manu, quizá sorprendido sobre todo de no imponer ningún liderazgo, de ser uno más, o quizá uno menos. Se había caído del pedestal demasiado rápido, y ahora Moco recibía sus insultos con una risa perversa:

—Dos contra dos, Manu. O más bien, tres contra dos.

Se abrió la camisa del uniforme escolar. Llevaba la pistola de Manu en el cinturón, como el propio Manu la había llevado antes. Se había transformado en Manu, y Carlos se había transformado en Moco, y Manu quizá no se había transformado, tan sólo se había difuminado, pero reapareció para reclamar la propiedad de sus fracasos.

—Esa pistola es mía —protestó, endureciendo la voz.

—¿Ah, sí? —lo provocó Moco—. Ven por ella.

—¡Hijo de puta!

Se abalanzó sobre Moco. Carlos salió a defender a uno, y yo al otro. En cuestión de instantes, los cuatro amigos estábamos empujándonos, mordiéndonos y rompiendo el mobiliario de la Pringlin.

No deberíamos haber perdido de vista quién era nuestro verdadero enemigo. En ese momento, en vez de revolcarnos por el suelo y darnos bofetadas, deberíamos haber estado vigilando a nuestra rehén, impidiendo lo que estaba a punto de hacer. Pero ya no éramos los que habíamos sido. Al ponernos unos contra otros, habíamos perdido la batalla. Todas las batallas.

Por supuesto, nuestro revolcón no podía durar mucho. En el cuerpo a cuerpo, yo era un cero a la izquierda. A Carlos apenas le tomó un par de sopapos quitarme de en medio. Mientras tanto, Moco se había sentado sobre Manu y lo estrangulaba. Manu, con sus manos en el cuello, empezaba a ponerse verde.

—¡¿Qué pasa, Manu?! —gritaba Moco enloquecido—. ¿Ya no sabes pelear? ¿Quieres ser el siguiente cadáver?

—¡Basta, Moco! —gritó Carlos, y lo empujó a un lado.

Manu rodó hacia el otro lado, tosiendo y jadeando. Cuando los lobos pelean, el derrotado le ofrece su cuello al vencedor. Ésa es su señal para rendirse, su bandera blanca. Y Manu hizo un gesto parecido. Se quedó de rodillas, sin moverse, mientras plantaba una mirada de pánico en el nuevo Moco, que por lo demás no era más que una versión extrema del de siempre.

Moco se puso en pie y se acomodó la camisa, como si alguna vez le hubiese preocupado el estado de su ropa.

—Voy por la cámara —dijo. Se dio vuelta hacia la escalera.

Yo sólo observaba impotente, sin prever que aún nos quedaba una última sorpresa.

Cuando nadie esperaba que su participación llegase tan lejos, Carlos dijo:

—No va a haber cámara, Moco. Ni siquiera la vas a matar tú.

Aún tenía la voz entrecortada por el esfuerzo. En cambio, Moco estaba repuesto y enérgico:

—¿Y quién lo va a hacer? ¿Tú? ¡Por favor!

Carlos, o ese chico igual a Carlos que no se parecía nada a él, asintió con la cabeza.

—Yo lo voy a disfrutar mucho más —insistió Moco.

—Lo voy a hacer yo, carajo.

—¿Y qué pasa si no me da la puta gana?

—¡Si no lo hago yo, no lo hace nadie! Y volveremos a ser tres contra uno.

La sala de la Pringlin parecía un campo de batalla arrasado. Manu y yo, tirados en el suelo, apenas éramos dos más de sus escombros, no mucho más decorosos que los cristales rotos y el tapiz rasgado de los sillones. En un extremo, junto a la escalera, Moco estudiaba la nueva situación. En el otro, cerca de la puerta del sótano, Carlos esperaba su respuesta con los brazos en jarras.

Moco se adelantó hacia él con aspecto de dar batalla. Manu y yo intercambiamos miradas con un mensaje: si Moco peleaba con Carlos, lo reduciríamos entre todos.

Mientras Moco cruzaba la sala, yo contuve la respiración. Todos nos preparamos para saltar sobre él si nos daba la oportunidad. Moco sacó el arma de su cinturón. Carlos mantuvo la actitud firme. Cuando se encontraron, como dos vaqueros antes de un duelo, Moco tomó el arma por el cañón y se la ofreció:

—Adelante —dijo—. Si tienes los huevos de hacerlo, te lo has gaado.

Carlos

Tenía que hacerlo.

Ahora ya no se trataba de nosotros, ni siquiera de mí. Se trataba de Pamela.

Y todo lo que tuviese que ver con Pamela era mi responsabilidad personal.

Nunca abandones a alguien que te quiere.

Nunca. Nunca jamás.

Si mamá vuelve, no sé qué será de mí.

No volverá, mi amor. Déjalo en mis manos.

Recibí el arma con aire marcial, como un policía condecorado. Sólo me faltó hacer un saludo militar. Descendí por los peldaños del sótano lentamente, escondiendo el arma a mis espaldas. La señorita Pringlin seguía ahí, en medio de un cementerio de cristales rotos, sentada y cabizbaja, con la cinta adhesiva colgándole rebelde de una mejilla. A esas alturas, su rostro era un conjunto de magulladuras y golpes. Más que una foto de carnet, parecía una huella digital.

—Buenas noches, señorita Pringlin.

—Ha durado poco el turno de Risueño, ¿verdad?

No dije nada. Me acerqué a ella hasta situarme a su costado. Ella siguió intentando entablar conversación:

—¿Se han peleado? Escuché mucho laberinto ahí arriba.

—Usted no tiene que preocuparse por eso. Ya no.

Habría sido más fácil enfrentarme a la furia descontrolada de la Pringlin, o a su frialdad despectiva, que a esta mujer maniatada y llorosa. Es más correcto ejecutar a un verdugo que a una víctima. Sobre todo si la víctima habla:

—¿Dónde está Pamela?

—Pamela está bien. Pronto estará mejor.

Llegué al suelo. Bajo mis pies crujieron los pedazos de botella. Escondía la mano en la espalda. Pero mis intenciones eran difíciles de ocultar. Y ella no se hacía ilusiones. Estaba mareada, entumida, mal alimentada, y su rostro sangraba.

—¿Le dirás que la recuerdo? ¿Que me preocupé por ella hasta el último minuto?

—No creo que pueda decirle eso.

—Ella y yo... nunca nos entendimos. Ella siempre me culpó por... todo.

—A lo mejor tenía razón. Fue culpa de usted.

Ella dejó escapar un ruido, como un gorjeo ronco. Cuando habló, su voz sonó profunda y sabia:

—Eres demasiado joven. El amor no es un lecho de rosas.

Pero yo no iba a aceptar su versión de las cosas. Eso es algo que he vuelto a ver en mi trabajo. Para cuando el preso llega a cumplir condena, ya a nadie le importa su historia. El último en oírla es el juez. Luego los carceleros, los policías y los directores penitenciarios se limitan a cumplir su labor. Si acaso el preso insiste en defender su inocencia, le responden con un comentario como el que hice yo entonces:

—El hecho es que él está muerto. Y usted está viva.

Aún en una especie de limbo emocional, me coloqué a su costado. Daba cada paso automáticamente, sin sentir lo que hacía, ni ninguna otra cosa. Y ella misma, al hablar, no sonaba triste, sino resignada, casi aburrida. Aunque levantó el tono para decir:

—Hice todo lo que pude. Sufrí durante mucho tiempo para cambiarlo. Y lo mismo he querido hacer con ustedes, Carlos.

—Y no ha conseguido salvarse ni siquiera usted. Qué paradoja.

La Pringlin recuperó su tono glacial, casi de cirujana:

—Piensa bien lo que vas a hacer. Piénsalo antes de que no puedas dar marcha atrás.

Era tal el silencio que podía escuchar mi respiración, y la suya, y los latidos de nuestros corazones. O quizá es una exageración de mi recuerdo. Lo que sí tengo claro es que saqué la Browning de mi espalda ceremoniosamente y apoyé el cañón contra su sien. Había visto rastrillar una pistola en las películas, pero no sabía cómo hacerlo. De todos modos, pensé, se puede disparar directamente. Todos mis pensamientos estaban dedicados a detalles técnicos, a dificultades prácticas.

Aunque no sentía nada, noté que una gota —una lágrima, o quizá el sudor frío— correteaba por mi rostro.

—Ya está pensado —respondí—. Y decidido. Pero no se preocupe. Los muertos no sienten. Así que puedo asegurarle que esto me dolerá más a mí que a usted.

Cerré los ojos para disparar. Imaginaba una explosión de sangre y sesos contra la pared, un manchón rojo pintando los ladrillos grises, y no quería verlo. Pero cuando estaba a punto de jalar el gatillo, sentí que una tenaza atrapaba mi muñeca.

Y tiraba de ella violentamente hacia adelante.

—De eso puedes estar seguro —le oí decir a la profesora.

Abrí los párpados.

La tenaza era la mano de la Pringlin. Sus uñas se me clavaban en el antebrazo como sanguijuelas.

En la otra mano, ella llevaba los restos de vidrio con que había roto sus ataduras y con que ahora me hizo un tajo en la muñeca. La sangre salió como un chorro lento que cubrió toda mi mano. No era exactamente rojo. Era casi negro.

En cuestión de segundos, era ella la que tenía la pistola en la mano, y yo el que me arrastraba por el suelo. Gateé hasta un rincón hasta que no pude avanzar más, y entonces me di la vuelta. Ella se acercaba a mí. Y yo trataba de interponer mi mano sangrante entre su arma y mi rostro.

Manu

Qué nervios, huevón.

Todos fumábamos sentados en el suelo, sin decir ni mierda.

Yo sólo quería que acabase esa huevada. Ya no quería ver a mi viejo ni ser un jefe ni torturar a la Pringlin. Sólo esperaba largarme de ese sótano y no volver más.

Moco había asumido el liderazgo. Estaba inflado y se había abierto los botones de arriba de la camisa, como si tuviera pelos que enseñar. Los granos de su cara brillaban como los focos rojos de una casa de putas. Dijo:

—Cuando esta vieja esté muerta, todos vamos a ser cómplices. ¿Se dan cuenta? Vamos a tener que poner el hombro para ocultar el cadáver. Y negarlo todo.

—No me digas lo que tengo que hacer, carajo... —gruñí, en un último esfuerzo por mostrar alguna autoridad.

Moco me soltó una cachetada. Lo más increíble es que no respondí. No tenía fuerzas para hacerlo. Él dijo:

—Tú ya me dijiste durante mucho tiempo lo que tenía que hacer. Y fuiste un fracaso. Ahora yo doy las órdenes aquí.

Me iba a soltar otra bofetada, pero la mano de Beto la detuvo en el aire:

—¡Ya déjalo!

—¡Aaaah! —se mofó Moco—. Pero mira quién ha salido en tu defensa. ¡Miss Primavera! ¿Ahora necesitas que te defiendan las niñas, jefe?

—Eres un huevón, Moco.

Era una defensa débil por mi parte, pero era la única que podía ejercer. Y Moco olfateó mi debilidad, como un perro de caza:

—Y tú eres un mariconcito, Manu, una loca de atar. ¿Qué tal besa? ¿Mejor que una mujer? ¿Qué tal es en la cama? ¿Mejor que un hombre? Habrán visto juntos el video que le vendí, lo habrán disfrutado en la camita.

—¡Enfermo de mierda! —se encendió Beto—. Deja a Manu en paz.

Y entonces sí me encendí yo. Pero no con Moco. Lo que más dolía no era lo que decía, sino que tenía razón. Así que me enfurecí contra el único a quien podía lastimar:

—¡Sé defenderme solo, maricón! —le dije a Beto—. ¡Déjame tú en paz!

Moco esperaba una escena así. La estaba provocando. Y la aprovechó:

—Uuuuy. ¡Una disputa conyugal! ¿Se van a arañar o a morder?

—Te voy a enseñar cómo pegan las niñas, conchatumadre —le dijo Beto, y se arrojó sobre él armado sólo con sus puños.

Nadie habría dicho que Beto podía pegarle a alguien. Ni cagando. Pero en ese momento le salió toda la rabia. Agarró a Moco de las solapas y lo empujó contra la mesa. Luego lo levantó y le encajó dos puñetazos en la cara. Sus golpes eran precisos, secos, como los de un boxeador con experiencia. No las sacudidas histéricas de mano abierta que nosotros esperábamos de él. Le dio tanto que Moco corrió hacia el sótano. Y más increíble aún: Beto entró tras él.

Yo me quedé sentado en la alfombra. Para mí, las cosas habían empezado a ocurrir muy lejos, en otro planeta, uno al que ya no quería ir.

Cinco minutos después, escuché el escándalo del sótano.

Moco

¡Cómo pegaba Beto! ¡Rosquete y todo!

Dos guantazos y yo tenía la nariz sangrando y un ojo morado. Traté de responder y me cayó otro. Tuve que salir corriendo al sótano en busca de Carlos. Y escapar de un chivo es humillante, es como ser doblemente chivo.

Como Robin Williams en *La jaula de las locas*.

O Tom Hanks en *Philadelphia*.

Recontracabro, o sea. Hasta me salió gay el grito mientras bajaba las escaleras del sótano:

—¡Carlos, ayúdame! ¡Carlos!

Pero no grité mucho. Lo que vi me dejó sin palabras.

Y ahí estaba Carlos. Y la vieja.

Pero no estaban como debían estar. Estaban al revés, más bien.

La vieja, toda ensangrentada y de pie, con la Browning en la mano, apuntando a un Carlos arrinconado y asustado.

—¿Pero qué chuch...?

A mis espaldas entraba Beto, que se quedó clavado en su sitio, dos peldaños detrás de mí. La Pringlin se volvió a vernos, y con ella el cañón de la Browning. Sonreía, pero con la cara como la tenía, su sonrisa parecía una mueca zombi.

—¡Bienvenidos, chicos! Quizá quieran reunirse con su amigo —y dejando de sonreír, con tono de mando, añadió—: No digan nada y bajen.

Alzamos las manos. Ella no lo había pedido, pero fue una respuesta automática, a lo mejor porque es lo que se hace en las películas. Descendimos lentamente, escalón a escalón. Por primera vez en días, nosotros queríamos que las cosas marchasen en cámara lenta. Con las espaldas pegadas a la pared, avanzamos sin dejar de mirar la pistola, hasta reunirnos con Carlos en la esquina.

—Señorita Pringlin —dijo Beto—, no se deje llevar. No haga nada de lo que pueda arrepentirse.

Un brillo enfermo iluminaba los ojos de la Pringlin. Y para que yo diga eso, tiene que haber sido muy enfermo. Ella rio:

—¿Arrepentirme? Si ustedes me hacen algo es asesinato, pero si lo hago yo es defensa propia.

—Mierda —dijo Carlos.

Estaba temblando. Recién me di cuenta de que tenía el brazo ensangrentado, como si lo hubiera metido en un balde de pintura.

Yo también estaba temblando. Debemos haber parecido unos pollos mojados y asustados. Cinco minutos antes, habíamos sido gavilanes.

—¿Dónde está mi hija? —preguntó ella sin levantar la voz.

Se me ocurrió decirle que la teníamos encerrada en un lugar seguro. Así podríamos negociar, ¿no? Eso se llama un bluff y sale en un montón de películas. La canjearíamos por nosotros. Los rehenes se canjean, como los cupones y las figuritas de los álbumes. Pero el idiota de Carlos se me adelantó:

—¡Ella está bien! —chilló, sin pedir nada pero con voz de súplica—. Está con su tío Ronaldo.

Gracias, tarado, pensé.

La Pringlin movió el cañón apuntando alternadamente a Carlos, a Beto y a mí. Creo que estaba jugando «de tin marín de do pingüé». Un chorro de orina se me escapó en los pantalones. Dicen que tu vida pasa frente a tus ojos en estos casos. No es verdad. Lo que pasa es que te das cuenta de que no eres valiente. Llevas días, semanas, jugando al tipo duro, y eres tan blando como un osito de peluche. O quizá simplemente mi vida era demasiado corta.

—Ustedes son capaces de cualquier cosa —dijo ella—. Ya lo han demostrado. No puedo dejarlos salir de aquí.

Desde donde yo estaba, el agujero del cañón parecía muy profundo, tanto como el infierno. Y al final de él se veía la herida que yo le había hecho a la vieja. Sospeché que yo sería el primero. Llegué a imaginar que vería una luz y luego todo acabaría.

Me pregunté quién iba a cuidar de mi viejito.

Quién iba a recordar con él las sesiones de baile de mi viejita.

Ya perdí a tu madre. Y ahora voy a perderte a ti.

Viejito. No sabes cuánta razón tenías.

En mi mente, volví a rascarle la cabeza greñuda y casposa y a llevarle el desayuno y la Hepabionta para la resaca. Volvieron sus fiestas con mi viejita, cuando hacían ruido hasta las tres de la mañana sin dejarme dormir. Volvió el aliento a cerveza de ella tratando de meterme a la fiesta, y su olor a medicina en la cama de la casa. Había tratado de obedecerla y cuidar a mi viejito. Al menos podía decir que estuve con él hasta el final.

—Usted no haría eso.

Un Beto desafiante interrumpió mis pensamientos. Quizá todo lo que habíamos hecho era una grandísima estupidez, pero para algo había servido: Beto se había hecho hombre.

—¿Quieres comprobarlo? —replicó la vieja.

Yo tenía una mancha oscura en la entrepierna que se ampliaba segundo a segundo. Carlos estaba hecho una bolita en la esquina. Beto arañaba la pared a causa del pánico. El cañón del arma se paseó por el aire unos segundos, dudando.

Finalmente, me escogió a mí.

Yo tenía la esperanza de que empezase por Carlos. Por lo de su hija y eso. Pero yo le había pegado y le había hablado de la película snuff, y supongo que eso inclinaba la balanza hacia mi lado.

—Jóvenes —anunció antes de disparar—, yo hice todo lo posible por no llegar hasta acá.

Y tiró del gatillo.

Beto

Sólo sonó un chasquido.

Clic.

—¿Pero qu...?

La Pringlin volvió a apretar. Una y otra vez.

Siempre con el mismo resultado: clic, clic, clic.

Ella abrió los ojos como dos planetas y nos miró, como esperando que le echáramos una mano.

—Ay, carajo —dijo.

Nosotros miramos el cañón del arma. La miramos a ella. Nos miramos entre nosotros. Todo eso antes de empezar a respirar. Yo había estado pensando en mi familia. Incluso en mi padre. De repente, él no me parecía tan malo. En unos instantes, y sin hacer nada, se había convertido en un hombre con defectos pero básicamente bueno, con el cual me habría gustado seguir viviendo. Pero ahora, otros pensamientos reemplazaron a ésos.

—Ya entiendo por qué el viejo de Manu dejó esa pistola en su casa —dije.

Mientras esa mujer seguía de pie, paralizada con el arma en la mano, como la estatua de un prócer, de nuestros pechos adolescentes surgió un largo suspiro de alivio. Nuestros músculos se distendieron. Nuestras mandíbulas se soltaron. Y cuando logramos recomponernos y respirar, recordé a qué habíamos ido a ese sótano.

Y Moco soltó el grito de guerra:

—¡Vieja puta! ¡Ahora sí estás jodida!

Carlos

Lo siguiente fue como una jauría contra un zorro, o más bien una zorra. Los tres juntos corrimos gritando hacia ella, que nos rechazó a golpes de culata. A Moco le dio en el estómago. A Beto, en la cara. Yo tenía todo el brazo bañado en sangre y estaba más lento, pero traté de cogerla por los pies y recibí una patada en la nariz.

Demacrada y agotada como estaba, esa mujer tenía aún mucha fuerza en el cuerpo.

Mientras recuperábamos el aire, Pringlin se dio vuelta y corrió hacia las escaleras. Los demás seguimos gritando:

—¡Vieja de mierda!

—¡No te escaparás!

—¡Vuelve si tienes huevos! —este último grito de Moco sonaba bastante absurdo, pero ni él ni nadie estaba muy racional en ese momento.

De todos modos, no salimos tras ella. En cierto modo, supongo, no era tan mal final: ella escapaba y nos salvaba de la responsabilidad de ejecutarla. Todos al reformatorio, pero no por tanto tiempo. No pensé en eso entonces, claro, pero sí comprendí que ya estaba demasiado agotado, incluso para subir las escaleras. Nuestros gritos no eran sólo de amenaza. Eran también de liberación.

Pero aún no estábamos liberados.

Aún quedaba uno.

Manu

Chillaban como perras, huevón. Como cotorras. Todos de repente. Por un segundo creí que habían matado a la vieja y que estaban celebrando como un trío de monos exaltados, pero yo, al final, había sido el único ausente.

Pero no había sonado ningún tiro. Además, los gritos no hacían ese ruido. Eran alaridos de rabia y sudor y problemas. Un huevo de problemas.

Me levanté a ver qué pasaba. Ni siquiera corrí. Es raro, pero sentía que lo del sótano ya no tenía que ver conmigo. Me había desinflado. Me había apagado. De mala gana, por frustración, le di una buena patada a la puerta para abrirla.

Del otro lado estaba la vieja. Justo frente a mí. Haciendo muecas y aspavientos. Lista para arrojarse sobre mí.

Fue como ver un fantasma, cojudo.

Mi primer impulso fue llevarme la mano a la cintura. Ya no tenía la Browning. Aunque de todos modos ya no iba a resistirme más. Todo estaba perdido. Si la Pringlin quería llamar a la policía o a mi vieja, ya daba igual. Podía saltarme encima si quería.

No quería.

De hecho, la cojuda no estaba tratando de agredirme.

Todo era mucho más tonto que eso.

La puerta le había dado en la cara. Ella, que subía a empellones, había perdido el equilibrio. La escalera no tenía baranda. No había de dónde agarrarse.

Todo pasó en segundos, huevón, quizá fracciones de segundo. Atrás, debajo de la escalera, estaban mis amigos, tirados en el suelo, mirando hacia nosotros. Justo frente a mí, la Pringlin hacía una especie de danza frenética para mantenerse de pie.

Primero, una pierna perdió piso. Luego se inclinó hacia un lado, con la cabeza cada vez más abajo. La otra pierna le siguió al final. Antes de caer estiró las manos hacia mí, y lo más increíble es que yo respondí: también estiré las manos, sin pensar, por reflejo.

Y no llegué.

De repente, ella ya no estaba ahí.

Y luego sonó.

Crac.

Moco

Uno ve gente morir en miles de películas.

Pero la muerte de verdad es como una cinta barata, mal hecha, dirigida por Ed Wood.

La escalera no era tan alta, la verdad. Pero la vieja cayó de cabeza.

Su nuca dio en la esquina de la caja de herramientas. Y todo duró medio segundo.

Luego, su cuerpo se desparramó hasta acabar en una posición ridícula, con la espalda formando una C. Si hubiese sido un rodaje, alguien habría dicho:

—Corten. Repetimos.

Entre nosotros, nadie dijo nada. Temimos que se levantaría y continuaría luchando como Terminator. Nada de eso ocurrió. La Pringlin permaneció donde estaba. Aún tenía los ojos abiertos, y el odio no había desaparecido de ellos. Esta vez, un odio petrificado, como si se hubiera congelado la imagen.

Manu nos miró asustado. Parecía haber hecho una travesura enfrente de todo el mundo, y querer negarla ahora. Pero no se podía disimular ese cuerpo rígido, esa mirada vidriosa, ese charco rojo que se extendía bajo su cabeza.

Mis compañeros temblaron.

—¿Está...? —preguntó Beto, pero no pudo terminar la pregunta.

Por mi parte, yo sólo sentí una profunda decepción.

Todo lo que me había costado ser el jefe de la patrulla, y al final va y mata a la Pringlin el cabronazo de Manu.

Beto

No la mató. Fue un accidente. Son dos cosas muy distintas.

Matar está penado por la ley. Los accidentes, no. Matar te hace sentir culpable. Un accidente no es tu culpa. Es sólo culpa de la mala suerte.

—¿Deberíamos llevarla a un hospital? —preguntó Carlos.

La mancha de sangre espesa se ampliaba en torno a la cabeza de la Pringlin.

—Ya no es necesario —respondió Moco.

No sé cuántas horas nos pasamos sentados en las escaleras, los cuatro juntos, contemplando nuestra obra. Deberíamos estar contentos, supongo, aunque nadie se mostraba demasiado entusiasta. Hasta cierto punto, creo que esperábamos que la Pringlin se levantase de repente y nos amenazase a gritos, como antes. Al menos, ése era un escenario que reconocíamos y en el que sabríamos qué hacer. En cambio, éste era un campo de minas sin mapa.

Ya era noche cerrada cuando Carlos dijo:

—¿Qué vamos a hacer? No podemos quedarnos aquí para siempre.

Asentí:

—En nuestras casas deben estar buscándonos. Esta vez no hemos preparado ninguna excusa. Nuestros viejos se van a volver locos.

Necesitábamos a alguien que supiese dirigirnos. Todas las cabezas se volvieron hacia Manu. Sintiendo que las miradas le reclamaban acción, él respiró hondo, se aclaró la garganta e hizo lo que todos esperábamos: dar órdenes.

—Primero, vamos a lavarnos la cara. Y a curarnos las heridas. Moco, busca alcohol y curitas en el botiquín del baño. Cuando salgamos de aquí, será mejor que no tengamos aspecto de habernos caído por un barranco.

—Sí, señor —accedió Moco.

—Carlos —continuó Manu—, tú limpia el sótano. Moco, la sala. Beto, echa un vistazo al piso de arriba. Rápido, huevones. Y tiren a la basura todo lo que esté roto.

—Son muchas cosas —dijo Carlos.

—Entonces guárdenlas en bolsas y sáquenlas a la calle. El camión de basura pasa a las dos de la mañana. Se lo llevará todo.

—Entendido.

—Beto —siguió diciendo, y éste era el momento que yo esperaba—, del cuarto de la Pringlin baja una frazada gruesa. Mejor un edredón. Vamos a limpiar aquí y a empaquetar el cadáver. Yo te ayudaré.

Manu volvía a ser el que todos queríamos, el líder.

Todo el mundo necesita un líder, supongo. Alguien que piense en los momentos difíciles. Alguien que enseñe a desempolvar superficies, lavar manchas de sangre, empaquetar pruebas incriminatorias y desaparecer evidencias. Alguien que decida en qué orden deben ducharse los sospechosos. En las siguientes horas, actuamos como un ejército perfectamente coordinado. Nuestras rencillas, diferencias y conflictos se difuminaron en una atmósfera de sana camaradería y cooperación. Nuestras peleas eran cosa del pasado.

Más adelante, durante el rato que pasamos envolviendo el cuerpo y limpiando sus restos, y aun después, mientras recogíamos los fragmentos de la botella y la cinta adhesiva, Manu no hizo ninguna referencia a lo que había ocurrido; apenas me miró a los ojos. Pero estaba ahí conmigo. Conociéndolo, eso era lo más que yo podía esperar.

A medianoche volvió a irse la luz.

Era lo mejor que podía pasarnos.

Después de que pasara el camión de basura, Moco y yo fuimos a su casa y recogimos el auto. En el camino, nuestras linternas eran la única luz. Aunque oíamos las sirenas de los patrulleros, en algún lugar más allá de la Benavides.

El padre de Moco estaba durmiendo, como había estado haciendo casi todos los días de nuestra aventura, y casi todos los días de su vida. Moco le había dicho que el coche era de mi hermano mayor, y que me lo había regalado después de comprarse uno nuevo. Lo más probable era que su padre ni siquiera hubiese escuchado esa explicación.

Protegidos por la oscuridad, subimos a la Pringlin al arenal, al límite justo entre nuestro territorio y los barrios pobres del otro lado del cerro. En esa tierra de nadie, la sacamos del carro y la tiramos al suelo. Ya estaba dura cuando la sacamos (yo pensaba que el rigor mortis tardaba más). Costaba mucho trabajo moverla, pero Moco insistió en hacerla rodar un poco, revolcarla por el suelo, para dar la impresión de que había habido pelea. Tratamos de enterrarla. Qué desastre. No teníamos palas y la arena era demasiado blanda. Siempre se nos quedaba alguna extremidad asomando a la superficie. Después de un rato, Manu dijo:

—Mierda. Métanla de nuevo al carro y vámonos de aquí.

Obedecimos. Pero no nos fuimos de inmediato.

Antes de bajar caminando, nos quedamos diez minutos en silencio junto al cuerpo. Mientras nos despedíamos sin palabras de ella, contemplamos las luces de la ciudad: una gigantesca araña eléctrica se extendía a nuestros pies, pero los apagones habían formado manchas oscuras en ella, como mordiscos de insectos.

—Es bonita, ¿verdad? —pregunté a nadie en particular.

—No está mal —respondió Manu.

Cuando ya nos íbamos, Carlos se agachó y recogió algo del suelo:

—Miren —proclamó, levantándolo como un trofeo—, un alfiler.

5. Una bonita película

Carlos

A veces, todavía sueño con esa noche. Sobre todo con la sangre.

La sangre de la señorita Pringlin era más clara que la mía, de un rojo brillante y pegajoso. Limpiarla del suelo costó mucho trabajo. Y durante días sentí comezón en las manos, casi una pequeña sarna. Como si en vez de con fluidos hubiese estado en contacto con ácaros.

Mamá y papá me castigaron una semana por desaparecer en medio de la noche y volver todo magullado. El corte de mi muñeca sangraba mucho, y casi me llevan al hospital. Expliqué que nos habíamos metido en una pelea con unos de otro barrio, y entonces prolongaron el castigo a dos semanas. Entre otras cosas, me estaba prohibido ver a Pamela. O a cualquier ser humano.

Padres de izquierda. Ya se sabe. Puedes tener sexo y emborracharte y montar manifestaciones contra el Gobierno. Pero si alguien te pega, te tienes que aguantar.

Durante tres días, en casa cenamos en silencio frente al televisor, sin apenas mirarnos. A veces mis papás soltaban entre ellos risitas o cuchicheos, que luego reprimían porque yo estaba ahí. Parecían ellos los niños y yo el profesor.

Por la noche, los escuchaba mientras hacían el amor. La verdad, echaba de menos cuando mamá lloraba a solas.

Durante una de nuestras cenas, mientras veíamos las noticias —más bombas, más secuestros, más muertes y algunos accidentes de carretera—, la Pringlin nos devolvió una mirada acusadora desde la pantalla.

Casi me da un infarto. Pensaba que estaba ahí, que iba a decirle a todo el mundo lo que habíamos hecho.

Pero sólo era una foto.

La siguiente imagen del noticiero mostraba el automóvil donde habían encontrado el cadáver. Sobre la puerta, con letras negras, se leía la palabra PUTA.

A mamá se le cayó el tenedor:

—¿Qué ha pasado? —preguntó.

La narradora de las noticias nos lo explicó:

—La violencia urbana aumenta e invade nuevas zonas de la capital. La policía encontró hoy un cuerpo con marcas de agresión dentro de un carro abandonado en la exclusiva zona de los cerros de Las Casuarinas. La occisa, identificada como Violeta María Pringlin Dulanto, abandonó su domicilio la semana pasada con su pareja sentimental. Siguiendo la descripción de su hija, la policía busca a un hombre barbado y blanco de unos cincuenta años que responde al nombre de Ramón.

Un retrato robot apareció en la imagen. En efecto, llevaba barba y estaba un poco avejentado, pero no dejaba lugar a dudas: era Jon Bon Jovi.

Y entonces apareció Pamela, con el rostro devastado por las lágrimas. Separada de mí por el cristal de la pantalla, se veía más lejana y hermosa que nunca. Tuve ganas de abrazarla. Ganas imposibles.

En la imagen, su tío Ronaldo la tomaba de la mano mientras la rodeaban los periodistas en la puerta de una comisaría. Ella decía:

—No puedo creer que le haya hecho esto. A las justas vi a ese hombre dos veces. Pero trataba mal a mamá. La golpeaba. La insultaba, incluso frente a mí. ¡Y ahora se la ha llevado para siempre!

Un periodista quiso saber:

—¿Qué información has dado a la policía para situar al asesino? ¿Cómo podríamos reconocer a ese degenerado si lo viéramos por la calle?

Pamela no respondió. Se hinchó, se puso roja y gritó:

—¡Ramón, devuélveme a mi madre!

A continuación sufrió lo que parecía un ataque de nervios.

Le ocurriría lo mismo en todos los interrogatorios policiales. Estaba demasiado trastornada para dar información veraz y coherente. Según los psicólogos de la tele, era normal.

El siguiente lunes, durante la formación, después de cantar el himno nacional y el del colegio, el director dedicó unas palabras a la señorita Pringlin. Después de todo lo que yo había visto y oído, oír llamarla «señorita» parecía un sarcasmo. Pero así era como se decía a los profesores. Los abogados son doctores. Las profesoras, señoritas. Sobre todo cuando había que elogiarlas:

—La señorita Pringlin fue siempre un baluarte de la educación de este colegio —dijo el director, con el cuello a punto de reventarle el collarín sacerdotal por la emoción—, un puntal de la disciplina que todo joven debe adquirir y ejercer, un espíritu entregado a la formación de los hombres que necesita el porvenir de nuestro país...

Moco no pudo contener una risita que un cura reprimió con una mirada furiosa. Nadie mencionó cómo había fallecido la Pringlin, ni se hizo referencia alguna al maldito novio, ni al carro pintado. Por las palabras del director, ella podía haber muerto de pulmonía.

Ya en clase, se presentó el psicólogo de la promoción. Dijo que él se haría cargo de nuestro grupo, y que todo el que quisiera hablar sobre lo ocurrido debía sentirse libre de hacerlo. Preguntó si alguien tenía algo que decir, pero nadie se animó. En las carpetas del fondo, los chicos hacían dibujitos de mujeres desnudas. Aunque por una vez, esos chicos no éramos nosotros.

Esa semana, el director se presentó en clase. Con él venía un hombre desaliñado que llevaba una corbata mal anudada y tenía el cabello encanecido y casposo. Los dos se acercaron al psicólogo e intercambiaron con él unas palabras en voz baja junto a la pizarra, mientras echaban miradas furtivas en nuestra dirección.

—Ese huevón es policía —dijo Manu—. Papá me enseñó a reconocerlos.

—¿Y cómo los reconoces? —preguntó Carlos.

—Si parecen cojudos, son policías.

—No puede ser policía —afirmó Moco, y añadió, con una frase que sin duda había sacado de alguna película—: No tienen nada contra nosotros.

Flanqueado por los otros adultos, el director esperó a que todos guardásemos silencio y dijo:

—Por favor, necesitamos que nos acompañen a la dirección cuatro alumnos.

Antes de oír nuestros nombres, ya estábamos de pie.

Manu

—¿Sabes qué es gracioso, Manito? —me llamaba Manito, ese agente imbécil. Como si fuera mi amigo de toda la vida. Ni mi madre se atrevía a llamarme así. Desde luego, tenía razón mi viejo en despreciar a los policías.

—No. ¿Qué es gracioso?

Nos habían reunido a los cuatro frente a la oficina del director. Pero sólo entrábamos de uno en uno. Y cuando lo hacíamos, el policía nos hablaba muy de cerca. Tenía mal aliento, pero creo que lo hacía a propósito, ese conchasumadre, para sacarnos de quicio.

—Ya sabes, Manito. Mi trabajo es preguntar. Le pregunto a todo el mundo cositas, detalles para resolver el caso. Y cuando pregunto con quién se llevaba mal la difunta, todo el mundo dice tu nombre. Todos.

—No me parece gracioso.

El policía —se hacía llamar teniente, pero eso no era un teniente, sólo un soldado es un teniente de verdad— bebió un sorbo de su café pasado. El olor se impregnó en su halitosis. Debía ser una forma estudiada de tortura. Luego se aclaró la garganta y leyó de un papel.

—¿Verdad que fuiste el último alumno a quien castigó la profesora, Manito?

—Eso tampoco me parece gracioso.

—¿Verdad que hiciste a tus amigos insultarla frente a todo el plantel?

—Eso lo hicieron ellos. ¿No?

El hombre chasqueó la lengua. Al menos había logrado ya una cosa: yo no era capaz de mirarlo a los ojos. Al principio de nuestra entrevista, le clavé la vista de frente.

Pero mientras más hablaba, más complicado me resultaba sostener su mirada. Era como ver a la señorita Pringlin de nuevo, reencarnada por castigo de Dios en una montaña de caspa.

—Manito, ¿por qué no me ayudas un poquito? Será mejor para ti. ¿Ah?

—No me llamo Manito, cholo de mierda.

Traté de devolver esas últimas palabras a mi hocico. Al parecer, todas las partes de mi cuerpo estaban fuera de control. El hombre se encendió un cigarrillo Hamilton. Estaba sentado ahí, en el despacho del director, como si fuera su casa, fumando como un patán.

—¿Quieres un cigarrillo? —ofreció—. Tú fumas, ¿no?

Bajé la cabeza tanto que me clavé el mentón en el pecho. Recordé una frase de la tele: «Todo lo que diga podrá ser usado en su contra». ¿De verdad dirían eso los investigadores? ¿Y lo dirían en el Perú? Difícil. No teníamos ni zapatillas de importación. ¿Para qué íbamos a importar frasecitas?

—¿O te drogas, Manito? —siguió él—. ¿Te metes tu coquita? ¿Fumas hierba? Popper, quizá. Yo te veo cara de popper, esa droga para niñitas que huele a betún de zapatos. Dime la verdad. Estás en confianza.

Una bocanada me envolvió. Olía a café.

—No me drogo. No he hecho nada. Me llevaba mal con ella, nomás. Pero no iba a matarla por eso, ¿no? ¿Acaso usted mata a la gente que le cae mal?

—¿Matar? ¿Por qué hablas de matar, Manito? Yo no te he preguntado eso.

Todo lo que diga podrá ser usado en su contra.

—Porque está muerta, ¿no? La policía no viene al colegio a investigar si yo fumo.

El tipo se rio. Con una carcajada. Sonaba siniestro. Si los perros se riesen, lo harían así.

—¿Te dolió que se muriese, Manito?

Me encogí de hombros. Se me ocurrió que si no decía nada, no podría hacerme daño. Recordé la frase de Moco: «No tienen nada contra nosotros». Me venían a la cabeza todo tipo de frases hechas. Y si se me ocurría alguna no hecha, trataba de olvidarla rápido.

—Ay, Manito, Manito. ¿Sabes lo que me contó tu amigo Beto?

Beto. Todas las alarmas saltaron en mi interior. Supongo que él lo notó. Supongo que están entrenados para notarlo.

—Nada. No le ha contado nada.

—¿Por qué estás tan seguro? ¿Le has dicho que se lo calle?

El estómago se me escarapeló, como si llevase un gato dentro. La piel se me erizó. Se me aceleró la respiración. Recordé a Beto. Apenas había dicho palabra desde que nos llamaron al despacho del director. A lo mejor eso significaba algo. A lo mejor ya había hablado con ese policía y nos había vendido a todos para salvarse. O a lo mejor... le había contado otra cosa. Era casi peor.

—¿Le has dicho que se calle lo que hicieron, Manito?

—N... no...

—Ya, pues. Por eso me lo ha dicho. Por eso y por miedo, ¿no? Él cree que tú lo puedes traicionar. Así que antes prefiere traicionarte a ti. Siempre lo hacen.

—¿Qué le ha dicho?

Las palabras me salieron demasiado fuertes. Me repetí mentalmente que tenía que mostrarme tranquilo. Seguro que mi viejo habría estado supertranquilo. Relajado. Y así, sin darle importancia ni estresarse, le habría pegado un tiro a ese imbécil.

Por otra parte, mi viejo también era un imbécil. Un imbécil postraumático.

—No te pongas nervioso, Manito. Aquí estamos entre amigos. Conversamos nomás.

Volvió a reírse. Ahora apagó su cigarrillo a medio fumar. No había ceniceros en el despacho, así que lo aplastó contra el platito de su café. El humo a su alrededor le dio un aspecto diabólico. Se me acercó mucho otra vez y me dijo en voz baja:

—Te diré lo que vamos a hacer. No te puedo contar lo que me ha dicho Beto. Se lo prometí. Pero cuéntame tú lo que me tengas que contar. Si te ha jodido él a ti, jódelo tú a él. Es justicia, ¿no, Manito?

Guardé silencio. Él no. No paraba de hablar, el cojudo. La cabeza me estaba reventando.

—¿O vas a caer solo, Manito?

En el aire se extendió un zumbido, como el pitido de la línea telefónica, pero más agudo y más fuerte. Empezaba a llenar mis oídos, mi cabeza, me hinchaba los ojos como si fuese a explotar.

—¿Sabes lo que es un reformatorio, Manito? ¿Sabes lo que es Maranguita?

Mis venas se hincharon. Sentí la espalda como una lija contra la silla. Quería gritar.

—¿Sabes lo que te hacen ahí?

Una lágrima se deslizó por mi mejilla. Tenía la boca seca, como un engrudo.

—¿Quieres ir solo a Maranguita? Hijito, vas a necesitar vaselina para tu culito blanco. ¿Por qué no hablas, mejor? ¿Por qué no dices qué pasó?

Levanté la vista y volví a enfrentarlo. Ese hombre tenía hasta los ojos feos, enrojecidos y surcados por bolsas moradas. Quizá eso me dio ánimo para responder:

—Váyase a la mierda, policía.

Moco

He visto todas las películas. No me refiero a un tema en particular. Me refiero a TODAS.

Y en los años ochenta no había muchas. Los videoclubes Betamax tenían el tamaño de un armario. Y la tele pasaba una y otra vez las mismas, como si todo el año fuese Semana Santa. Así que he visto todas las películas de todo.

Por eso, hay tres cosas en las que nadie puede ganarme: interrogatorios policiales, persecuciones criminales y diálogos de seducción.

Los dos últimos tienen pocas posibilidades de realizarse. Uno no va por ahí persiguiendo delincuentes. Y las chicas nunca responden lo que deben cuando les hablas. Dices algo ingenioso, algo clásico tipo Cary Grant, y te responden: «¿Qué has dicho?». Ni siquiera entienden los chistes. La realidad es aburrida y está llena de conversaciones estúpidas. Pero ese día en el colegio, frente a ese poli, al menos pude desplegar mi talento para los interrogatorios. Si Martin Scorsese hubiese estado ahí, me habría contratado.

También a él habrían podido contratarlo, para hacer de Freddy, el de *Pesadilla en Elm Street*. O de Jason, el de *Martes 13*. Era un tipo muy desagradable, y lo digo yo, que tengo un doctorado en esa especialidad. Pero se creía listo. Y eso tenía gracia.

—Moco... Así te dicen, ¿verdad? —me saludó.

—Ah...

—¿Qué eres tú? ¿El chico malo? ¿Ah? ¿El bacán?

Sólo me reí. Estaba claro que ese hombre no tenía ni idea de lo que era un bacán. Debía haber sido tan nerd como todos nosotros. Se le veía a kilómetros. Debía haberse hecho policía para sentirse más valiente. Podía nombrar a veinte policías de ficción más creíbles que él, y eso sólo en la serie B.

—Te molestaba la señorita Pringlin, ¿verdad? Te quería poner en vereda. Quería hacer que te portases bien.

—Normal. Era una profesora.

—Mucho más estricta que tu padre, sin duda.

Ahí se acabó la gracia de todo eso. No había durado mucho, al fin y al cabo.

—No se meta con mi padre.

—Pobre hombre. Su problema con el alcohol y todo eso...

—No-se-meta-con-mi-padre.

—Y no tener a tu madre cerca... Eso crea chicos problema, ¿no es verdad? Vendedores de porno, drogadictos. Como tú. Como tus amiguitos.

Ni la menor gracia. Ni un poquito.

—Si vuelve a mencionar a mi familia, le arranco la lengua.

—¡Asu! Eras saltoncito, ¿no? Un gallito, el Moco. ¿Eso le hiciste a tu profe? ¿Se metió con tu familia y la callaste?

Nos quedamos mirándonos unos segundos fijamente. Y entonces, sin poder evitarlo, me dio la risa.

—¿Por qué no busca al psicópata de su novio? ¿No se lo ha dicho ya la hija? Debería seguirle la pista a él.

—Porque cuando hablo con los vecinos de la occisa, al que vieron rondar la casa fue a ti. Varias veces. Durante días. Un vigilante dice que incluso creyó verte entrar. ¿Cómo explicas eso?

—Esos vecinos están ciegos.

—No creas. Te describieron perfectamente, chibolo. Tienes una cara muy reconocible, pues hijito. Todo lleno de granos.

Está bien. Punto para el cojudo. Me iba a tomar más trabajo del previsto. Pero aún tenía mis recursos. Una cosa he aprendido del cine: si mientes demasiado, se nota. Hay que aferrarse a algunas verdades para colgar de ellas tus mentiras. Como cuando te pones una máscara. Sólo puede sostenerse si tienes un rostro de verdad.

—Ok. Usted gana. Sí estaba ahí. Estábamos todos. Lo sabe, ¿verdad? Por eso nos ha llamado.

—Los enemigos públicos número uno de un colegio son vistos en la casa de una profesora. Y a continuación, ella desaparece. Raro, ¿no?

Enemigos públicos número uno. Me encantó que nos llamase así. Empezaba a divertirme de nuevo. Pero bajé la cabeza y me conmoví mucho.

—Fue por Carlos —murmuré.

—¿Carl...?

—Por favor, no le diga que yo se lo dije —gimoteé.

El hombre se encendió un cigarrillo y echó el humo hacia arriba. Se sentía ganador, el infeliz.

—¿Que me dijiste qué?

—Carlos es el enamorado de la hija de la Pringlin. Pero la vieja lo odiaba. Tenía que visitar a su chica a escondidas. A veces, cuando la señora no estaba, se encontraban en su casa. Y a veces lo ayudábamos. Para eso están los amigos, ¿verdad? Y él está enamorado en serio. Ni siquiera se la ha tirado, ¿sabe? Sólo besos y esas cosas.

—Besos y esas cosas...

El policía puso cara de decepción. A lo mejor habría querido una escena más explícita. Quizá podía ofrecerle un buen video de Betamax. Tenía aspecto de apreciar los tríos y las orgías interraciales. ¿Que cómo lo sé? Uno aprende a medir esas cosas. Se llama «ojo clínico».

—¿Nos va a meter presos? —lloriqueé—. ¿Hemos hecho algo malo?

—Bueno, yo...

—Por favor, señor. Si Carlos se entera de que le dije esto, me matará. Ellos son mis únicos amigos. Y eso significa que son las únicas personas en las que puedo confiar. Ya sabe usted de mi familia...

Tragué lágrimas. Contuve mi dolor. Simulé que no estaba simulando la honda pena que me embargaba.

Pero al final no sé si mi show sirvió de algo. Creo que, después de todo, dio igual.

Porque esa misma noche estalló la bomba.

Beto

Aún recuerdo el ruido. Se sintió incluso en mi casa. Las ventanas temblaron. El suelo sufrió un remezón. Y eso que la bomba explotó en Miraflores, en la calle Tarata, a kilómetros de distancia de nosotros.

Al principio parecía una bomba como cualquier otra. Pero a lo largo de la noche la televisión comenzó a transmitir las imágenes. Los padres gritando los nombres de sus hijos entre montones de escombros. Las abuelas ensangrentadas abandonando los edificios derruidos. El fuego. El fuego por todas partes. Más adelante sabríamos más cosas. Una tía de mi madre vivía cerca de esa calle, en Alcanfores. Quedó sorda.

Los periódicos del día siguiente, 17 de julio, mostraban fotos de manos y cabezas arrancadas de sus cuerpos, arrojadas en la vía pública por la onda expansiva. Media tonelada de explosivos en dos automóviles, en plena calle comercial. Decenas de muertos. Centenares de heridos.

Supongo que fue una suerte.

Mi interrogatorio con el policía esa mañana había sido horrible. Al parecer sabía de mí y de Manu. O de lo que hubiese que saber. Y también de la relación entre Carlos y Pamela. Pero todo era muy confuso. Yo no entendía bien adónde quería llegar. Qué insinuaba.

Durante toda la conversación en el despacho del director me dediqué a negar y negar y negar. El policía sabía que habíamos estado en casa de la señorita Pringlin. Lo negué. Conocía nuestros problemas con la profesora, y sus informes sobre nosotros. No los admití. Me convertí en una ametralladora de noes. No, señor. No, señor. No recuerdo, señor. Cada vez que negaba algo, sonaba más culpable. Y cada vez, sin duda, estaba más pálido. Al menos tenía el estómago más revuelto.

El teniente me dijo que mis amigos habían confesado cosas, pero yo me cerré en banda. Fue lo único que se me ocurrió hacer. Cuando terminó el interrogatorio —o entrevista, o lo que fuera—, estaba seguro de que nos terminarían arrestando a todos. Al salir, corrí al baño y vomité.

Y sin embargo, esa misma noche, después del atentado, mis problemas parecían muy pequeños, insignificantes. La gente gritaba y moría y sangraba. Y yo estaba calentito en casa, tomando un Milo con leche.

Días antes, la madrugada en que dejamos a la Pringlin en el cerro, yo había vuelto a casa tarde, lleno de golpes, con heridas y costras por todo el cuerpo. Le dije a papá que me había peleado con otros compañeros porque estábamos todos borrachos. Él se puso feliz y me regaló una bicicleta en premio por mi valentía. Me habría regalado un revólver de haber podido. Me habría llevado a estrenarlo disparándoles a los homosexuales de la avenida Arequipa.

En cambio, el día del atentado, mientras veíamos en la tele a la gente revolver entre los escombros de su vida, y los bomberos trataban de rescatar a los niños atrapados en las ruinas, mi padre me abrazó. Me tomó de la mano. Y no me soltó hasta que fue hora de ir a dormir. Ya en la cama, cuando me arropé con las mantas, papá me besó en la frente y me dijo:

—Te quiero, hijo.

Y esa noche me sentí más seguro que nunca.

Carlos

El atentado de Tarata fue sólo el comienzo de una larga ofensiva terrorista. Esa semana de julio de 1992 habría más ataques —bombas, asesinatos, asaltos— y un total de cuarenta muertos.

La policía nunca volvió a aparecer por el colegio. Ahora tenían otras prioridades. Y lo de Pringlin parecía un asunto privado, un lío de faldas, un asesino psicópata normal y corriente, bastante menos peligroso que todos los demás asesinos que andaban por ahí.

Tras esas semanas de catástrofes, papá volvió definitivamente a casa. Dijo que no podía dejarnos solos en una ciudad tan peligrosa. Juró que, mientras veía las noticias del atentado, no podía dejar de preguntarse qué habría pasado si uno de nosotros hubiese estado en esa calle comercial. Y entonces comprendió cuánto le dolía nuestra ausencia. No volvió a pelear con mi madre, más allá de las disputas rutinarias de toda familia. Aún vive con ella.

Durante los siguientes meses, me costó dormir. Me despertaba sobresaltado, pensando que en cualquier momento vendría la policía. O peor aún, la misma Pringlin. A veces, mis pesadillas parecían demasiado reales. Y la profesora se presentaba en todas ellas, gritándome que dejase a su hija en paz.

Pamela entró en un largo tratamiento psicológico. No sólo tenía que resistir el trauma de la muerte de su madre. Como se descubrió más adelante, padecía tendencia a la depresión. Debía tratarse de una insuficiencia química hereditaria. Pasaba largas temporadas hundida en su cama, sin ganas de ver a nadie, sintiéndose miserable.

Por suerte, me tenía a mí. Yo nunca iba a dejarla. Se lo había prometido y pensaba cumplir.

Cuando llegó la fiesta de fin de año, evidentemente, fui con ella. Aunque por tradición correspondía darle una rosa, yo le regalé una orquídea. Y ella lució un hermoso vestido aterciopelado de color violeta, en honor al nombre de pila de su madre.

La fiesta fue la última vez que vi a Beto. Había asistido con la hija de alguna amiga de su madre, pero él estaba mejor peinado que su pareja. Manu no fue. Y Moco asistió con una desconocida, contratada en el servicio de alquiler de chicas católicas de la Asociación de Padres de Familia.

Tampoco esa noche nos hablamos. Yo ni siquiera les presté atención.

Al fin y al cabo, debía estar pendiente de Pamela.

Era la primera vez en seis meses que se vestía sin lucir nada negro.

Quizá por eso, después de la fiesta dejé de tener problemas para dormir.

Beto

¿Ya?
...
...
...
¿Ya acabamos?
...
...
...
¿Ya?

No le mostraré nuestra historia a nadie. Sólo la quiero para mí.

Pero si los demás no colaboran, le mostraré a más gente mis viejas películas en video 8. Las pondré en YouTube. Yo tendré mi película de todos modos. Es sólo que quiero que sea una bonita película.

Bueno, quizá sí es un chantaje. Crucifíquenme.

Moco

No es un chantaje. Es sólo nostalgia.

La última noche en casa de la Pringlin, cuando subí a buscar alcohol y curitas en el botiquín, encontré mi cámara de video 8 en el cuarto de Pamela. Había grabado toda su conversación con Carlos, por no hablar del polvo.

Además, tengo imágenes de nuestra fiestita en la sala de esa casa y del carro de la Pringlin en mi garaje, incluso alguna, subrepticia, del cuerpo muerto de la vieja, mientras lo empaquetaban y limpiaban el sótano.

No quiero hacer mal a nadie. Ni siquiera puedo. No voy a colgar esto en YouTube ni nada. Y aunque lo hiciera, los hechos deben haber prescrito hace mucho tiempo.

Pero a veces, cuando estoy solo —yo SIEMPRE estoy solo, siempre lo he estado y lo estaré—, vuelvo a ver esas imágenes. Es un pequeño placer que me reservo. La vida es aburrida, pero yo tengo grabado —y ahora digitalizado— el mejor momento que viví, cuando mi existencia fue como una película.

Todavía voy a las reuniones de exalumnos, donde todo el mundo cuenta sus polvos adolescentes y muestra las fotos de sus hijos. Yo tengo poco que contar. Lo mejor de mi historia es un secreto que sólo puedo ver en mi casa, a retazos, con las cortinas cerradas.

Ahora quiero ver la película entera, como la recuerdan los protagonistas. Creo que los chicos han olvidado mi papel en todo lo que pasó. Yo fui el primero que apuntó con una pistola a la Pringlin. Yo fui el jefe en gran parte de los hechos. Y eso debería constar en alguna parte.

Manu

Preferiría no estar hablando de esto. Y menos frente a una cámara.

Huevón, preferiría que nada de esto hubiera pasado.

Después de que desapareciera el policía, yo dejé de hablar con los demás. Me hice amigo de Ryan Barrameda. Era un idiota, pero qué chucha, yo también.

Por lo demás, nada de lo que hicimos sirvió para nada.

Mi viejo volvió a aparecer por casa dos veces. Una cerca del día de mi graduación. Y la otra diez años después, cuando un cáncer de pulmón se llevó a mi vieja. En ambos encuentros lo sentí distante. Apenas parecía recordar quién era yo. Preguntó las cojudeces típicas: a qué te dedicas. Tienes novia.

Me dedico a trabajar en un taller de planchado y pintura. Y tuve una esposa, pero por suerte mi matrimonio acabó antes de que llegaran los hijos. No sabría bien qué hacer con ellos.

Mi viejo murió hace cuatro años, y a su entierro fueron sus otros hijos y su otra mujer. Yo sólo me enteré semanas después, cuando ya era tarde. Llevaba quince años sin enviar postales de Navidad.

Yo había tratado de olvidarlo todo. De olvidar quién era. Y un día llegó Moco para devolverme a todo ese infierno.

Apareció en una reunión de promoción. Me llevó a tomar una cerveza. Me explicó lo que quería.

Por supuesto, lo mandé a la mierda.

Pero él me explicó todo lo que tenía para hacerme daño. Y podía hacer mucho, mucho daño.

Carlos

¿Que si quiero añadir algo?

Sólo una cosa.

Pamela y yo somos un matrimonio feliz. Seguimos teniendo muchas cosas en común. Es como si hubiéramos nacido el uno para el otro.

Nos gusta disfrutar de las pequeñas cosas de la vida. Y llevamos con frecuencia a nuestros hijos con sus abuelos, los dos únicos que les quedan. Le damos mucha importancia a tener una familia sólida, porque al final del día sabes que sólo tus seres queridos seguirán contigo en las buenas y en las malas.

Tenemos dos pequeños: Marcos y Sandra, de ocho y cinco años. Son encantadores, sanos e inteligentes, aunque supongo que eso dicen todos los padres. Hemos decidido no atosigar a los niños con reglas, pero tampoco olvidamos la importancia de la disciplina. No queremos que repitan nuestros problemas ni nuestros errores. Simplemente queremos para ellos una familia normal, lo que cualquier padre quiere para sus hijos.

A veces, para eso, hay que olvidar ciertas cosas. Cuando dejas de hablar de algo, cuando lo borras de tu registro, se va volviendo borroso en tu memoria. Después de un tiempo, es como si nunca hubiera ocurrido de verdad. A menos que venga alguien a amenazarnos con el pasado, a sacudir nuestras culpas, a asustarnos, lo mejor es guardar silencio.

Es lo que hemos tratado de hacer hasta ahora.

Esperamos hacerlo hasta el final.

Índice